Prolog

... Und dann sahen wir uns an

„Wenn der Krieg beginnt, endet das Leben."
Ich hatte diesen Satz schon so oft von den Menschen
gehört, doch ich belächelte sie nur, und verdrängte ihn.
Ich war stolz, ein Teil einer Einheit zu sein.
Stolz, für mein Vaterland zu kämpfen.
Stolz, für die Menschen in die Schlachten zu ziehen,
die ich liebte und die ich beschützen wollte.
Nur, dass mich dieser Stolz eines Tages zu Fall
bringen würde, das konnte ich nun nicht mehr
verdrängen.
Das Leben, das in den Straßen und Städten in Form
von belebten Läden, bewohnten Häusern und
Spielplätzen existierte, die tagtäglich von den Kindern
besucht wurden, erlosch.
Jetzt stehen dort nur noch Ruinen, die jeden Tag ein
Stück mehr verfallen. Von der großen, schönen Welt,
die ich einst kannte, sind nur noch Bruchstücke
übrig.
Der letzte Krieg schaffte es, die Menschen so
gegeneinander aufzuhetzen, dass sie sich in zwei

Gruppen teilten, die nicht unterschiedlicher sein könnten:

Die einen rüsteten hoch und eroberten sich durch Schlachten einen Teil der Welt.

Die anderen versuchten, ihre letzte Menschlichkeit zu bewahren, was ihnen zum Verhängnis wurde.

Die Menschen unterteilten den früheren europäischen Kontinent in fünf Sektoren, auf denen Stützpunkte standen, die den Soldaten gehören.

Im Gegensatz dazu standen auf dem Großteil von Russland die Defenders Camps, die man nur schwer fand, da sie meist versteckt lagen.

Die Abschnitte, die niemandem gehörten, waren die neutralen Zonen. Sie waren meist nur noch kahle Landstriche, zerstört durch den Krieg und die Witterung.

Neben ihnen gibt es noch die verbotenen Zonen, in die sich jedoch kein Mensch wagt. Alle, die sie jemals betreten haben, kamen nie mehr zurück.

Beide Seiten sind seit dem großen Krieg verfeindet und versuchen seitdem ihren Gegnern immer einen Schritt voraus zu sein. Ob es sich nun um Waffentechnologie, Nahrungssuche oder einfaches Überleben handelt. Wo früher das Prinzip des gemeinsamen Teilens die Welt verband, zerbricht sie heute an dem Egoismus der Menschen.

Nun war es zu spät, seine Fehler und Taten zu bereuen, da wir mit ihnen zwei neue Welten geschaffen hatten, die dafür lebten, ihren Gegner zu vernichten.

Meine damals gesammelten Fähigkeiten halfen mir immer wieder, mich und die anderen, die bei mir lebten, einen Tag länger am Leben zu erhalten. Auch wenn keiner wusste, wie viele Tage uns noch bleiben würden.

Aber, bevor ich mich auch dem Schicksal fügen muss, und hier draußen verrecke, will ich euch warnen. Macht nicht denselben Fehler wie ich und ignoriert diese Warnung:

Die Alten erzählen uns ständig ein Märchen über einen bösen Geist, der seit Jahrhunderten verschwunden ist, doch er soll wiederkommen.

Wappnet euch, für das Böse.

Scherben

haufen

Heather

Das Tonbandgerät knisterte leise, bis es verstummt war. Ich drehte es in meinen Händen und schaltete es aus. **Etwas Böses? Was kann das sein?**

In Gedanken versunken bemerkte ich nicht, wie sich hinter mir die Tür öffnete.

„Heather!"

Ich erschrak.

„Heather, was tun Sie da?"

„Ich ähm ... Ich, gar nichts", schnell versteckte ich das Gerät in meiner Weste.

„Hören Sie schon wieder dieses Ammenmärchen?"

Es würde keinen Sinn ergeben zu antworten.

Stattdessen verharrte ich still in meiner Position, ohne mich zu ihm umzudrehen.

„Na gut, aber glauben Sie nicht alles, was dort vorkommt. Sie wissen doch, Ihr Vater ..."

„Ja, mein Vater", unterbrach ich seine Ansprache,

„sieht es auch nicht gerne, wenn ich mir diesen Schund anhöre."

Mein Gesprächspartner schwieg daraufhin und ging.

Genervt verdrehte ich die Augen.

Ich hasste es, wenn mein Vater seine Leute schickte, um nach mir zu sehen. Auch wenn er es nur aus Fürsorge tat.

Seufzend fuhr ich mir mit den Fingern durch meine braunen Haare, bis ich die Spitzen erreicht hatte, und sah sie mir an. Obwohl der Großteil meiner Haare glatt war, hatte ich am Ende ein paar Locken. Ich ließ sie wieder los und sah zum Fenster, da ich von draußen Rufe gehört hatte. Ich ging hin und sah raus. Dort trainierten wieder die Soldaten auf der kargen Fläche inmitten unseres Stützpunktes. **Sport in unserer Halle allein reicht ihnen wohl nicht.** Ich schaute weiter über unseren Stützpunkt.

Wir hatten viele verschiedene Gebäude.

Das, in dem ich mit den anderen lebte, war unser Wohnblock, hinter dem eine kleine Gartenanlage stand, in der wir unser Obst und Gemüse selber anpflanzen konnten.

Vom ersten Stockwerk bis zum siebten lagen unsere Zimmer. Man konnte alleine wohnen oder in kleinen Gemeinschaften, wobei wir genug Räume für jeden hatten. Unser Gebäude war mit einem zweiten verbunden, in dem wir die Tiere einquartiert hatten. Uns gegenüber standen eine Trainingshalle, ein kleiner Nahrungsmittelbunker, eine Schule, in der einem die Grundkenntnisse in Mathematik, Sprachen, Naturwissenschaften und Bombenbauen beigebracht wurden, und dazu ein Munitions- und Waffenlager. Auch hatten wir einen großen Schießplatz, der direkt

7

hinter dem Lager lag, und man somit, praktischerweise, sein Gewehr nicht allzu weit schleppen musste.

Vor den Gebäuden war eine große Fläche, die uns als Park-und Landeplatz für die Fahrzeuge und Helikopter diente.

Ich ging zurück in die Mitte des Raums und sah mich in meinem Zimmer um. Es war ein sehr großer und in weiß gehaltener Raum ohne jegliche Dekoration. Eine große Deckenleuchte in der Mitte der Zimmerdecke erhellte den Raum mit ihren vielen kleinen Lämpchen. Sie sah aus wie ein Kronleuchter, doch sie funkelte nicht so schön. Ich schaute sie mir an. Ich hatte mich damals für sie entschieden, da ich das Gefühl hatte, so eine schon einmal gesehen zu haben. Doch ich wusste nicht wo. Neben ihr hatte ich noch einen einfachen Tisch, der für den Papierkram da war, den man normalerweise nach jeder Mission erledigen musste, um alles genau zu dokumentieren. Aber ich nutzte seine Flächen und Schubladen lieber für meine Lippenstifte, Mascara und meine Unordentlichkeit. Neben dem Tisch stand ein großer Schrank, in dem all meine Sachen lagen.

Obwohl die meisten Soldaten in ihren Uniformen herumliefen, bevorzugte ich meine Kleider. Ihr schönen Muster und Farben lenkten mich von der Trostlosigkeit ab, die mich umgab.

Ich wanderte gedankenverloren im Raum umher, bis ich mein zweitliebstes Geräusch hörte. Einen schweren metallischen Schritt, stets begleitet von einem tiefen Knurren, das mir, als ich noch ein kleines Kind war, Angst gemacht hatte.

„Tank!" Da meine Tür immer offen stand, entweder aus Unachtsamkeit der Soldaten oder dank meiner puren Faulheit, sah ich alles, was sich auf dem Flur bewegte und dabei bei mir vorbeikam. Der große Löwe blieb vor meinem Zimmer stehen und spazierte dann gelassen herein. „Tank, mach es dir doch bitte bequem."

Das ließ sich das Tier nicht zweimal sagen. Er breitete sich gemütlich auf dem Boden aus.

Tank sah aus wie ein ganz normaler Löwe. Groß, mächtig, mit einer prächtigen Mähne. Aber etwas war anders an ihm. Eine Seite war bionisch. Zwei seiner mächtigen Läufe, je ein Vorder- und Hinterbein, waren komplett aus Metall. Sie erschienen dadurch kräftiger als die biologischen Teile. Auch eines seiner Augen war nicht mehr so natürlich, wie früher. Sie sagten immer *Sucher* zu dem Auge. Es funktionierte wie eine Wärmebildkamera. Damit hatte seine Beute keine Chance mehr ihm zu entkommen, auch wenn ich mir nicht sicher war, was oder wen er jagte.

Er streckte sich und gähnte dabei ganz entspannt. Große, spitze Zähne aus Metall kamen zum Vorschein.

Davor hatte ich als Kind am meisten Angst gehabt. Als Soldatin wusste ich, dass sie die perfekten Tötungswaffen waren. Geschaffen, um zuzupacken, festzuhalten, und stabil genug, um durch eine dünne Stahlplatte zu beißen. Ich beugte mich nach vorne, um sie besser zu sehen. Sie waren an der Hinterseite gezackt, was ihm das Festhalten erleichterte und seine Beute im Ernstfall zerreißen würde. Dieses Tier hatte alles, was ihn zu einem perfekten Killer machte.

Aber im Moment genoss er meinen weichen Teppichboden. Der Löwe schnurrte hin und wieder, was sich dank seiner Größe wie ein tiefes Grummeln anhörte. Ich streichelte ihm über seine dichte Mähne und kraulte ihm am Ohr, was ihm besonders gut gefiel. Grade als ich mich zu ihm kniete, sah ich, wie einer der Ingenieure hektisch an meinem Zimmer vorbeilief. Er blieb stehen, sah in meinen Raum und begrüßte mich freundlich, bevor er weitereilte. Ich wusste, dass er das nicht tat, weil er mich mochte, sondern nur, um nett zu mir zu sein.

„Siehst du Tank", flüsterte ich dem Löwen zu, „deshalb bin ich lieber mit dir zusammen. Du bist wenigstens ehrlich zu mir."

Das Tier leckte mir über die Wange und ließ mich dann mit meiner Arbeit, ihn zu kraulen, fortfahren.

Neben dem Ingenieur waren noch alle anderen

Menschen, die ich auf dem Stützpunkt kennengelernt hatte, nett zu mir, aufgrund meiner Position.

Ein anderes Leben kannte ich nicht. Auch bevor der Krieg in der ganzen Welt ausbrach, lebte ich auf einem Stützpunkt, gut behütet von den Soldaten und meinen eigenen Leibwächtern.

Mein Tag bestand daraus, Manieren zu lernen, seien es welche für das Essen mit Gästen gewesen oder einfach, damit ich als gut erzogenes Mädchen vor unseren Besuchern glänzen konnte. Ich hatte alles, was man sich nur wünschen konnte. Bis auf eine Familie.

Mein Vater war meistens auf Reisen und meine Mutter, nun ja, sie hatte ich nie kennengelernt.

Alle setzten ihre Hoffnung in mich, in die brave, kleine Tochter ihres großen Generals. Richtig, ich bin Tochter von General Leonhard Langford, einem der größten Kriegshelden, den die Welt jemals gesehen hat.

Er diente zeitweise als persönlicher Leitschutz für den Präsidenten. Mein Vater war schon immer eine große Nummer gewesen, wenn es um das Militär ging. Und ich? Nun ja, ich war nur seine Tochter.

Es hatte nie jemanden interessiert, was ich wollte oder wer ich war. Ich musste alles dafür tun, dem Namen meines Vaters alle Ehre zu machen, unabhängig davon, ob es mir gefiel oder nicht. Und es hat sich bis heute nicht viel geändert.

Klar, es hatte auch Vorteile, wenn die Welt um einen herum alles für einen tut. Aber wenn man nichts weiter als nur ein gesichtsloser Nachfolger eines Idols ist, dann sind einem auch diese völlig egal.

Ich widmete mich wieder Tank und kraulte ihn.

Wie ich diese Leben hasste.

Ryder

Vor mir saß ein kleiner Welpe. Er guckte mich an, hob seine Ohren und hechelte mir freudig zu. Ich wusste sofort, wem ich dieses kleine, flauschiges Tier anhängen konnte: „Deimos!"

Der Welpe erschrak sich, blieb aber sitzen.

Langsam schlich der vermutete Vater um die Ecke.

„Alter, erkläre mir das!"

Nun hatte ich zwei Tiere vor mir sitzen, die mich fragend ansahen und nicht recht wussten, was ich von ihnen wollte. Dem Kleinen wurde langweilig. Er stellte sich auf die Hinterpfoten und tänzelte vor mir her, damit ich mit ihm spielte. Deimos hingegen blieb sitzen, da er wusste, dass er etwas falsch gemacht haben muss.

„Verzieh dich, du kleiner Flohsack!"

Verstanden hatte mich der Welpe wohl nicht, da er unbeirrt von mir sein Tänzchen fortsetzte.

„Nikolai?", in der Hoffnung, dass mir mein Freund weiterhelfen konnte, rief ich ihn.

„Ja?" Er kam um dieselbe Ecke wie Deimos und stellte sich neben mich. Ihm schien der kleine tanzende Hund nicht aufgefallen zu sein.

Ich zeigte mit dem Finger auf das Tier: „Wo kommt der Welpe her?"

Mein Kumpel hatte jetzt auch den kleinen Tänzer bemerkt und grinste mich an: „Also ..." ,begann er, „... wenn Mama und Papa Hund sich ganz dolle lieb haben dann ...", er machte mit seinen Händen eine eindeutige Geste, um es mir visuell erklären zu können.

„Trottel!", unterbrach ich ihn und stieß ihm meinen Ellenbogen in die Seite, wobei er nur lachen musste.

„Du hast gefragt, ich hab geantwortet, Ryder."

Ryder, das war mein Name. Ich hatte es mir, um es gleich vorwegzunehmen, freiwillig ausgesucht, bei den Defenders mitzumachen. Die Soldaten brachten zu viel Leid über unsere Welt. Dafür wollte ich Rache!

Ich lebte in dieser Scheune, seit ich 12 war. Seitdem war ich Vollwaise.

Nichts wurde uns gelassen. Ein Brachland, Dreck, verbrannte Erde und mehrere abgestorbene Wälder. Wir waren über 100 Menschen in zwei kaputten, kläglich zusammengebauten Scheunen. „Platz" war für uns ein Fremdwort.

Unser Camp wurde mithilfe eines einfachen Stacheldrahtzauns geschützt. Der Sand, der um uns herum war, bedeckte auch einen Großteil unseres Bodens. Obwohl die Leute hier alles taten, um unseren Wohnort sauber zu halten, scheiterten sie meist, da der starke Wind immer wieder den Sand zurücktrug.

Hinter den Scheunen stand ein kleines Haus, in dem sich die älteren trafen, um die Missionen zu besprechen.

Mein Kleidungsstil war ähnlich wie der der anderen: schlicht, dunkel und einfach gehalten. Ich trug meistens schwarze Kleidung, die ich auf den Missionen gegen eine Soldatenuniform samt Helm mit Visier tauschte. Wohl fühlte ich mich darin nicht, doch ich trug sie nicht ohne Grund. Die Uniformen dienten dazu, um die Soldaten zu verwirren, sollten wir mal in ihrem Gebiet sein. Jeder Defender trug schwere Stiefel mit Stahlkappen, die uns zum Schutz beim arbeiten dienten. Oder damit wir genug Schaden anrichten konnten, falls wir einem der Soldaten ins Gesicht traten.

Ich kratze mich am Kinn, da ich überlegte, wo der Welpe herkam und bemerkte dabei, dass mein Bart, den ich immer kurz trug, wieder etwas gewachsen war.

Zum Glück hatte ich noch ein altes Rasierset, dass ich mir vor Jahren von einem der Soldaten geschnappt hatte. Rasieren konnte man sich hier nämlich fast gar nicht, da es kaum Sachen dafür gab. Deshalb brauchte unser Weihnachtsmann jedes Jahr nur einen roten Mantel, um authentisch rüber zu kommen.

Auch wenn wir nicht viel bis gar nichts hatten, taten wir alles, um die schönen alten Traditionen und Feste für die Kinder aufrecht zu erhalten, damit wir ihnen ein halbwegs angenehmes Leben ermöglichen konnten.

Ich sah zu meinem Freund. Seine Augen waren sein auffälligstes Merkmal. Sie hatten zwei verschiedene Farben, blau und grün. Die Mädchen hier fuhren voll darauf ab, aber ich wurde das Gefühl nicht los, dass er nicht wirklich auf die Mädels abfuhr.

Brüder waren wir nicht. Er war Russe und ich ... nun ja, Amerikaner. Leider.

Ich wuchs damals idyllisch mit meinen Eltern und meiner Großmutter auf, hatte viele Freunde zum Spielen und eine tolle Schule. Es war das perfekte Leben für mich. Bis es mir genommen wurde.

Eines abends kam mein Vater aufgeregt nach Hause, griff sich einen großen Koffer und stopfte alle möglichen Unterlagen und Dokumente rein, die er auf die schnelle finden konnte. Ich saß damals an dem Geländer und beobachtete das Ganze von oben.

Meine Mutter lief zu ihm und fragte, was geschehen war und warum er das tat.

Ich versuchte, dem Gespräch zu lauschen, doch ich verstand kein Wort.

Als er es ihr erklärte, wurde auch sie panisch, lief die Treppe zu mir hoch, griff meine Hand und half mir, meine Reisetasche zu packen. Nur Kleidung, weder Bücher noch Spielzeug oder sonstige Sachen, an denen ich hing. Danach rannten wir raus auf die Straße, die zu diesem Zeitpunkt schon mit den Autos der anderen Leute überfüllt war, die genau wie wir aus der Stadt fliehen wollten. Unsere Nachbarn liefen aus ihren Häusern und fingen an, ihre Kinder und den nötigsten Besitz in ihre Fahrzeuge zu laden. Ich erkannte meinen besten Freund, wie er versucht hatte, seinen großen Koffer auf die Rücksitze des Wagens seiner Eltern zu hieven. Das war das letzte Mal, dass ich ihn gesehen hatte.

Meine Eltern stritten darum, wer Großmutter mitnehmen würde, da sie Platz im Wagen bräuchte und alt sei. Erst als mich meine Mutter wutentbrannt am Handgelenk packte und mich in das Auto setzte, wusste ich, dass es wohl keiner von beiden machen würde. Ich fragte meinen Vater, wieso niemand meine Oma nehmen wollte. Er schaute mich an und antwortete in einem ruhigen Ton: „Das wirst du schon noch irgendwann verstehen, Ryder."

Bis heute war es mir unbegreiflich.

Die Autos blockierten die Highways und Feldwege, da alle nur das Ziel hatten, aus der Stadt zu kommen. Es war schrecklich. Überall um uns herum waren Menschen, die panisch versuchten sich und ihre Familien zu retten. Einige liefen zu Fuß mit ihren Koffern zwischen den Autos umher, da sie sich so schneller fortbewegen konnten. Sie ließen ihre Wagen stehen und versuchten sich in Sicherheit zu bringen. Es dauerte Stunden, bis wir vorankamen.

Als wir schließlich die Stadtgrenze erreichten, sah ich, wie an uns ein riesiger grauer Panzer, begleitet von mehreren Jeeps, vorbeifuhr. Auf der anderen Seite liefen die Soldaten zu Fuß lang, wobei einer der Männer auf mich aufmerksam wurde. Er kam zu unserem Auto, lehnte sich dagegen und lächelte mich an. Dann sah er zu meinen Eltern nach vorne, drehte sich vorsichtig nach rechts, dann nach links, um hinter sich schauen zu können, und gab meiner Mutter ein Dokument: „Das können Sie benutzen, um schneller voranzukommen. Es berechtigt Sie auch, die Militärstraßen zu nehmen." Dann sah er wieder zu mir: „Ich würde es mir nie verzeihen, wenn durch uns ein Kind umkommen würde."

Er war der erste und letzte freundliche Soldat, den ich

jemals gesehen hatte.

Meine Eltern bedankten sich sehr bei ihm und fuhren schnell weiter.

Danach ging es bergab mit der Welt. Wir hörten immer wieder von Bombenangriffen der Soldaten auf verschiedene Städte, meistens völlig grundlos.

Als wir in einem kleinen Häuschen Schutz fanden, lernte ich Nikolai und seine Familie kennen. Wir kamen sofort miteinander aus und alberten viel herum.

Eines Tages kam sein Vater zu mir und erzählte, dass die Soldaten meine Eltern erschossen hatten, als sie grade dabei waren, für uns etwas Essbares zu finden.

Zum Glück konnte ich mit der Familie meines Freundes zusammen fliehen. Doch auch sie blieben nicht von den Soldaten verschont. Auf dem Weg hierher trat Nikolais Vater auf eine Mine und riss seine Frau mit in den Tod.

Wir waren zum Glück weit genug weg und sahen nur die Explosion. Eine ältere Dame kümmerte sich ab da um uns, und so bin ich hier gelandet und verfluche seitdem jeden einzelnen Tag, an dem ich keinen dieser Dreckskerle von Uniformträgern in die Finger bekam, um mich zu rächen.

Meinen Hund Deimos bekam ich, als ich 15 wurde.

Er war ein Geburtstagsgeschenk von den Leuten hier, da ich nun alt genug war, um mit ihnen auf Mission gehen zu können. Bei Nikolai war es genauso. Auch er freute sich sehr über Tiberius und die Tatsache, endlich alt genug zu sein, um zu kämpfen.

„Ryder?"

Ich war so in meinen Gedanken versunken gewesen, dass ich den Welpen und den Rest um mich herum schon ausgeblendet hatte. Ich grinste Nikolai nur an und sah dann wieder zu dem kleinen Hund.

„Sag mal, Niko," fing ich schnippisch an, „meinst du nicht, der Kleine da sieht aus wie dein Hund?"

Mein Kumpel sah mich erstaunt an und dann fiel ihm die Ähnlichkeit auch auf: „Tiberius!"

Nur war sein Hund schlau genug gewesen, um nicht anzutreten. Hätte ich auch gleich erkennen müssen, da der Kleine stabiler gebaut war und eine breitere Schnauze als die Rasse meines Hundes hatte. Mein Deimos war ein Schäferhundmischling, während Tiberius ein Mastiff war.

„Und?", seufzte er, „was machen wir mit dem Kleinen?"

„Dasselbe wie mit jedem Neuen. Ausbilden zum Beutejagen."

Der Welpe schien mich verstanden zu haben, denn er hörte augenblicklich auf, zu tänzeln, und setzte sich grade vor mich hin. Im Hintergrund war das Geräusch eines Schweißbrenners zu hören, was mich und Nikolai aufmerksam machte.

„Was bauen die?", ich drehte mich zu dem Geräusch

hin.

„Einen Spielplatz. Hörst du gar nicht mehr zu?"

Er knuffte mir gegen die Schulter: „Die Kinder werden sich sehr freuen. Da, die kommen schon und gucken."

„Wird wohl bald fertig sein, sieht aber ziemlich Scheiße aus."

„So wie du?", Nikolai grinste mich an und begann zu laufen. Mein Stichwort.

Ich lief ihm hinterher, bis ich ihn, wie zu erwarten, zu fassen bekam und wir uns auf dem Boden im Dreck wälzten, bis wir vor lachen keine Luft mehr bekamen.

„Nikolai, Ryder, hört auf mit dem Unfug und helft mir!"

Ich lugte über Nikolais Schulter: „Corvin?", und sah wieder zu meinem Kumpel.

„Ja, Corvin. Na los, komm. Wir müssen wieder ran."

Beim Aufstehen zog ich Nikolai hoch, rutschte aus und landete wieder auf ihm. Er wollte sich erst beschweren, erkannte aber, dass es nur ein Unfall war und lachte. Schließlich gelang es uns aufzustehen. Danach klopften wir uns den letzten Rest Staub aus den Jacken und Hosen und gingen zu der Scheune.

Heather

Die Tür sprang vor mir auf und ich rannte durch den

Flur. Jeden Soldaten schubste ich dabei mal aus Reflex, mal mit Absicht zur Seite, um schnell meinen langersehnten Besuch zu empfangen.

Auf dem Parkplatz angekommen sah ich nach oben. Die Scheinwerfer, die auf den Dächern der Häuser angebracht waren, blendeten mich dabei, sodass ich meine Hand als Sichtschutz benutzen musste.

Die Menschen um mich herum gingen an mir vorbei und unterhielten sich wie jeden Tag über, in meinen Augen, belanglose Themen. **Wenn sie doch nur etwas leiser wären, damit ich die Helikopter hören könnte. Das ist es, leiser!** „Silent? Silent!", rief ich, doch niemand antwortete mir. Der Himmel war leer. Graue, fast schon schwarze Wolkenfronten zogen langsam vorbei, die aussahen, als wären sie der Vorbote eines großen Sturmes. Doch so sah es fast täglich aus. Dann endlich hörte ich den Schrei, auf den ich gewartet hatte. Er hallte durch die Basis und ließ alles in Hörweite aufhorchen. Ich überlegte, ob Silent vielleicht nicht der treffendste Name für ein Tier war, das alles verstummen ließ, sobald es antwortete. Dann sah ich ihn. Der Adler schoss aus der Wolkenfront, setzte zum Tiefflug an, flog dicht über meinem Kopf und landete einige Meter hinter mir auf einem Jeep. Die Insassen waren wenig begeistert darüber und stiegen meckernd aus.

„Silent, da bist du endlich, wo warst du?"

Der Vogel sah mich nur an und schwieg.

„Ich hab mir Sorgen gemacht."

Wieder keine Antwort.

„Sieh mal, was zu fressen für dich."

Nun regte sich das Tier und krächzte mich an.

Sein Schnabel war aus Metall. Auch seine Krallen bestanden aus Metall, wodurch er, ähnlich wie bei dem Löwen, mehr Kraft beim Zupacken hatte und somit alles problemlos wegtragen konnte, unabhängig von der Größe. Der Adler war größer als seine Artgenossen, da er dafür eingesetzt wurde, Scharfschützen auf den Dächern zu platzieren.

Er starrte mich an, begriff aber schnell, dass ich nichts für ihn hatte und hüpfte leichtfüßig vor mir auf den Boden, ohne dabei ein Geräusch zu machen. Nun machte er seinem Namen alle Ehre.

„Für einen Adler bist du aber ziemlich fett."

Sein Fauchen verriet mir, dass er wenig begeistert von meiner List und noch weniger von mir war. Er schaute umher und suchte nach einer Ersatzmahlzeit. Ich zog genervt von ihm eine Augenbraue hoch und sah wieder nach oben. Für ihn war ich nicht so schnell aus meinem Zimmer gelaufen. **Vielleicht kommt er heute doch nicht mehr. Und ich hatte mich schon so auf ihn gefreut.** Genervt drehte ich mich wieder meinem Tier zu. Ja, leider, er war mein persönlicher Kamerad, obwohl wir uns fast nur stritten. Auch wenn er nicht reden konnte, machten mir seine Blicke immer mehr als deutlich, was er sagen wollte. Dennoch wusste ich, dass ich ihm immer vertrauen konnte und er stets für mich da war.

„Du weißt genau, dass es hier keine Kleintiere gibt!" Ein strenger Blick von ihm erklärte mir, dass ich keinerlei Mitspracherecht in seiner Futtersuche hatte.

„Lass ihn doch, Schnurzelchen. Du weißt doch, er wird erst aufhören zu suchen, wenn er was gefunden hat."

Ich drehte mich freudig um, denn es gab nur eine Person, die mich so nannte.

„Vater!", ich war so mit dem Adler beschäftigt gewesen, dass ich die Helikopter nicht gehört hatte. Ich lief auf ihn zu und umarmte ihn.

Er war ein großer, stattlicher Mann, immer mit einem warmen Lächeln auf den Lippen, durch das ich jeglichen Frust über Silent vergaß. Leider war auch er nicht mehr so menschlich wie früher. Genau wie bei seinem Löwen Tank hatte mein Vater einen Sucher anstatt seines rechten Auges. Dafür nur einen bionischen Arm und zwei normale Beine.

Alle Soldaten hatten jeweils ein metallisches Körperteil mit ihren Tieren gemeinsam. Das verband sie miteinander. Buchstäblich. Es waren in beiden

Soldaten, dem Menschen und dem Tier, jeweils zwei kleine Chips implantiert. Einer davon diente dazu, dass der Standort des Soldaten abgerufen wurde. Diese Daten wurden dann auf einen kleinen Bildschirm, der sich in der Bionik befand, übertragen. Dort konnten die Soldaten die Daten entweder ablesen, oder sie wurden ihnen per Sprachmitteilung an einen kleinen Ohrstöpsel gesendet.

Mein Vater trug eine schwarze Uniform, die so gut gebügelt war, dass sie keine einzige Falte warf.

Also hatte ich den Sinn für Ordnung definitiv nicht von ihm geerbt. Er war auch heute, wie jeden Tag, perfekt rasiert, wodurch man seine Narbe, die er rechts am Kinn trug, deutlich erkennen konnte. Passend zu dem ganzen Outfit trug er zwei schwere schwarze Militärstiefel. **Nein, Moment.** Einen schweren schwarzen Militärstiefel. Ich sah ihn verwundert an.

„Die verdammten Söhne einer räudigen Hündin! Sie haben uns überfallen und plünderten unsere Sachen. Aber sie sind unfähig! Du siehst es ja. Nicht mal beide Stiefel können sie mir nehmen!"

Ich spürte seine Wut und verstand sie auch. **Söhne einer räudigen Hündin, tzz.** Mein Vater legte so viel Wert auf ein gutes Erscheinungsbild, dass er sich sogar das Fluchen selbst verbot und harmlosere Varianten nahm. Ganz im Gegensatz zu mir. Meiner Meinung

nach war das ein noch zu netter Ausdruck für diese
nichtsnutzigen Hurensöhne, die uns immer wieder
ausraubten.

„Wann löschen wir sie endlich aus?!", fragte ich in
einem gereizten Ton. „Die haben doch eh keine
Lebensberechtigung mehr auf unserem Planeten!"
Mein Vater sah mich entsetzt an und schwieg kurz:
„Heather, meinst du nicht, du übertreibst?"
„ÜBERtreiben!?", ich sah ihn fassungslos an.
„UNTERtreiben wäre hier das richtige Wort!"
Selbst Silent, der noch bei der Futtersuche war,
breitete seine Flügel aus und krächzte mir zustimmend
zu. Mein Vater war noch entsetzt über meinen Hass
gegen die Defenders und schüttelte nur fassungslos
den Kopf.

Seiner Meinung nach sollten wir alle in einer Welt
leben, in der wir uns alle prächtig verstanden. Meiner
Meinung nach brauchte ich ein Gewehr mit einer
größeren Reichweite, um noch mehr von denen zu
erwischen.

Dann fiel mir noch eine Frage ein: „Haben sie unseren
Männern etwas getan?"
„Nein, dass zum Glück nicht. Ich hoffe auch, es bleibt
in Zukunft so."
„Vater, schick mich da raus. Bitte. Ich will dir beweisen,
dass mein Shadow Echo Squad genauso gut ist wie

dein Fallen Squad."

„Shadow Echo? Wer sind die drei anderen?"

Er war verwundert darüber, dass ich wohl auch ein eigenes Team hatte.

„Na ja", begann ich zögernd und scharrte dabei mit dem Fuß im Sand, „Silent, John und sein Karakal Jumper."

„John und Jumper sind deine Begleitung?"

Ich senkte den Kopf und schaute zu ihm nach oben: „Ähm, ja, Vater."

„Wissen die beiden denn davon?"

„Ja, und sie sind einverstanden", antwortete ich hastig, wobei ich meinen Kopf wieder hob.

Er sah mich skeptisch an. Ein Stück Ratlosigkeit war in seinem Gesicht zu erkennen. „Also, noch einmal für mich", fing er langsam an, „ich soll meine 19-jährige Tochter von einem 32-jährigen Soldaten, einem Vogel", Silent bäumte sich auf und protestierte, „und einer launigen Wildkatze begleiten lassen?"

Nun erkannte ich sein Problem: „Vater, ich bin alt genug, da wird alles klappen. Versprochen."

Er tauschte mit Tank, der von Silents Gekreische angelockt wurde, Blicke aus, die auf ein klares Nein deuteten: „Okay."

„Aber Vater! Das ist nicht fair, ich bin … warte. Okay? Ich darf?"

„Du hast recht. Du bist eine gute Schützin. Außerdem bist du inzwischen alt genug, um auf dich selbst aufzupassen. Morgen früh geht es los."

Nach diesen Worten gab er mir einen Kuss auf die Stirn, drehte sich um und begleitete seinen Löwen.

Ryder

„Aufstehen!", rief Corvin wütend.

„Ja, ist ja schon gut. Reg dich ab, alter Mann", antwortete ich schläfrig.

Nun klang er noch unzufriedener: „Ihr müsst die Ware sortieren! Wir waren endlich wieder erfolgreich."

Mein Kumpel und ich lagen auf einer ausrangierten Palette, um uns von der Arbeit am Spielplatz auszuruhen, als wir unsanft geweckt wurden.

Verschlafen sah ich zu der großen Kiste rüber, raffte mich langsam auf und ging mit Nikolai zu ihr.

Wir schauten uns alle Sachen genau an, bis meinem Freund etwas auffiel. „Wirklich?" ,bemerkte er scharf.

„Nur ein Militärstiefel? Was zur Hölle wollen wir mit einem Stiefel?"

„Meckere nicht!",unterbrach Corvin ihn, „wir sollten dankbar für alles sein, was unser Suchtrupp uns mitbringt!"

„Ja, ich weiß, ich weiß", nörgelte Nikolai, drehte sich zu mir um und flüsterte: „Aber ein Stiefel?"

Ich lächelte ihn nur schläfrig an, da ich noch müde war. „Jetzt sucht endlich weiter!"

Wir sahen uns alles genau an, fanden aber nicht viel, was man gebrauchen konnte.

„Sie waren heute nicht sehr erfolgreich", grummelte Corvin ärgerlich. Er warf die Sachen hinter sich, wobei er Nikolai und mich damit traf. Wir beschwerten uns aber nicht, da wir wussten, dass er uns deshalb anschreien würde.

Er wandte sich uns zu: „Wir müssen morgen früh raus und neue Vorräte sammeln. Jetzt ist es zu dunkel, da würde es keinen Sinn machen, euch rauszuschicken. Und es wäre auch zu gefährlich."

„Da können wir nicht", bemerkte Nikolai schnell. „Wir müssen bei dem Bau des neuen Spielplatzes helfen. Wir sind dort seit Wochen eingeplant."

Corvin sah ihn verärgert an: „Na gut", schnaubte er, „dann gehe ich eben mit den anderen. Zeus, komm her!"

Es wurde still. Unsere Hunde, die grade entspannt durch die Hintertür in die Scheune liefen, wurden nervös. Sie bellten und winselten in Richtung des offenen Tores. Mein Kumpel und ich drehten uns um und sahen in die dunkle Nacht hinaus.

Schwere, dumpfe Schritte waren zu hören, begleitet von einem tiefen Knurren. Zwei Augen blitzen kurz auf und erloschen wieder. Wir sahen in die Schwärze und erkannten nichts. Plötzlich tauchte ein riesiger Bär aus der Finsternis auf. Durch seine dunkle Fellfarbe sah es aus, als wäre er ein Teil der Nacht gewesen aus der er sich nun langsam löste. Er schnaubte, wobei sein Atem in weißen Wölkchen aufstieg und sich in der Dunkelheit verloren. Auch wenn wir den Bären schon lange kannten, flößte er uns jedes Mal aufs Neue Respekt ein, alleine durch seine gewaltige Größe.

Er stand immer treu an der Seite von Corvin, egal ob es sich um Aufklärungsmissionen handelte oder um größere Kämpfe mit den Soldaten. Wobei der Gegner stets den Kürzeren zog, unabhängig davon, ob er hochgerüstet war oder nicht. Mit diesen gefährlichen Zähnen, die als Waffen zum beißen und zerbrechen von Holz, Knochen oder leichtem Metall eingesetzt wurden, und Pranken, mit denen er leicht eine Tür oder das Dach eines Wagens eindrücken konnte, legte sich keiner so schnell an.

Obwohl der Bär schon älter war, war er erstaunlich agil und konnte problemlos mit den jüngeren seiner Art mithalten. Er hatte, ähnlich wie sein Besitzer, eine Führungsposition unter den Tieren. Wenn er auftrat, räumten die kleineren Arten das Feld.

Als das Tier in seiner vollen Pracht neben seinem Herrchen stand, verstummten unsere Hunde und setzten sich, da sie Respekt vor ihrem tierischen Kameraden hatten.

„Zeus, wir müssen noch einmal raus, um uns neue Kleidung und Vorräte zu holen. Die Sachen von heute haben nicht gereicht."

Der Bär brummte, schnaubte erneut eine weiße Atemwolke aus, nickte Corvin zum Einverständnis zu und wandte sich nun den Hunden zu, die schon wussten, was ihnen bevorstand.

„Komm Ryder" ‚Nikolai klopfte mir auf die Schulter und streckte sich, „wir müssen jetzt schlafen. Morgen wird ein anstrengender Tag."

Ich nickte und wollte ihm folgen, blieb aber stehen und drehte mich zu Corvin um.

Er hatte sich für sein Alter recht gut gehalten. Seine Haare waren zwar ergraut, doch dafür hatte er keine einzige Falte im Gesicht. Er trug meistens eine grüne Uniform, deren Ärmel bis zu den Ellenbogen Hochgekrempelt waren. Er hatte einen ernsten Gesichtsausdruck, welcher seine Führungsposition unterstrich und wodurch er mehr Respekt von den anderen bekam. Die ernste Mimik wurde durch das Blau in seinen Augen verstärkt, das, anders als bei seinen jungen Schützlingen, ein kaltes Blau war.

Ich wusste nicht sehr viel über ihn.

Corvin kam nach dem Beginn des Krieges her. Keiner seiner damaligen Leute hatte überlebt, weshalb er heute übervorsichtig war, wenn es um die Planung der Einsätze ging. Er half damals viele der hier lebenden Zivilisten herzubringen, um ihnen Schutz vor der Welt da draußen zu bieten.

Ich drehte mich um und ging zu meinem Bett, das aus mehreren Paletten bestand, auf denen alte Kleidung lag, die uns als Matratze diente. Ich rollte mich in einem alten Laken ein, welches mir als Decke diente. Es war nachts kalt, da unsere Behausung wenig Schutz vor Kälte oder dem Wind bot. In den heißen Phasen hingegen starb man fast an einem Hitzschlag, wodurch wir einige der älteren Mitbürger verloren hatten. Das einzig Positive war: Wenn wir einen wolkenlosen Himmel hatten, konnten wir die Sterne sehen, da in unserem Dach einiges fehlte.

Als erstes schlief Nikolai ein. Ich sah an ihm vorbei, raus in die Nacht, was mir möglich war, da wir ein Loch in unserer Wand hatten. Das grelle Licht der Laternen blendete mich, die um unsere Behausung aufgestellt waren, bis ich mich schließlich zur Seite drehte und die Augen schloss.

Am nächsten Morgen wurde ich früh von Motorengeräuschen geweckt. Ich knuffte Nikolai in die

Seite, damit dieser auch aufwachte und wir uns fertigmachen konnten, was ziemlich schnell ging, wenn man wenig Sachen hatte. Wir schnappten uns jeder eine kleine Flasche mit Wasser, warfen uns eine neue Jacke über und gingen zum Auto, während wir unsere Hunde aufsammelten, die noch munter draußen herumliefen, dafür, dass sie in der letzten Nacht von Zeus gequält wurden.

Die anderen waren schon dabei, aus ihren Fahrzeugen alle nötigen Werkzeuge zu holen, die wir zum bauen brauchten. Ich bemerkte den Suchtrupp, der sich fertigmachte für seine Mission, um neue Materialien für uns zu besorgen. Sie statteten ihre Wagen mit Tarnkleidung, Ferngläsern und einem automatischen Geschütz aus. Wir begrüßten sie freundlich, nahmen die Ausrüstung entgegen und machten uns auf den Weg zurück zu unserer Baustelle. Dort angekommen fingen wir mit den Arbeiten an. Ich öffnete den Werkzeugkasten und fand alles sauber aufgereiht und griffbereit vor mir vor. **Das Wichtigste, um einen Job gut zu erledigen, ist, Ordnung zu halten.** Ich hörte das Dröhnen einer Hupe und schaute dem Konvoi zu, wie er Auto für Auto von dem Gelände fuhr.

Na hoffentlich haben die anderen mehr Spaß.

Heather

„Das letzte Auto ist aber langsam!", meckerte ich ungeduldig und verschränkte die Arme dabei.

John und Jumper sahen mich von ihren Vordersitzen aus nur verständnislos an.

2 Tage waren vergangen, seit mir mein Vater gesagt hatte, dass ich mit auf die Mission durfte. Am Anfang hatte ich mich darauf gefreut, nun langweilte mich die lange Autofahrt.

„Sie brauchen eben ihre Zeit. Es können nicht alle so schnell sein wie wir. Es muss immer ein Abstand bestehen. Das weißt du."

Trotz seiner Erklärung murrte ich noch, bis ich in die Landschaft schaute. Wir fuhren über eine Wiese, die deutlich bessere Zeiten gesehen hatte. Es stand trockenes, totes Gras auf ihr, ohne eine Blume, die Leben in die Einöde gebracht hätte. Einige Stellen waren kahl und man sah den Sand auf ihnen, der einen Großteil des Gebietes bedeckte. Ich hatte schon viele dieser kahlen Landstriche gesehen und fragte mich, wie sie früher ausgesehen hatten. Es musste bestimmt sehr schön gewesen sein, als alles lebte und die Umgebung in herrlich bunte Farben strahlte. Ich sah nach oben in den grauen Himmel. Alleine die

Vorstellung von ihm in einem Hellblau und dazu die Farbenpracht der Erde, brachte mich zum Lächeln.

Doch die nächste Böe, die einen Haufen Sand gegen das Fenster des Wagens warf, in dem ich saß, brachte mich zurück in die trostlose Realität.

„Jetzt verlassen wir unser offizielles Gebiet, alles, was jetzt kommt, ist die neutrale Zone. Also sei bitte etwas vorsichtiger. Ich hab keine Lust, bei deinem Vater antreten zu müssen, weil du dir einen Fehler geleistet hast." Er drehte sich wieder zu mir um: „Bereit?"

Ich grinste ihn an: „Immer!"

John schaltete den Funk an seinem Wagen ein und überprüfte sein Equipment. Dann sah er nach vorne: „Wir sind da, Heather, also bau keinen Scheiß!"

Eine große Stadt tauchte vor uns auf. Aber sie war genau wie die Wiese, tot.

Ich drückte mich an die Innenseite der Scheibe, um mir die Gebäude besser ansehen zu können. Sie waren zum Großteil so zerstört, dass nur noch die Hälfte von ihnen übrig war. Die, die noch nicht eingestürzt waren, waren stark ausgebrannt. Man konnte zum Teil in die Wohnungen sehen, welche stark zerstört waren.

„Was wollen wir hier?", rief ich meinem Fahrer zu.

„Nun", begann er, „wir brauchen neue Ressourcen und da das hier neutrales Gebiet ist, weit genug weg von den anderen, haben wir hier größere Chancen, etwas brauchbares zu finden."

„Brauchbar heißt?"

„Alles, was nicht allzu sehr beschädigt ist."

John schwieg wieder und kümmerte sich nur noch um das Fahren. Jumper, seine Karakaldame warf mir einen scharfen Blick zu, da ich ihr in ihren Augen zu neugierig und zu laut war. Nun schwieg auch ich für den Rest der Fahrt.

In der Stadtmitte angekommen, stiegen wir aus und schlugen kleine Versorgungszelte in dem Schutt auf. Kleine Masten wurden an ihnen angebracht, die dafür sorgten, dass wir den Kontakt zu unserem Stützpunkt halten konnten. Jumper erkundete die Gegend um uns herum, wobei die anderen Tiere ihr halfen.

Nur mein Adler war wieder nirgends zu sehen.

Bestimmt frisst er wieder. Ich sah mich um. Um uns herum standen nur kaputte und ausgebrannte Hochhäuser. Es schien hier keine kleineren Gebäude zu geben. **Das ist seltsam, eine Stadt nur mit Hochhäusern?** Ich stieg vorsichtig über die kaputten Türen und zersplitterten Fenster, die um mich herum lagen, um selbst die Umgebung zu erkunden.

Die Scherben knirschten leise unter mir, als sie unter meinen Schuhen zerbrachen. Autos, von denen der Lack schon längst abgesplittert war, standen kreuz und quer auf den Straßen verteilt. Einige waren ebenfalls ausgebrannt. Die Straßen selbst waren von den Witterungen zerstört und tiefe Risse durchzogen sie. Ein muffiger Geruch lag in der Luft, der von dem schwachen Wind stets weitergetragen wurde. Kleine Aschenbröckchen schwebten vor mir und stiegen in die Höhe, bevor sie woanders zu Boden sanken. Ich streckte die Hand aus. Ein paar kleine Bröckchen landeten auf meinem schwarzen Handschuh. Als ich die Hand schloss und wieder öffnete, verteilte ich die Asche auf der Innenseite und färbte sie somit grau. Auf allen Missionen, auf denen ich war, hatte ich noch nie eine so zerstörte Kulisse gesehen. Mich beschlich ein ungutes Gefühl.

Wir gingen in ein Haus, das zum Großteil noch stand, und teilten uns auf, damit wir schneller vorankamen. Vor dem betreten sah ich mir die Fassade an und entdeckte einen tiefen Kratzer, welcher verblasst war. Bevor ich mir Gedanken darüber machen konnte, wurde ich von John nach vorne geschubst.

Auf der Suche nach Vorräten durchstöberten wir jede Wohnung und räumten sie fast komplett aus. Ständig kamen mir meine Soldaten entgegen, vollgepackt mit alten, kaputten Möbeln und anderem Kleinkram. Ich sah mir alles genau an. Alte, verdreckte, mittlerweile rattenverseuchte Wohnungen, die widerlich nach verrottendem Stoff und anderen

Gerüchen stanken. Das Licht fiel ungehemmt in die Apartments und erhellte somit die sonst so dunklen Räume, da die meisten Fensterscheiben zerbrochen waren und die Vorhänge in Fetzen zu Boden hingen. In einigen Ecken sah ich kleine runde Nester aus Zweigen, die schon lange nicht mehr benutzt wurden. In dem vierten Stockwerk sahen sich John und ich um. Während mein Kollege die Schränke in der Küche durchsuchte, sah ich mich im Wohnzimmer um.

Es war eingerichtet mit einem kleinen Tisch, einer Couch, einem kaputten Fernseher und einem großen Schrank. Die Möbel sahen mitgenommen aus. Der Stoff war zum größten Teil vergilbt und aus der Couch schauten mich kleine Augen an, die zu Ratten gehörten. Von der Decke hing ein einsames Stromkabel herab. Der Boden knarrte laut unter meinen Füßen, sodass ich mich vorsichtig bewegte. Ich ging zu dem Schrank, öffnete die Türen und staunte nicht schlecht, als ich die Sachen darin in einem erstaunlich guten Zustand vorfand. Teller und Tassen, alles aus feinstem Porzellan, edel verziert mit goldenen Schnörkeln, standen dort akkurat aufgereiht vor mir. Dicht daneben lag ein Bild in einem violetten Rahmen, von dem ein Großteil der Farbe abgeblättert war. Ich nahm ihn hoch und pustete den Staub von der Glasscheibe, um mir das Foto genauer ansehen zu können. Eine kleine

Familie war darauf zu sehen. Sie standen nebeneinander, wobei das Kind vor den Eltern stand. Ich tippte jede Person einzeln an, um sie mir aufzuzählen: „Ein Vater, eine Mutter und ... ich?" **Das kann nicht sein!** Fassungslos hielt ich mir das Bild näher vor mein Gesicht, um es mir genauer anzusehen. Doch das kleine Mädchen auf dem Bild, das war ich. Der Mann sah meinem Vater ähnlich, nur menschlicher. Und die Frau? Ich musterte sie genau. Sie sah mir ähnlich, fast schon zu ähnlich. **Das ist unmöglich.** Das Mädchen auf dem Foto war bestimmt fünf Jahre alt. Wäre ich das wirklich gewesen, würde ich mich doch an meine Mutter erinnern. **Oder?** Plötzlich wurde ich aus meinen Gedanken gerissen, als mich John am Arm packte und hektisch unter die Fensterbank zog, wobei ich das Bild fallen ließ.

„Was ist denn los?", fragte ich aufgeregt.

„Sie sind hier", antwortet er leise.

Ich sah ihn an: „Meinst du etwa ..."

„Genau", er schaute vorsichtig über die Fensterbank, damit er mit seiner Taschenlampe den anderen, die wieder draußen auf der Straße standen, ein Lichtsignal geben konnte, um sie zu warnen.

„Wie haben uns diese Defenders gefunden?", fragte ich nervös.

„Wahrscheinlich nur ein dummer Zufall. Sie suchen hier

nach neuen Materialien." Er beugte sich wieder zu mir runter. „Du folgst mir jetzt, verstanden?"

Ich nickte.

Wir rannten geduckt auf die Straße, auf der ein Schusswechsel stattfand, damit wir nicht von einer Kugel erwischt wurden.

„So, Prinzessin, zeig mal, was du drauf hast!", John warf mir eine AK mit Rotpunktvisier zu.

Ich kannte diese Waffe sehr gut, da ich quasi mit ihr aufgewachsen war.

Wir zogen uns zu den anderen Soldaten zurück und schlossen uns alle zu einer breiten Linie zusammen.

„Denkt daran, lasst sie euch nicht flankieren! Immer den Gegner im Auge behalten!", John schrie, damit wir ihn bei dem Lärm verstehen konnten.

Kniend hielten wir unsere Waffen mit der einen Hand, während wir mit der anderen ein Schutzschild hielten, welches wir dank eines kleinen Mikrochips in unserem Handschuh aufrufen konnten. Es bildete sich ein breites, rechteckiges Schild um unsere ausgestreckte Handinnenfläche. Es war zwar durchsichtig wie Glas, jedoch so stark das es Panzerbrechender Munition stand hielt. Unsere Tiere gingen vor uns in den Nahkampf, um unsere Gegner zurückzudrängen, damit wir ein größeres Schussfeld hatten. Gehört hatte ich schon von Jumpers Fähigkeiten, doch nun konnte ich sie live miterleben.

Sie sprang mühelos von Auto zu Auto, wich den Kugeln der Gegner gekonnt aus, bis sie schließlich ihr Opfer erreicht hatte. Bis auf einen kurzen Schrei hörte man nicht viel von ihm, da die Katze ihm die Kehle durchgebissen hatten. Ihre mechanischen Hinterläufe ermöglichten es ihr, sich schnell wieder aus dem Geschehen zurückzuziehen. Die anderen versuchten, sie zu treffen, verfehlten sie aber, da sie geschickt ausweichen konnte. Die Schüsse knallten durch die Straße und ihr Echo verhallte nur langsam in der großen Stadt. Ich sah mich besorgt um, da ich befürchtete, dass unser Lärm noch mehr von den Gegnern anlocken könnte.

Mit der Kreuzung hatten wir uns ein perfektes Schlachtfeld ausgesucht. Alle hatten genügend Freiraum, um ihren Gegner anzugreifen, nachzuladen oder einen verletzten Kameraden aus dem Weg zu ziehen, bevor die nächste Kugel ihn getötet hätte. Die Tiere vor uns lieferten sich eine genauso erbarmungslose Schlacht, in der einige fielen. Jumper erlegte dank ihrer Schnelligkeit zwei Hunde, huschte dann aber schnell vom Feld, da sie dem Hirsch, dessen Geweih zusätzlich mit Klingen bestückt war, nicht viel entgegenzusetzen hatte. Ich schaute über die Kreuzung und entdeckte eine kleine Lücke.

Nun ist sie da, meine große Chance, endlich allen zu beweisen, dass ich eine richtige Soldatin bin. Ich sprang aus meiner Kette, pfiff laut und zielte direkt auf den Mann auf dem Geschütz, der damit beschäftigt war, die Soldaten, die versuchten von der Seite anzugreifen, in Schach zu halten. Zwei Gegner liefen bewaffnet auf mich zu, um mich an meinem Vorhaben zu hindern, doch mein Adler war schneller. Silent setzte unbemerkt hinter ihnen zum Tiefflug an und krallte sich die beiden, bevor sie begriffen, was geschehen war. Endlich hatte ich freies Schussfeld. Doch als ich meinen Feind ins Visier genommen hatte und den Abzug betätigte, schoss ein riesiger Bär hinter einem der feindlichen Fahrzeuge hervor, schlug mir die Waffe aus der Hand und brachte mich zu Fall. Der Mann bekam einen Schuss in die Schulter und sackte daraufhin zusammen. Das Tier sah zu dem Verletzten, blickte zu mir runter, richtete sich auf und brüllte lautstark. Ich versuchte auf dem Rücken liegend vor ihm wegzukriechen, damit ich aus seiner Reichweite kam. Die anderen stellten ihr Feuer ein und zogen sich zurück. Ich griff nach hinten, um meine Waffe zu nehmen, doch als ich mich wieder umdrehte, war der große Bär auch verschwunden. Sie ließen uns auf der großen Kreuzung stehen. Ich schien ihren Anführer erwischt zu haben.

Ich stand auf und klopfte mir den Dreck von der Kleidung. John lief auf mich zu, packte mich am Arm und versuchte, mich nicht anzuschreien: „Heather! Bist du verrückt geworden? Das hätte auch schiefgehen können!"

„Das stimmt. Hätte", ich ging einen Schritt zurück und grinste erschöpft.

Ryder

Nikolai und ich waren grade damit beschäftigt, Schaukeln an dem Gerüst anzubringen, als wir die Sirenen hörten.

„Die Sirenen! Es muss etwas Schlimmes passiert sein!", rief ich meinem Kumpel zu.

Nikolai und ich hasteten zu dem Konvoi, der schnell einfuhr.

„Corvin ist verletzt! Aus dem Weg!"

Einer unserer Leute kam aus dem Wagen gelaufen, riss eine Tür des Fahrzeuges auf und half Corvin auszusteigen.

„Schnell! Wir brauchen sofort einen Arzt!"

Ein Mann in einem weißen Kittel sprintete zum Wagen, aus dem der Helfer den verletzten Anführer zog, und fing sofort an, die Blutung mithilfe einer alten Bandage zu stoppen. Die Menge, die sich nun um ihn sammelte, sagte kein Wort, in der Hoffnung, ihr Schweigen würde dem Arzt mehr helfen als aufgeregte Gespräche.

„Amanda!", rief der Doktor in die Menge, wobei durch die Ruhe um ihn herum ein Echo entstand. „Amanda, bring mir das Elixier! Schnell!"

Die Leute bildeten rasch eine Schneise zu ihm hin, bevor das Tier zu sehen war. Dann kam seine kleine Helferin angelaufen.

Amanda war eine rote Pandadame. Sie hatte eine große Tasche um den Bauch geschnallt, damit sie darin die medizinischen Hilfsmittel für ihren Arzt aufbewahren konnte.

Das Tier lief schnell zu seinem Besitzer.

Nikolai und ich hatten uns inzwischen nach ganz vorne gedrängt, um einen besseren Blick auf alles zu haben. Der Arzt griff ihr in die Tasche und holte eine kleine schwarze Flasche mit einer roten Flüssigkeit heraus. Er tropfte etwas davon auf die klaffende Wunde und rieb es dort mit einem Lappen ein, bis er das Stück Stoff auf die Schulter presste. Corvin biss die Zähne zusammen, da die Medizin auf der offenen Stelle stark brannte. So verharrten sie für wenige Minuten, wobei die Miene des Patienten immer ruhiger wurde, bis er die Augen öffnete und entspannt durchatmete. Als der Arzt das Tuch von der Schulter nahm, war alles verheilt. Obwohl alle genau wussten, was es damit auf sich hatte, war es immer wieder ein Wunder, bei dem selbst mein Kumpel und ich jedes Mal aufs Neue verblüfft waren. Corvin begutachtete seine Schulter: „Danke, Doc."

Doc. Einen anderen Namen hatten wir nicht für unseren Arzt und bis auf die Tatsache, dass seine Pandadame Amanda hieß, wusste man rein gar nichts über ihn. Er war ein kleiner, dicklicher, fast kahlköpfiger Mann mit einem Stethoskop um den Hals und einem zerzausten Bart im Gesicht. Doc schaute grimmig drein, doch er war ein sehr fürsorglicher Mensch.

Ich fragte mich, wie er wohl hierher gekommen war und ob er früher schon Arzt war. Wir wussten nicht einmal, wie alt er war oder wo er den kleinen roten Panda herhatte. Das Einzige, was Aufschluss über seine Herkunft geben konnte, war sein leicht britischer Akzent.

Die Menge löste sich auf und alles ging seinen gewohnten Gang.

„Corvin", ich kniete mich zu ihm runter, „alles in Ordnung? Was ist passiert? Waren das die Soldaten?" Er setzte sich auf, sah mich nicht dabei an und kreiste mit seinem Arm, um zu fühlen, ob die Schulter noch schmerzte: „Kann man so sagen. Wir wurden zu früh entdeckt von einem ihrer Späher. Danach", er stockte kurz, sah zu mir und lächelte mich an, „nun, danach wurde einer der Soldaten wohl mutig. Zeus konnte zum Glück noch Schlimmeres verhindern."

Der große Bär schmiegte sich wie ein kleines Haustier an sein Herrchen und rieb seinen Kopf an dessen Schulter. „Was würde ich wohl ohne dich machen?", Corvin wandte sich dem Tier zu und kraulte es am Ohr. „Die können sich so etwas doch gar nicht mehr erlauben! Mit ihren wenigen noch verbliebenen Soldaten sollten sie sich lieber verziehen, bevor wir sie endgültig auslöschen! Und warum waren sie in der Stadt? Wussten sie etwa, dass wir dort sind?"

Nikolai nickte zustimmend.

„Nein, das wussten sie bestimmt nicht", antwortete Corvin mir, während er aufstand, wobei ich es ihm gleichtat. „Es war nur ein Zufall, dass wir uns begegnet sind. Das nächste Mal müssen wir ein Gebiet länger überwachen, bevor wir dort nach Ressourcen suchen. Und das war kein gewöhnlicher Soldat. Sie war neu."

„Sie?", ich dachte, ich hätte mich verhört und guckte ihn verwundert an. „Eine Frau? Seit wann setzen die denn Frauen ein?"

„Sei nicht so respektlos!", er schlug mir mit der flachen Hand auf den Hinterkopf.

„Vielleicht", brachte sich Nikolai spöttisch ein, wobei er offensichtlich nicht unseren Gesprächsverlauf mitbekommen hatte, während er das Geschütz abmontierte, „haben wir denen schon so in den Arsch getreten, dass sie gar keine Wahl mehr haben und nun Frauen einsetzen müssen. Sie haben bestimmt Angst bekommen. Solche Flaschen." Nikolai machte ein L-Zeichen mit dem Zeigefinger und Daumen und hielt es sich vor die Stirn.

„Rede keinen Unsinn!", Corvin sah ihn verurteilend an und zog ihn mit einem kräftigen Ruck vom Wagen.

„Fakt ist, wir haben nun eine ernstzunehmende Gegnerin. Sie ist schnell und hat Mut. Das könnte uns noch eines Tages zum Verhängnis werden. Und eine gute Schützin ist sie auch."

„Aber eine Frau?", Nikolai sah es immer noch als einen Witz, während er aufstand und sich den Staub vom Hintern klopfte.

„Ich bin gerade sehr enttäuscht von euch! Jeder dieser Soldaten ist unser Gegner, unabhängig von seinem Geschlecht. Und wenn ihr beiden Idioten auch nur halbwegs so gut zielen könntet wie sie, könnte ich vielleicht auch mehr mit euch anfangen!"

Ich hatte ihn noch nie so wütend erlebt, wahrscheinlich hatte er aber recht. Sollte sie wirklich so gut sein, wie er sagte, dann hatten wir ein großes Problem.

„Corvin, bei allem Respekt, aber ich gehe mal nicht davon aus, dass sie uns noch einmal begegnen wird.

Sie ist ein Mädchen und wir alle wissen, dass die meisten von denen als Ingenieurinnen oder Chemikerinnen bei den Soldaten arbeiten und nur im äußersten Notfall mit in die Schlacht genommen werden."

„Aber das da draußen war kein Notfall. Und außerdem trug sie ein grünes Band."

Mein Freund und ich sahen Corvin schockiert an.

„Ein ... ein grünes Band?", fragte ich zögernd in der Hoffnung, dass ich mich verhört hatte.

Er sah uns beide streng an und ging dann mit seinem Bären.

„Ryder, du weißt was das heißt."

„Ja natürlich", begann ich mit ruhiger Stimme.

Das heißt, dass wir nun nichts mehr zu lachen haben.

Da die Soldaten immer darauf achteten, dass alles, was sie taten, stets ordentlich sortiert und fein säuberlich abgeheftet war, hatten sie auch ein System für ihre Leute. Sie gaben jedem, abhängig von seinem Talent und der dementsprechenden Einsatzstelle, ein farbiges Band, welches sie gut sichtbar an dem linken Arm trugen. Es gab sie in sieben verschiedenen Farben: *Gelb* stand für den einfachen Einsatz, wie Tiere ausführen oder die Landschaftspflege. Auch waren diese Menschen in der Medizin ausgebildet, um mithilfe ihrer gezüchteten Pflanzen neue und bessere Medikamente herstellen zu können.

Orange bedeutete, dass die Träger für die Instandhaltung der Technik, wie zum Beispiel dem Funkverkehr eingesetzt wurden. Sie waren auch gelernte Elektriker und Konstrukteure.

Braun waren die Waffenhändler, die den Soldaten immer die neuste Technik brachten. Sie und die Träger von orangenen Bändern arbeiteten stets zusammen.

Rot hieß, dass man es mit einem Chemiker zu tun hatte. Aber diese Menschen blieben meist in ihren Laboren und entwickelten neue Möglichkeiten, ihr Nahrungsangebot zu vergrößern oder unseren Bestand zu verkleinern.

Bei *Blau* hatte man es mit den ausgebildeten und Waffentragenden Soldaten zu tun, die einem in der Schlacht begegneten. Sie waren als erstklassige Schützen ausgebildet worden und beherrschten auch den einfachen Nahkampf.

Violett war eine Stufe besser als Blau. Die Träger dieses Bandes wurden schon von klein auf trainiert, um später einmal gute Elitesoldaten zu werden. Sie konnten mit vielen verschiedenen Waffen umgehen und waren in so gut wie jeder Art des Nahkampfs ausgebildet.

Und zum Schluss *Grün*. Diese Farbe war meistens die

letzte, die man sah, bevor man starb. Das waren die Scharfschützen, mit denen nicht zu spaßen war. Sie waren in ihrem Job so gut ausgebildet, dass die meisten Captains und Generals es nicht einmal für nötig hielten, sie in einer gewöhnlichen Schlacht einzusetzen.

Aber was wollte sie dann dort?

Heather

„John!" Er zuckte zusammen, da ich die Tür seines Wagens ohne Vorwarnung und mit Schwung aufgerissen hatte. „John, wie geht es jetzt weiter?"
„Erst einmal", er drehte sich in meine Richtung und zog die Tür ein Stück wieder zu, „müssen wir die Munition zählen, danach die Leute, dann die Tiere und dann fahren wir wieder. Wir haben alles."
„Kann ich noch mal in eine der Wohnungen?"
„Nein."
„Aber John."
„Ich sagte *nein*! Und damit basta!"
Ich wich zurück, drehte mich um und ging beleidigt in Richtung der anderen, die damit beschäftigt waren, ihre Sachen aus den Zelten zu räumen. Mein Zelt hingegen war nicht einmal aufgebaut worden. Ich hatte weder

Talent dafür noch Interesse daran, auf dem harten Boden zu schlafen, wenn ich doch sehr bequeme Autositze hatte. Jumper saß auf einem alten Lastwagen und überwachte alles von ihrer Position aus. Silent hingegen war wie immer nicht zu sehen.

Ich setzte mich ein Stück entfernt von meinem Trupp auf ein altes abgebranntes Auto und schmollte vor mich hin. John war zwar manchmal ein richtiger Sturkopf, dennoch der Richtige für mein Team.

Er war ein Soldat mit Erfahrung, der schon in vielen Schlachten gekämpft hatte. Er trug ein violettes Band um seinen Arm.

Wie alle anderen Soldaten hatte John auch etwas mit seinem Tier gemeinsam. Er hatte ein bionisches Bein, mit dem er nicht so hoch springen konnte wie seine Katze, doch er konnte damit hervorragend Türen auftreten, falls ein normaler Soldat dazu zu schwach war. Der Rest seines Körpers war normal und hatte bis auf zwei Narben in seinem Gesicht keine weiteren Verletzungen. Er hatte dunkelbraune, kurz rasierte Haare und trug, anders als die meisten seiner Kollegen, einen Bart, der aber dank seiner Kürze gewollt und nicht ungepflegt aussah. Seine Augen waren grau, was man fast nie sah, da er eine breite Sonnenbrille trug. Und seine Katze? Die Dame war ein Fall für sich. Sie war zwar eine ebenso gute Kämpferin, aber die meiste

Zeit tat sie so, als wäre sie die Königin der Welt. Sie war eine kleine, biestige Kratzbürste, die am liebsten jedem, der John auch nur einen Schritt zu nahe kam, das Gesicht runter reißen wollte. Nicht dass sie das nicht schon mal versucht hätte, es war kein schöner Anblick gewesen.

Wir packten unsere Sachen zusammen, luden alles ein und fuhren zurück. Auch wenn ich durch meine allererste Schlacht immer noch aufgeregt war, ging mir das Portrait in der Wohnung nicht mehr aus dem Kopf. **Warum hat mir mein Vater nie erzählt, dass es existiert?** Ich hatte schon einige Fotos von uns gesehen, aber auf ihnen trugen wir beide unsere Uniformen und sie wurden bei irgendwelchen Ehrungen der Soldaten gemacht. Und warum konnte ich mich nicht mehr an meine Mutter erinnern? Ich hatte mich selten so unsicher gefühlt, wie in diesem Moment. Doch noch etwas bereitete mir Kopfzerbrechen. Der tiefe Kratzer an der Hauswand. Ich wusste, dass es hier draußen wilde Tiere gab, aber es waren meistens nur Hunde oder Wölfe. Also keine Tierart, die zu so etwas fähig war. Ich presste mir die Hände aufs Gesicht und seufzte. Ich musste jetzt fokussiert bleiben. **Wenn wir das nächste Mal wieder in die Stadt fahren, nehme ich das Bild mit**. Ich schloss die Augen für einen Moment und rekonstruierte den Weg zu dem Gebäude und in das Apartment, damit ich es nicht vergaß.

Auf der gesamten Rückfahrt verhielt sich Jumper sehr unruhig. Sie drehte sich nervös auf ihrem Sitz hin und her, fand aber keine geeignete Position, in der sie verharren wollte. Das war ungewöhnlich für dieses Tier, da sie sonst die Ruhigste von uns war. Sogar John konnte sie nicht beruhigen. Silent, der über uns flog, genoss die Show sehr und kreischte hin und wieder. Er hatte von oben einen hervorragenden Blick über das Gebiet und dank der Glasscheibe in unserem Dach konnte er problemlos alles mit ansehen.

„Ihr seid wieder zurück", mein Vater empfing uns freudig und umarmte mich. „Und", er wandte sich zu John, „hat meine Tochter irgendwelche Probleme bereitet?"

„Nein, General, alles lief wie geplant", er sagte diese Worte so, als ob er sie einstudiert hätte, und rührte sich dabei kein Stück.

„Dann ist ja gut", mein Vater streichelte mir über den Kopf, gab mir einen Kuss auf die Stirn und sah mich skeptisch an.

„Was ist denn, Vater?"

Er strich mir über die Wange und sah dann auf seine Finger: „Achte bitte besser auf dein Aussehen, was sollen denn die anderen denken?"

Ich hatte nicht bemerkt, wie ich mir die Asche vom Handschuh in mein Gesicht gerieben hatte und senkte den Kopf: „Tut mir leid. Ich passe das nächste Mal besser auf."

Er nickte mir zu und empfing dann die anderen Soldaten. Ich seufzte, sah ihm noch nach, atmete tief durch und drehte mich dann zu John, um ihn breit anzugrinsen.

„Was willst du nun schon wieder?", an seinem Ton erkannte ich, dass er im Moment mehr als genervt von mir war.

„Nun, mein lieber John", begann ich, während ich spielerisch um ihn herumtänzelte, was ihm noch weniger gefiel, „dies war unser erster Einsatz als Shadow Echo Squad."

Er zog die schwere Jacke aus und hängte sie sich über den Arm: „Das stimmt." Er tat dann das gleiche mit seiner Schussweste, wobei sein Shirt hoch rutschte und er es wieder richten musste. „Und bis auf deine mehr als hirntote Aktion war es eine gute Mission. Was hast du dir dabei nur gedacht? Weißt du, was dein Vater mit mir gemacht hätte, wenn der Bär dich erwischt hätte? Ich könnte mir dann einen anderen Job suchen, auf einem anderen Planeten. Mach so einen Scheiß nie wieder!"

Ich grinste ihn immer noch an.

„Und hör auf, mich so dämlich anzugrinsen! Ist das alles nur ein Spiel für dich?"

„Natürlich," entgegnete ich ihm lächelnd, „eines, dass ICH gewinnen will."

Seine anfängliche Gereiztheit wandelte sich nun in Sympathie um: „Du bist eine gute Soldatin", er deutete auf das grüne Band an meinem Arm, „aber lass es dir nicht zu Kopf steigen. Ich hab schon viele dadurch fallen sehen. Und wir brauchen dich noch."

Wow, ich wusste nicht, dass er sich solche Sorgen um mich macht. Er drehte sich weg von mir und ging dann mit seiner Katze zum Wohnblock. Ich hingegen schlenderte noch über den Stützpunkt und dachte über das Bild nach. Vielleicht hatte ich mich auch nur geirrt. Ich meine, es gab bestimmt einige Mädchen da draußen, die wie ich aussahen und einen Vater hatten, der meinem ähnlich sah. Ich wusste auch, dass ich niemals in einer Stadt gelebt hatte, sondern immer nur hier. Alle schönen Erinnerungen, die ich hatte, fanden hier statt. Als ich mein Haustier Silent bekam, damals war er noch niedlich, als ich meine erste Waffe in der Hand hielt oder als ich von meinem Vater lernte, wie man den Motor eines Autos repariert. Sogar meine Geburtstage wurden hier gefeiert. Mein sechster, mein siebter, mein … **halt**. Ich blieb stehen und überlegte noch mal genau, was ich grade gedacht hatte. Ich konnte mich nur an die Feiern ab dem sechsten Geburtstag erinnern. **Aber warum nicht davor?** Das ergab keinen Sinn. Ich ging geistig noch mal alles durch, zählte sie sogar an den Fingern ab und tatsächlich, eins bis fünf schienen nicht zu existieren. Vielleicht konnte ich mich auch nicht mehr daran erinnern. **Ich war wahrscheinlich noch zu jung dazu gewesen.** Ich versuchte mir einzureden, dass ich ein schlechtes Gedächtnis besaß, da ich keine andere Erklärung hatte. Ich ging zurück auf mein Zimmer und setzte mich auf mein Bett. **Ein so schlechtes Gedächtnis kann ich gar nicht haben. Aber warum fehlt dann meine Erinnerung?**

Ryder

„Hämmer nicht so fest gegen das Auto!" Nikolai knuffte mir gegen die Schulter, damit ich mich etwas beruhigte. Ich sah ihn verärgert an.

„Schon gut", er hob die Hände in Schulterhöhe und ging langsam rückwärts zurück zu der Werkzeugkiste.

„Was bildet sich diese Schlampe eigentlich ein? Glaubt sie, sie ist eine Art Supersoldatin? Soll sie mir mal begegnen. Und ihr riesiger Adler hat zwei unserer besten Männer verschleppt. Wenn ich die beiden erwische, dann rupfe ich dieses Drecksvieh und ihr jage ich eine Kugel direkt zwischen die Augen!" Ich trat aus Frust gegen die Wagentür, damit diese zuging. „Wut bringt uns überhaupt nichts", bemerkte mein Kumpel und nahm mir den Hammer aus der Hand, bevor ich damit noch ernsthaften Schaden am Auto anrichten konnte.

„Ich verstehe nicht, wie du so ruhig bleiben kannst! Corvin wurde schwer verletzt, Connor und Sebastian sind wahrscheinlich tot! Sie gehört zu der Eliteklasse, die wohl nach ihren eigenen Regeln spielt und einfach in ein Gebiet fährt, in dem sie rein gar nichts zu suchen hat! Und du bist die Ruhe in Person!"

Mein Kumpel sah mich an, setze sich neben mich auf die Motorhaube des Wagens und begann mit ruhiger Stimme zu sprechen: „Das mag schon sein, aber sieh mal: Wut bringt uns im Moment überhaupt gar nichts. Wir haben mit ihr eine neue starke Gegnerin, die ihren eigenen Willen durchsetzen will. Wir können doch froh darüber sein, dass es Corvin wieder gut geht. Und das ist erst mal die Hauptsache. Connor und Sebastian sind gute Überlebenskünstler, die packen das schon, und das weißt du auch. Und es bringt uns grade wirklich nichts, uns darüber aufzuregen und dann gefrustet in den nächstmöglichen Kampf zu ziehen. Das Wichtigste ist jetzt, Ruhe zu bewahren und uns die Situation richtig anzusehen. Denn, wenn wir sie nicht einschätzen können, würde das noch mehr Leute fordern, oder?" Er sah mich an, verlangte aber keine Antwort. „Und denk doch mal an unsere Tiere. Sie folgen uns auf Schritt und Tritt." Er deutete auf die beiden schlafenden Hunde in der Ecke des Raumes. „Sie würden schwer verletzt werden. Eine Kugel kann bei Zeus nicht allzu viel Schaden anrichten. Er ist ein großer Bär, der einiges einstecken kann. Aber bei unseren Hunden sieht das ganz anders aus."

Während er das sagte, wandte er seinen Blick nicht von Deimos und Tiberius ab.

Auch wenn er manchmal durch sein junges Alter nicht wirkte, als hätte er viel Erfahrung, verlor er niemals den Überblick über die wirklich wichtigen Sachen und schaffte es somit immer wieder, uns auf den Boden der Tatsachen zurückzubringen. Manchmal hatte ich das Gefühl, Nikolai war älter als 21. Er verblüffte mich immer wieder. Positiv wie negativ.

Er hüpfte vom Wagen und ging zurück zur Kiste: „Los, Ryder, wir müssen einiges hier reparieren, bevor es wieder losgeht. Und lass die Tür bitte heil."

Ich schwieg, sah in Richtung der beiden Hunde und wandte mich wieder dem Wagen zu, um die kaputte Scheibe zu ersetzen. Inzwischen waren die Tiere aufgewacht und streckten sich. Deimos kam zu mir

rüber, leckte mir über die Hand und sah mich
verwundert an, da er spürte, dass etwas nicht stimmte.
Tiberius diente Nikolai als Werkzeughalter und nahm
den Schraubenschlüssel in sein Maul.

„Glaubst du wirklich, den fasse ich jetzt an?", ich sah
angewidert zu dem Hund rüber, der freudig auf dem
Werkzeug herumkaute und dabei stark sabberte.

„Stell dich nicht so an, Ryder, sei nicht immer so ne
Pussy. Du ... argh!"

Ich packte Nikolai von hinten und nahm ihn in den
Schwitzkasten: „Pussy?"

„Ja", er rang nach Luft, „die größte, die ich kenne, du
Lusche."

Er zog mir ein Bein weg und wir fielen, während unsere
Hunde aufgeregt und kläffend um uns herumliefen.

„Du warst mal besser im Nahkampf, soweit ich mich
erinnern kann", lachte ich.

„Einer von uns beiden muss es ja sein."

Nun war er an der Reihe und packte mich. Obwohl er
nicht mal einen Teil seiner Kraft benutzte, sondern sich
zurückhielt, um mich nicht zu verletzen, spürte ich
trotzdem, wie stark er war, da mir langsam die Luft
ausging. Nach wenigen Sekunden lockerte er den Griff
wieder und ließ von mir ab, damit wir mit unserer
Arbeit fortfahren konnten.

Von draußen hörten wir, wie jemand auf einer

demolierten Violine den Trauermarsch spielte, während sich die anderen um mehrere kleine Kleiderhaufen versammelten. Sie trauerten um die Gefallenen, die in der letzten Mission umgekommen waren. Da wir eine kleine Gemeinschaft waren, kannte jeder jeden und so war es für alle ein großer Verlust gewesen. Nun gesellten wir vier uns zu der Gemeinde, um ihnen die letzte Ehre zu erweisen. Corvin sagte ein paar Worte zu den Verstorbenen und ließ die engen Freunde und die Familien nach vorne treten, damit diese auch noch ein paar Worte sagen konnten. Die Menge löste sich wieder auf, damit sich die Trauernden in Ruhe verabschieden konnten.

Nikolai und ich gingen zurück an unsere Arbeit und reparierten das Fahrzeug, ohne dabei auch nur ein Wort zu wechseln. Nachdem wir fertig waren, aßen wir eine Kleinigkeit und teilten es wieder mit unseren Hunden.

„Die Wut bringt uns doch etwas", begann ich.

Mein Freund sah mich schweigend an.

„Sie sorgt dafür, dass wir uns nicht mit den Leuten verbünden, die uns so etwas antun."

Er schluckte das Brot, was er im Mund hatte, runter:

„Mag sein. Aber würdest du es nicht eher begrüßen, wenn uns so etwas nicht mehr passiert?"

„Natürlich", entgegnete ich ihm kühl, „aber das heißt

noch lange nicht, dass wir diesen Leuten verzeihen müssen. Von mir aus können wir ruhig auf die ganzen Schlachten, die Toten und die Zerstörung, die sie nach sich ziehen, verzichten. Liebend gern sogar. Du hast recht. Es bringt uns nichts, wenn wir uns alle umbringen. Eine Zusammenarbeit wäre sogar besser. Es würde das ganze Leid endlich beenden und wir hätten eine rosige Zukunft vor uns, in der niemand mehr Angst um sein Leben haben müsste. Aber den Menschen, die uns diese Sache eingebrockt haben, verzeihen? Niemals." Ich biss ein Stück von dem trockenen Brot ab und gab den Rest meinem Hund, der sich sehr darüber freute.

„Vielleicht arbeiten wir irgendwann mal mit ihnen zusammen."

Bei Nikolais Worten verschluckte ich mich fast und fing an zu husten. „Bitte?!", ich keuchte und nahm dann einen Schluck Wasser, damit ich mich nicht wieder verschlucken konnte: „Mit diesen Leuten? Wie kommst du denn darauf?" Ich versuchte, so gefasst wie möglich zu wirken, um ihm zu signalisieren, dass es kompletter Schwachsinn war, was er da redete.

Aber ich war mir meiner Sache ziemlich unsicher. Denn eine von seinen erstaunlichen Fähigkeiten war es, stets Recht zu behalten.

Heather

Ich schlug Silent auf den Rücken. Er keuchte und schaffte es, seine Beute auszuspucken, eine menschliche Hand. Ich rümpfte die Nase: „Silent, warum bist du so verfressen?"

Er sah mich wütend an, schlug protestierend mit seinen Flügeln und fraß die Hand dann doch.

„Eww. Ein Wunder, dass du überhaupt noch fliegen kannst. Bei den Mengen, die du frisst, können wir dich bald als Panzer einsetzten."

Das gefiel ihm gar nicht. Er riss ein Stück aus meinem Kleid und flog mit dem Fetzen im Schnabel davon.

„Silent! Kein Grund mich zu zerlegen!"

Er hörte mich nicht mehr, da er schon außer Hörweite war. Er hatte grade mein bestes Kleid zerrissen und ihn interessierte es nicht mal. Hätte ich doch nicht nach der Mission Zivillistenkleidung, wie sie mein Vater immer nannte, angezogen, dann hätte er jetzt nur meine Uniform erwischt.

„Schnurzelchen, wir müssen wieder raus."

„Wohin?", ich drehte mich nur ein Stückchen zu meinem Vater hin, schaute aber Silent weiter hinterher.

„In die schwarze Zone."

Ich zuckte zusammen und sah ihn geschockt an: „Was? Dahin? Das ist gefährlich. Wozu?"

„Ich weiß, deswegen möchte ich da auch nur meine besten Leute hinschicken", er küsste mich auf die Stirn, „ich habe alles mit John besprochen. Wir packen schon die Sachen zusammen, die wir für diese Mission brauchen und rüsten alles aus."

Ich sah an ihm vorbei zu den arbeitenden Soldaten, die die Sachen, die sie brauchten auf einem kleinen Haufen stapelten. Andere rüsteten die Tiere auf. Jumper sah aus wie eine Metallkatze. Selbst die Ohren der Tiere waren geschützt. Alle hielten still, damit ihre Besitzer den Schutz präzise anbringen konnten. Mein Adler dagegen ließ sich, wie zu erwarten, erst einfangen und rüsten, als er etwas zu fressen bekam. Die schweren Hubschrauber landeten auf der großen Fläche mitten im Stützpunkt, der von den letzten Fahrzeugen geräumt wurde. Die Soldaten liefen in einer Linie im Schnellschritt in die Helikopter, ohne dass dabei einer aus der Reihe fiel.

„Jahrelange Ausbildung", bemerkte mein Vater stolz, als er seine Männer begutachtete. „Und du, meine geliebte Tochter", er legte seine Hand auf meine Schulter, „gehörst nun offiziell zu ihnen. Ich bin so stolz auf dich, mein Schatz."

Ich lächelte ihn an und lief dann zu den anderen Soldaten, um mich dort einzureihen.

Der Flug dauerte mehrere Stunden, die ich nutzte um

mich mit den anderen zu unterhalten. Sie wirkten sehr nervös, wodurch es ihnen schwer fiel, sich auf das Gespräch zu konzentrieren. Ich beschloss die Sache abzubrechen und sah aus dem Fenster.

„Möchten Sie sich nicht umziehen?"

Ich bemerkte den Soldaten, der neben mir aufgetaucht war, erst gar nicht. „Umziehen?", ich verstand nicht richtig.

Er zupfte demonstrativ an seiner Hose, die mein Kleid darstellen sollte.

Ich sah an mir runter: „Oh, mein Kleid, das habe ich ganz vergessen, danke."

Er drückte mir eine grün-graue Uniform in die Hand: „Hier, Madame. Die werden Sie zur Tarnung brauchen."

„Vor was soll ich mich denn tarnen?"

Er schwieg, drehte sich weg und ging. Ich zuckte mit den Schultern. **Na ja, so schlimm wird es wohl nicht, wenn ich keine Informationen darüber bekomme. Das sind meistens die einfachen Missionen. Aber in so einem Gebiet?** Ich zweifelte einen Moment. Aber nicht einmal mein Vater hatte mir etwas dazu gesagt. Wahrscheinlich sollte ich dann nur den Helikopter bewachen, während die andern draußen herum liefen. Ich zog mich in einen kleinen Raum zurück, der voll von Kisten mit Munition war. Ich tat mich damit schwer, keine davon umzuwerfen, bei dem kleinen Platz, den ich zur Verfügen hatte. Das Kleid bekam ich noch leicht über den Kopf gezogen, hatte aber die Ärmel vergessen und nun war es reine Geduldssache, da ich sie Stück für Stück nach oben ziehen musste. Als ich mich endlich ausgezogen hatte, sah ich auf meinen Arm. **Alle Soldaten haben die Bionik mit ihren Tieren gemeinsam, außer mir. Silent hat einen Schnabel und Krallen aus Metall, und ich? Bis auf den linken Unterarm, der bionisch ist, habe ich nichts an mir, was meinem Vogel ähnlich ist. Meine Hand ist wiederum menschlich, wodurch ich noch weniger mit diesem Vogel gemeinsam habe. Wenn die Hand aus Metall wäre, würde es noch einen Sinn ergeben.** Ich betrachtete meinen Arm genauer. **Vielleicht ist Silent gar nicht mein Tier.** Ich schlug mir diesen Gedanken wieder aus dem Kopf, zog die Uniform an und ging vorsichtig aus dem Raum.

Als ich im Gang des Helikopters stand, liefen alle Soldaten im Schnellschritt und gut geordnet an mir vorbei. Ich schnappte mir einen von ihnen und zog ihn aus der Reihe: „Was ist denn los?"

„Wir landen, machen Sie sich bereit, Madame", er wartete, bis er eine optimale Lücke gefunden hatte, und schlüpfte zurück in die Reihe.

Der Hubschrauber landete und als sich die Ladeluke gesenkt hatte, liefen alle nach draußen. Kaum standen wir fest auf dem Boden, tarnten die Soldaten die Helikopter. Sie aktivierten mit einer kleinen Fernbedienung eine Tarnvorrichtung, die dafür sorgte, dass die Hubschrauber die Farben der Umgebung annahmen und somit quasi unsichtbar wurden. Ich sah mir alles an, bemerkte dann John und ging zu ihm: „John, du bist auch hier? Ich habe dich gar nicht bemerkt ich …"

„Sei still! Niemand soll wissen, dass wir hier sind!", er lief in Richtung der anderen. Dort angekommen drehte er sich zu mir und winkte mich zu ihnen.

„Wo sollen wir hin?", fragte ein Soldat leise in die Runde.

„Osten", antwortete John.

Mit dieser Anweisung brachen alle auf und gingen in dieselbe Richtung. Die Tiere blieben sitzen und bewachten die Hubschrauber. Ich sah mich mehrmals um. **Alles ist kahl und abgebrannt, woher wissen sie, wo Osten liegt?**

Nach einer Weile kamen wir zu einem Fluss, an dem auf der anderen Seite ein Dschungel lag. **Wie ist das möglich? Alles ist flach und tot und plötzlich ein grüner Fleck mit lebendigen Pflanzen?** Ein kleines Insekt, das uns erblickte, huschte sofort wieder zurück in das grüne Dickicht. **Wahrscheinlich ist es scheu.**

Die Soldaten um mich herum wurden nun richtig

nervös, begannen zu zittern und einige fingen sogar an,
Gebete herunterzuleiern. Ich verstand die ganze
Aufregung immer noch nicht. Es sah alles friedlich für
mich aus. Wir gingen rein.

Ich hatte schon viel von einem Ort namens Dschungel
gehört, aber in Natura sah er noch viel schöner aus als
in jedem Buch. Die Blumen waren groß und rot, einige
hatten rosa Flecken. Andere waren klein und blau oder
violett und hatten verschiedene Muster. Sie rochen
herrlich süß und frisch. Überall hingen Ranken, an
denen kleine weiße Blüten wuchsen.

Um uns standen Bäume mit kleinen Höhlen in ihnen,
aus denen uns Tiere ansahen, die ich noch nie gesehen
hatte. Ihre großen Augen starrten uns neugierig an,
aber keines traute sich aus seiner schützenden
Behausung. Ich versuchte, an den gigantischen
Bäumen hochzuschauen, schaffte es aber nicht, da
meine Nackenstütze mich daran hinderte, den Kopf
weiter nach hinten zu legen. Die Luftfeuchtigkeit hier
war deutlich höher als in der Wüste, aus der wir kamen.
Ein kleiner Wassertropfen fiel mir auf die Nasenspitze
und lief an meiner Wange herunter. Ich hatte so etwas
noch nie erlebt. Regen kannte ich zu gut, weshalb ich
kein Fan davon war. Aber das hier, war etwas ganz
anderes. Es war, als wären wir in einer anderen Welt,
die mit der, aus der ich kam, nichts gemeinsam hatte.

Auf dem Boden liefen Tiere herum. Aber solche hatte ich noch nie gesehen. Sie waren so groß wie eine Katze, sahen aber aus wie kleine Rehe. Doch ihre Farbe war anders. Sie waren, wie unsere Uniformen, grünlich grau gemustert. Einige hatten sogar ein Geweih. Sie sprangen nicht weg, als sie uns sahen, sondern kamen neugierig näher, um ihre Gäste zu begutachten und an uns zu schnuppern. Ich kniete mich zu einem herunter, zog meinen Handschuh aus und streichelte es. Es roch an meiner Hand und stupste mit seiner kleinen, feuchten Nase dagegen.

Das kleine Tier hatte ein weiches, kurzes Fell und genoss die Schmuseeinheit sehr, bevor es mit den anderen wegsprang. Über uns schwangen sich Affen durch die Lüfte. Sie griffen nach den frei hängenden Ranken und führten Kunststücke vor. Sie waren etwas größer als die kleinen Rehe. Aber auch sie hatten eine sehr ungewöhnliche Fellfarbe. Sie waren hellblau-weiß am Bauch, und am Rücken, genau wie die Rehe, dunkelgrün. Ihre Silhouetten unterbrachen das Licht, welches durch die wenigen Lücken in dem Blätterdach fiel. Dann kamen kleine bunte Vögel. Sie schwirrten um uns herum, blieben in der Luft stehen, flatterten wieder um uns und wiederholten dieses Spiel. Einige waren so mutig, dass sie auf den Schultern der Soldaten landeten. Sie zwitscherten uns dabei zu, als würden sie mit uns reden wollen. Andere setzten sich auf die großen Blumen, um einen Moment zu verharren. Da beide fast dieselbe Farbe hatten, war es nun schwer, die kleinen Vögel noch zu erkennen. **Warum ist jedes Tier in diesem Dschungel so gut getarnt?**

Obwohl ich mich immer noch in der Karawane befand, die stetig weiterzog, versuchte ich so oft wie möglich stehen zu bleiben, um mir die Tiere und Pflanzen besser anschauen zu können. Die Laute der Tiere kamen von überall und waren alle so faszinierend unterschiedlich. Wir gingen weiter, tiefer in den Dschungel, der mich mit jeder Sekunde mehr mit seiner Farbenpracht und Tierwelt begeisterte und plötzlich, Stille.

Jedes Tier, das ich noch vor ein paar Sekunden gehört hatte, war verstummt, als hätte man den Ton der Umgebung abgestellt. Ich sah mich um. Hinter mir standen meine Kameraden, die panisch wurden. Ich erschrak, als neben mir plötzlich eines der kleinen Rehe hastig in die Richtung lief, aus der wir gekommen waren. Ich sah dem kleinen Tier noch nach und konzentrierte mich dann wieder auf die Stille.

Ich zupfte an meinem Ohrläppchen in der Hoffnung, dass mein Ohr nur verstopft war. Aber es half nichts. Ich konnte mich selbst und die anderen, die in meiner Nähe standen, atmen hören. Nicht einmal der leichte

Wind, der uns bis hierher begleitet hatte, wehte mir noch durch die wenigen Haarsträhnen, die aus meinen Helm hervorguckten. Nun wurde ich auch nervös. Was hatte bewirkt, dass alles verstummt war? Und vor was war das Reh geflüchtet? Plötzlich spürte ich einen leichten Luftzug, aber es war kein warmer wie der, den wir davor hatten. Es war wie ein eisiger Zug, der mir durch den Körper fuhr und mich zittern ließ.

„Hier ist es windig", flüsterte ich zu meinem Vordermann.

„Das ist kein Wind", in seiner Stimme lag pure Angst und er schluckte schwer.

Es war ein beklemmendes Gefühl, in dieser Stille zu sein. Alle waren wie erstarrt.

John, der die ganze Zeit den Zug anführte, schaute umher und holte tief Luft: „LAUFT!! JETZT!"

Alle lösten sich aus ihrer Starre und liefen ihrem Anführer in das schützende Dickicht nach.

Nur ich blieb stehen. Den anderen noch hinterherschauend, verstand ich nicht, was grade passiert war oder was das zu bedeuten hatte. Plötzlich hörte ich hinter mir ein tiefes Knurren, es klang wie das von Tank, kurz bevor er angriff. Aber das hier war wesentlich tiefer und auch lauter. Ich drehte mich langsam in Richtung des Geräusches hin und kniff die Augen zusammen, um besser sehen zu können. Vor mir war alles dunkel durch die Schatten der großen Pflanzen und Bäume. Ich strengte mich an, um etwas erkennen zu können, und schreckte zurück. Inmitten der Dunkelheit des Dickichts blitzen plötzlich zwei Augen auf. Dann war es wieder ruhig geworden. Ich hielt die Luft an und horchte in die Stille. Nichts. Vielleicht spielten mir meine Gedanken auch nur einen Streich. Ich fing leise an zu lachen, da ich mir schon Tiere einbildete, die mich ansahen. Kurz darauf knickte ein großer Baum um und landete mit seiner Krone direkt vor meinen Füßen. Die Blätter flogen wild umher und versperrten mir somit die Sicht nach vorne. Die anderen Bäume zitterten und der Boden, auf dem ich stand, begann in kleineren Abständen zu vibrieren, fast so, als wenn sich etwas auf mich zubewegte. Etwas Großes. Ich ging langsam zurück und schaute dabei panisch umher, da ich nicht genau wusste, wo die anderen waren und was sich vor mir befand. Panisch kramte ich in meinen Taschen, um mein Funkgerät zu suchen, fand es aber nicht. **Diese verdammte Unordnung! Mein Vater hatte recht, sie würde mir eines Tages noch zum Verhängnis werden.** Ich stieß mit dem Rücken an einen Baum, der hinter mir stand, und blieb still stehen. Die Erde unter meinen Füßen hatte sich wieder beruhigt. Ich wollte mich aber noch nicht bewegen, aus Angst, dass es noch da war.

Nach einer kurzen Zeit fing das Knurren wieder an, nur war es diesmal näher, als mir lieb war.

Egal was da draußen war, es kam direkt auf mich zu.

Neuer Gegner

Alter Feind

Ryder

Ich war grade dabei, einem Defender zu helfen, eines
der Fahrzeuge zu reparieren, als mir Nikolai von hinten
auf die Schulter klopfte: „Los, komm, wir müssen
fahren. Deimos, Tiberius, kommt." Er ging zu einem der
anderen Autos und öffnete die hintere Tür.
Die Hunde liefen bellend auf das Fahrzeug zu und
sprangen auf die Rücksitze. Ich beschloss nicht zu
fragen, sondern folgte ihm und setzte mich nach vorne
auf den Beifahrersitz: „Wo genau willst du eigentlich
hin?"
Er schloss die Türen und setzte sich neben mich auf
den Fahrersitz: „Ich habe gehört, dass die Soldaten mit
einem großen Trupp in Australien sind."
Ich verstand ihn nicht: „Und? Willst du jetzt etwa nach
Australien fahren?"
„Natürlich nicht", Nikolai schnippte mir gegen den
Kopf, „aber sie werden nicht auf demselben Weg
zurückfliegen, da sie wissen, dass sie noch Treibstoff
benötigen, um unbeschwert nach Hause zu kommen.
Und nur ein paar Kilometer von hier entfernt steht eine
kleine geheime Tankstelle von ihnen."
Er sah mich erwartungsvoll an, aber ich verstand immer
noch nicht. „Ryder, sie müssen bei uns tanken. Also
landen sie hier in der Nähe. Und wenn sie gerade mit

den Hubschraubern beschäftigt sind, schnappen wir uns ein paar von ihren Sachen. Mit viel Glück können wir auch gute Waffen ergattern. Jetzt verstanden?"

„Ja, jetzt."

„Gut.", Nikolai schloss seine Wagentür und fuhr los. Nach ein paar Stunden erreichten wir die Tankstelle. Doch es waren keine Helikopter zu sehen.

„Wo bleiben die denn?", Nikolai nahm sich ein Fernglas und beobachtete den Himmel. Ich kramte nach einem zweiten und half ihm dabei. Die Hunde sprangen aus der kaputten Heckscheibe und tobten herum, bis sie laut bellend Alarm schlugen.

„Was ist denn?", ich steckte mein Fernglas in die Tasche, riss meine Tür auf und lief zu den aufgebrachten Hunden.

„Da!" Nikolai stieg aus und hatte gleich etwas entdeckt. Ich sah zu ihm und folgte seinem ausgestreckten Finger in die Richtung, auf die er deutete. „Wilde Hunde!"

„Nein", ich stand von den Hunden auf und ging einen Schritt zurück: „Schlimmer: Wölfe!"

Plötzlich waren aus dem Nichts sechs Tiere aufgetaucht, die sich uns langsam näherten. Sie fingen an, die Zähne zu fletschen, und kamen knurrend auf uns zu. Ihr Fell war gesträubt, wodurch sie noch größer und bedrohlicher wirkten. Deimos und Tiberius fletschten nun auch ihre Zähne und knurrten die Angreifer an.

„Ryder, was sollen wir machen? Es sind zu viele!"
Ich nahm Deimos und zog ihn ein Stück zu mir: „Ganz ruhig, mein Junge."
Nikolai tat dasselbe mit seinem Hund. Wir gingen langsam, ohne die Wölfe für eine Sekunde aus den Augen zu lassen, zurück zum Wagen und versuchten einzusteigen. Aber die Tiere kamen schneller näher, als uns lieb war. Sie fingen an zu kläffen und bildeten einen Halbkreis um uns.

Wir wussten, dass man in solchen Situationen immer einen kühlen Kopf bewahren musste, damit man nicht die Kontrolle über sie verlor. Doch das war nur die Theorie und in der Praxis sah alles ganz anders aus. Ohne weitere Vorwarnung sprang einer der Wölfe in unsere Richtung, landete direkt vor Tiberius und biss ihm in seine Vorderpfote. Der Hund fiepte laut, versuchte den Angreifer zu beißen, schnappte aber daneben. Ein zweiter Wolf sprang gleich darauf auf Nikolai zu, warf ihn zu Boden und versuchte, ihm ins Gesicht zu beißen, doch er konnte sich mit seinem Arm schützen, in den sich der Wolf festbiss und anfing, daran zu zerren. Deimos riss sich von mir los, stürzte sich auf den Wolf, der Tiberius angriff, biss ihm in die Schulter und konnte somit dafür sorgen, dass er von dem am Boden liegenden Hund abließ. Ich nutzte die Chance und trat das Tier von meinem Kumpel runter, welches von Deimos Gegenwehr kurz abgelenkt war. Das Tier schlitterte ein Stück über den Boden, raffte sich auf und griff mich danach an. Er biss mir in das Bein, fand aber, dank dem Fernglas, das ich in der Hosentasche trug, keinen Halt und so konnte ich ihn erneut wegtreten. Zwei Wölfe kämpften mit unseren Hunden, während sich die restlichen vier auf mich und meinen Kumpel stürzten. Ich drückte das Tier, das versuchte mir ins Gesicht zu beißen, mit aller Kraft von mir weg, rechnete aber nicht mit dem zweiten, das sich in meiner Seite verbiss, weshalb es mir nun schwerer fiel, dem ersten Angreifer noch länger standzuhalten. Ich versuchte erneut, es mit aller Kraft von mir herunterzuwerfen, aber es war stärker als vermutet. Als ich es geschafft hatte, und ihn ein Stück anhob, fing der Wolf an, nach mir zu schnappen, wobei ich ihm nur knapp ausweichen konnte. Der Wolf hielt einen Moment inne und betrachtete mich genauer, er schien sich meine Kleidung anzusehen. Bevor ich reagieren konnte, schnappte er sich das Band am Kragen meines Pullovers, riss es ruckartig hoch, wobei sich der Kragen eng um meinen Hals schnürte und erwürgte mich fast dabei. Ich trat gegen den Bauch des Tieres, damit es von mir abließ, doch es zog immer fester daran, bis ich kaum noch Luft bekam und um jeden Atemzug kämpfen musste. Der zweite Wolf hatte mir schon längst mein Oberteil zerrissen, sah sich kurz um und ließ von mir ab. Er lief aus meinem Sichtfeld, sodass ich ihn nicht mehr sehen konnte. Während ich um meine Freiheit kämpfte, hörte ich aufgeregtes Bellen, Knurren und Heulen. Die Hunde verteidigten sich tapfer gegen die Feinde. **Hoffentlich sind sie stark genug.** Und Nikolai? Ich versuchte unter dem Wolf hindurchzusehen, wie sich mein Freund schlug, konnte ihn aber nicht entdecken, da ich nur den Schwanz des Wolfes und meine Beine sehen konnte. Nun machte ich es dem Tier nach und griff ihm an die Kehle, um ihm die Luft abzuschnüren. Für einen kurzen Moment war der Wolf damit beschäftigt, nach meinen Händen zu schnappen, da ihm mein Vorhaben gar nicht gefiel, sodass ich seine Unachtsamkeit nutzte und es schaffte, ihn von mir zu treten. Ich riss mir meinen Kragen hastig auf, nahm einen tiefen Atemzug und versuchte schnell aufzustehen, um den anderen helfen zu können. Ich hustete, konnte dann aber wieder normal atmen. **Was für ein Glück, noch ein paar Minuten mehr und ich wäre das Abendessen von diesem Biest geworden.** Plötzlich sprintete der Wolf, der mich grade angegriffen hatte, nach vorne und biss mir in den Arm. Ich griff ihm in den Nacken und versuchte ihn so von mir wegzuzerren, doch er biss fester zu. Ich wechselte die Taktik und trat dem Wolf so stark ich konnte auf eine Hinterpfote. Das Tier wimmerte und ließ von mir ab. Nikolai war damit beschäftigt, den Angreifer von sich runterzutreten, was ihm letztendlich gelang. Er versetzte dem Wolf einen solchen Tritt, dass dieser in einem hohen Bogen von ihm segelte und auf dem Rücken landete. Er und der Wolf, der mich angegriffen hatte, verzogen sich rasch. Die anderen vier dagegen blieben noch und kämpften mit unseren Hunden. Ich taumelte zu Nikolai, da mir schwindelig war. Er setzte sich erschöpft auf und wischte sich das Blut von seinem Arm. Als er mich bemerkte, sah er mich nur schwer atmend an und klopfte sich die dreckigen Pfotenabdrücke von seiner Jacke. Keiner von uns beiden hatte Luft zum reden. Ich sammelte meine letzte Kraft und stand wieder auf, um zu den Hunden zu gehen, als einer der Wölfe Deimos in die Seite biss, bis dieser winselnd zu Boden ging. „Nein!", entsetzt blieb ich stehen und sah mir meinen blutenden Hund an. Zum Glück biss Tiberius dem Wolf in seinen Hinterlauf und zerrte ihn ein Stück mit sich mit und somit von dem am Boden liegenden Hund weg. Kurz darauf hörte man nur ein Knacken, woraufhin der Wolf zusammensackte, sich wieder aufrappelte und davon hinkte. Die anderen Tiere knurrten unsere

Hunde noch einmal an, bevor sie den Rückzug antraten. Drei Tiere liefen sofort los, während das letzte noch eine Weile vor uns stand und seinen Kopf schräg zur Seite kippte. Ich lief zu meinem Hund und drückte ihm verzweifelt mit beiden Händen die Wunde zu. „Was ist?",rief ich dem wütend Wolf zu, „los! Verschwinde!"

Das Tier stellte die Ohren auf und nun erkannte ich es wieder. Der Wolf, beziehungsweise die Wölfin, war die Mutter des kleinen Welpen, den uns Tiberius angehängt hatte. Nun wusste auch Nikolai wer vor ihm stand und warf seinem Hund einen strengen Blick zu: „Das machst du also, wenn du draußen herumläufst?" Tiberius fing an zu winseln und legte sich hin, da er merkte, dass er Mist gebaut hatte. Die Wölfin bellte uns an und verschwand dann zusammen mit den anderen. **Vielleicht wird aus dem kleinen Welpen doch noch ein guter Jäger. Bei dieser Mutter.**

Heather

Mein Atem stockte. Ich wollte laufen, schaffte es aber nicht, auch nur einen Muskel zu rühren. Ich drückte mich tief in den Baum und hoffte, dass mir meine Uniform als gute Tarnung diente. Der Boden unter meinen Füßen vibrierte immer stärker und das Knurren wurde immer lauter je näher mir dieses Biest kam. **Beherrsche dich, vielleicht ist es nicht so schlimm, wie es sich anhört.** Ich schloss die Augen für einen Moment, öffnete sie wieder und horchte. Stille. Kein Vibrieren, kein Knurren, gar nichts mehr. Der Baum, der zu meinen Füßen lag, bewegte sich nicht, und die restlichen um mich herum blieben an Ort und Stelle stehen. Ich atmete erleichtert auf. **Vielleicht ist es jetzt weg**. Ich schüttelte mich kurz, um wieder Bewegung in meinen Körper zu bekommen. Als ich mich aus dem Baum befreite, zupfte ich meine Uniform noch in Ruhe zurecht, sah an mir herunter, um mir die Blätter von der Kleidung zu wischen, hob den Kopf und mein Herz blieb stehen. Da stand es. Das Tier, das den Baum umgeworfen hat, das Tier, das alle Soldaten mit seiner bloßen Anwesenheit verscheucht hatte, und nun verstand ich auch, warum. Es war riesig. Es stand regungslos vor mir und wir sahen uns an. **Hat es mich bemerkt?** Ich fing an, es näher zu betrachten. Es war dunkelgrün mit schwarzen Flecken, perfekt angepasst und getarnt für seine Umgebung. Ich sah vorsichtig, ohne meinen Körper dabei ein Stück zu rühren, an ihm herunter, um einen besseren Blick vom hinteren Teil des Tieres zu bekommen. Ein langer, buschiger Schwanz, der mich an den eines Wolfes erinnerte, schwang lautlos langsam hin und her. Das Tier sah exakt aus wie ein Wolf, bis auf die Größe. Es schaute sich auf die vordere Pfote, beugte sich zu ihr runter und leckte Blut von ihr. Da dort aber keine sichtbare Wunde war, war es nicht sein eigenes. Nun konnte ich erkennen, dass es auf dem Rücken grau-braun war, und überlegte, wo ich schon einmal diese Färbung gesehen hatte. Ich sah nach unten. Sein Rücken hatte dieselbe Farbe wie der Waldboden. Nun wurde es auf mich aufmerksam. Das Tier hob seinen Kopf, kam ein Stück näher und schnupperte an mir. Ich spürte seinen warmen Atem, der mir an meinem Hals und meinem Gesicht entlangzog. Ich versuchte, mich nicht zu bewegen. Meine Atmung war so flach, dass ich mich beherrschen musste, nicht plötzlich nach Luft zu schnappen, auch wenn ich sie brauchte. Es schnaubte kurz, wobei mein Helm etwas verrutsche, da ich vergessen hatte, ihn richtig festzuschnallen. Doch auch hier rührte ich mich nicht. Ich sah schräg an dem Tier vorbei und versuchte somit möglichen Blickkontakt zu vermeiden. Ich spürte sein Fell an meiner Wange und konnte das Blut, welches es grade von seiner Pfote geleckt hatte riechen, als es erneut an mir schnupperte. Dann ging es ein paar Schritte rückwärts und setzte sich hin. Regungslos verharrte es, ohne einen Muskel zu rühren, und fixierte mich. Ich betete, dass es kein Interesse an mir hatte und es schien zu funktionieren. Das Tier drehte sich um und wollte wieder gehen. Erleichtert atmete ich langsam aus, da ich mir sicher war, dass ich es geschafft hatte. Plötzlich sprang mein Funkgerät, welches ich vor ein paar Minuten gebraucht hätte, laut rauschend an und lenkte somit die Aufmerksamkeit des Tieres erneut auf mich. Doch diesmal, ließ es mich nicht allein. Ich ging langsam ein paar Schritte zurück, wobei es sich ein kleines Stück nach vorne beugte, und lief nun, so schnell ich konnte, in die Richtung, in die auch die anderen Soldaten geflohen waren. Ich musste mich nicht umdrehen, um nachzusehen, ob es mich verfolgte, denn ich konnte am Umknicken der Büsche und Brechen der Äste hören, dass es mir dicht auf den Fersen war. Ich schlug jeden Zweig und jede noch so schöne Blume zur Seite, damit ich schneller vorankam. Ich beschleunigte mein Tempo noch etwas und versuchte mich zu beruhigen. **Okay Heather, jetzt beruhige dich, wenn du jetzt nicht stolperst, schaffst du** ... doch bevor ich den Gedanken zu Ende bringen konnte, stolperte ich über die Wurzeln eines Baumes. Nachdem ich unsanft auf dem Boden aufgeschlagen war, stützte ich mich schnell davon ab und versuchte weiterzulaufen. Der Wolf hatte jedoch aufgeholt und war direkt hinter mir. Er packte mich am Bein und schleuderte mich gegen den nächsten Baum. In ihm war eine Höhle, in die ich mich zwängen konnte. Ich drückt mich so tief ich konnte in sie hinein, doch das Tier wusste wo ich war. Es warf sich mit den Pfoten gegen den Baum und versuchte nach mir zu schnappen. Zu meinem Glück konnte ich hinter mir durch ein Loch in der Wurzel fliehen. Ich richtete mich wieder auf und lief weiter, doch mein Verfolger blieb stets in meiner Nähe. Dann kam mir eine Idee. **Vielleicht kann ich ihn abschütteln, wenn ich anfangen würde, im Zickzack um die Bäume zu laufen?** Ich beschloss, meinen Plan in die Tat umzusetzen, und es klappte. Das Tier war zwar noch hinter mir her, aber nun hatte ich einen kleinen Vorsprung gewonnen, den ich weiter ausbauen konnte. Nach einigen Metern merkte ich jedoch, wie mir die Puste ausging und ich langsamer wurde. Dem Tier hingegen ging es leider hervorragend. Ich versuchte, mich zusammenzureißen, um noch die letzten Reserven aus mir zu holen, doch das Tier war zu schnell. Es minimierte den Abstand zwischen uns rasch und warf mich zu Boden, indem es mich mit seinem Kopf rammte. Ich landete unsanft ein paar Meter vor ihm auf einem Baumstamm, unter dem ich mich verstecken wollte. Es packte mich erneut am Bein und zerrte mich von meiner Versteckmöglichkeit weg. Panisch versuchte ich mich noch an dem Holz festzuklammern, doch der Wolf war stärker als ich. Während er mich zu sich zog, krallte ich mich in der Erde fest und hinterließ dabei tiefe Kratzspuren in ihr. Nachdem das Tier es geschafft hatte, mich unter sich zu ziehen, richtete es sich über mir auf und wollte zubeißen. Mit meiner letzten Kraft verschränkte ich schreiend meine Arme schützend über meinem Kopf. Plötzlich hörte ich ein leises Bellen. Das Tier über mir verharrte, sah sich um und entfernte sich langsam von mir. Das wäre der perfekte Moment gewesen, in dem ich eigentlich laufen sollte, aber ich wollte wissen, welches Tier dieses Monster davon abgehalten hatte, mich zu fressen. Dann sah ich es. Eine Miniversion von der Bestie lief auf sie zu und sprang an ihrem Bein hoch. Die Bestie leckte dem kleinen Tier über den Kopf und schmiegte sich dann an es, bis das kleine Wesen anfing, freudig mit seiner Rute zu wedeln und um den großen Wolf herum zu hüpfen. Ich rutschte auf dem Rücken zurück und stand einige Meter vor ihm wieder auf. **Dieses Tier ist eine liebende Mutter, kein Monster**. Ich atmete erleichtert auf und klopfte mir den Dreck von meiner Uniform. Das Junge bellte mit einer erstaunlich hohen Stimme seiner Mutter etwas zu und sah mich dann an. Nun setzte es einen der besten Hundeblicke ein, den ich jemals gesehen hatte. Es blickte wieder zu seiner

Mutter hoch, leckte ihr spielerisch über die Schnauze und tapste aufgeregt wieder weg, bis es im Dschungel verschwunden war. **Was es ihr wohl gesagt hatte? Vielleicht „Mama, mir ist langweilig" oder vielleicht „Mama, spiele mit mir".** Die Mutter drehte sich in meine Richtung, plusterte sich auf und knurrte mich an. Jetzt wusste ich, was das Kleine zu ihr gesagt hatte: „Mama, ich habe Hunger."

Ich stolperte noch über den unebenen Boden, beschleunigte wieder meinen Gang und rannte nun schneller als vorher. Sie leider auch. Ich sah für mich keinen Ausweg mehr, als ich plötzlich an meiner Schulter gepackt und ruckartig zur Seite gezogen wurde. Jemand presste mir die Hand auf den Mund und hielt mich mit der anderen fest, damit ich mich nicht weiterbewegen konnte, um das Biest auf uns aufmerksam zu machen. Das Tier rannte weiter geradeaus. Wahrscheinlich hatte es mein Verschwinden gar nicht bemerkt, da der dichte Dschungel ihm die Sicht versperrte. Der Griff lockerte sich und ich sah mich um. John und die anderen Soldaten saßen geduckt unter großen Blättern, wobei sie, wenn sie so regungslos verharrten, fast unsichtbar wirkten. „Los", er stand auf, „wir fliegen wieder heim. Wir haben alles."

Ich war noch nie so froh, diese Worte gehört zu haben.

Wir gingen denselben Weg zurück, nur diesmal bewegten wir uns vorsichtiger und leiser als auf dem Hinweg. Selbst ich wich den anderen nicht mehr von der Seite, da die Angst vor dem Muttertier nun größer war, als meine Neugier für die Umgebung.

Als wir am Fluss ankamen, atmete ich erleichtert auf, da die Gefahr nun vorüber war. Das kleine Insekt, welches wir beim Eintreten des Dschungels entdeckt hatten, schwirrte wieder munter am Wasser entlang und huschte augenblicklich zurück in das Dickicht, als wir ihm zu nahe kamen. Nun verstand ich seine Angst und auch die Tarnung der Tiere. Es war nicht einfach eine Laune von Mutter Natur, sondern eine Überlebensstrategie, um dieser Bestie zu entkommen.

Zurück an dem Landeplatz angekommen, umarmte ich freudig meinen Adler, welcher sich nur entrüstet über meine Zuneigung schüttelte und mich anfauchte.

Als wir in die Helikopter stiegen, drehte ich mich noch einmal um und sah in die Ferne.

Ich hoffe ich muss nie wieder zurück.

Ryder

Ich drückte mit aller Kraft auf Deimos Verletzung, doch es gelang mir nicht, die Blutung zu stillen. Am Himmel

waren die Helikopter zu hören, auf die wir gewartet
hatten. „Ryder, wir müssen jetzt verschwinden,
schnell!", rief mir Nikolai zu.

Als wäre mir nicht dieser Gedanke gekommen.

Als die Hubschrauber gelandet waren, lief ein Soldat
raus, warf sich auf den Boden und küsste ihn. Danach
stand er auf und entfernte sich von seiner Truppe.
„Warte hier", flüsterte ich zu Nikolai, „ich komm gleich
wieder." Ich schlich an einer alten Mauer entlang,
welche zum Teil stark zerfallen war, um unbemerkt zu
dem Soldaten zu kommen. Als ich nah genug an ihm
dran war, stand er mit dem Rücken zu mir. **Perfekt.** Ich
warf ihn von hinten zu Boden. Er wehrte sich heftig und
rammte mir dabei seinen Ellbogen in den Bauch. Ich
versuchte, ihn festzuhalten, damit er mich nicht noch
einmal erwischen konnte. Er drehte sich zu mir um und
spuckte mir und Gesicht. „Verdammt!", ich drückte ihn
auf den Boden, doch er war trickreicher, als ich dachte.
Er holte ein Fläschchen Pfefferspray aus seiner
Westentasche, sprühte es mir in die Augen und als ich
von ihm abließ, trat er mir noch einmal in den Bauch.
„Du Hurensohn!"

„Wenn schon Hure, Pisser!"

Ich verharrte. **Eine Frau? Moment. Eine Frau!?**
Bestimmt die, die auf Corvin geschossen hatte.

Ich stand auf, packte sie im Nacken, wie ich es sonst

bei Deimos machte, wenn er etwas angestellt hatte, und schleppte sie hinter die Mauer.

„Warst du vor ein paar Tagen in der Stadt?"

Sie sah mich schweigend an. Durch das Visier am Helm konnte ich ihren Blick nicht erkennen.

„Hör zu, Schlampe, wir können das hier auf die sanfte", ich zog ein Messer aus meiner Jackentasche „oder auf die harte Tour machen!"

Sie wurde nervös: „Ja, war ich."

„Hast du auf einen alten Mann geschossen?"

„Ich, was? Woher soll ich das wissen?!"

„Ja oder nein?", ich hielt ihr mein Messer unter das Kinn.

„Ich habe auf einen Mann geschossen. Ob er alt war, weiß ich nicht!", sie schlug mir das Messer aus der Hand, wandte sich aus meinem Griff und lief los. Sie erwischte mich an dem Arm, in den sich kurz zuvor der Wolf verbissen hatte. Ich zuckte kurz zusammen.

Anstatt weiterzulaufen, blieb sie stehen: „Stimmt was nicht?"

„Kann dir doch egal sein!"

„Ich hab doch nur versucht, ach, vergiss es einfach. Verrecke doch!"

„Konntest wohl nicht schnell genug laufen in Australien, was?"

Sie sah mich empört an: „Was meinst du damit?"

Ich deute auf ihre zerrissene Uniform.

„Das war meine erste Mission da!"

„Leider nicht deine letzte!"

„Na warte, du Bastard!", sie stürzte sich auf mich und schlug mir ins Gesicht.

„Was?", ich spuckte Blut aus meinem Mund, „mehr hast du nicht drauf?" Ich griff ihr in die Seite, um sie von mir runterzuheben, doch anstatt sich zu wehren, begann sie zu lachen.

„Was wird das?", ich schaute sie verwundert an.

„Hör auf! Ich bin da kitzelig!", meckerte sie.

„Ach wirklich?", ich grinste sie an, packte sie an der Hüfte, drehte sie auf den Rücken und fing an sie zu kitzeln.

„Oh Gott, hör auf! Bitte!", ihre Stimme war vom Lachen erstickt, doch ich machte munter weiter. Sie nahm den Helm ab und wollte ihn mir an den Kopf werfen, aber ich wich ihm aus. Ich sah dem Helm noch nach, der einige Meter weiter kullerte: „Daneben, du kannst nicht mal richtig werfen!" Dann wandte ich mich wieder ihr zu und staunte, da ich in die schönsten grünen Augen sah, die ich jemals gesehen hatte: „Wow, du bist ja hübsch."

Sie wurde etwas rot im Gesicht und lächelte mir zu: „Ähm, danke, denke ich."

„Heather? Heather wo bist du?", rief eine Stimme nach

ihr.

„Ich komme!", erwiderte sie, „jetzt geh!" Sie warf mich von sich runter und rannte zurück zu den anderen.

Ich sah ihr noch nach.

„Ryder? Ryder, wo steckst du?", Nikolai kam auf mich zugelaufen. „Da bist du, und, oh Gott, du blutest. Hat dich der Soldat erwischt?"

Ich sah meinen Freund an, wischte mir mit dem Ärmel die blutige Spucke vom Kinn und nickte ihm zu.

„Los, komm, Nikolai, lass uns die Hunde nach Hause bringen."

„Hast du was von ihm geklaut?"

„Ihr."

Er sah mich erstaunt an: „Ihr? Warte, sie?"

Ich nickte: „Ich habe das hier von ihr." Ich hielt ein kleines Gerät in der Hand: „darin sind alle Adressen, Namen und mehr."

Nikolai sah mich an. Dann sagte er nichts, weder jetzt, noch als wir die Hunde einluden oder als wir wieder zurückfuhren.

Nachdem er den Wagen eingeparkt hatte, bat er mich um das Gerät. Er durchsuchte es, fand jedoch keine aktuellen Informationen: „Warum ist hier alles so chaotisch und nicht einmal nach Daten sortiert? Wie soll man sich hier nur zurechtfinden?!" Nikolai schaltete es enttäuscht aus und seufzte: „Und jetzt?"

Heather

„Heather!", rief John mir wütend nach, als ich gefrustet zurück zu meinem Zimmer gehen wollte. „Wirf die Tür nicht hinter dir zu! Auch wenn deine erste Mission nicht erfolgreich war!"

„Die Mission war nicht erfolgreich?", ich blieb verdutzt stehen und verlor dann die Fassung, „ich wäre fast gefressen worden von diesem, diesem ..."

„Ja, aber nur fast."

Ich war entsetzt darüber, wie entspannt er war: „Soll mich das jetzt trösten?"

Bevor er antworten konnte, fauchte Jumper mich an, da es ihr gar nicht gefiel, wie ich mit ihrem Geliebten umging.

„Jumper, reg dich ab, Liebling", er streichelte die Katze und kraulte sie hinter dem Ohr. Der Karakal schnurrte und schmiegte sich an sein Herrchen: „Du lebst immerhin noch."

„Sag mal John", ich beschloss, mich nicht mehr unnötig über ihn aufzuregen, sondern wollte mehr über das Biest erfahren, „wie viele von diesen Viechern gibt es eigentlich?"

Er war damit beschäftigt mit seiner Katze zu schmusen. „Es gibt nur das eine", antwortete er gelassen, schien dann erst meine Frage verstanden zu haben und wurde aufmerksam. „Warum? Hast du etwa noch eins gesehen?", er war so fasziniert von meiner Frage, dass er sogar aufhörte, Jumper zu streicheln.

„Na ja, ich …", ich war mir nicht mehr sicher, ob ich ihm von dem Jungtier erzählen wollte. „Nein", ich grinste ihn verlegen an und kratzte mir am Kopf dabei, „ich habe mich bestimmt geirrt. Der Dschungel war groß und es gab viele verschiedene Tiere darin." Ich versuchte mit einem nervösen Lachen davon abzulenken, dass ich ihn anlog.

„Nun gut", antwortete er knapp und ging mit seinem Karakal zurück zu den Autos. **Warum zeigt er so ein großes Interesse an dem Tier?**

Nachdem ich meine Sachen in mein Zimmer gebracht hatte, ging ich in die Kantine, um es mir dort auf den großen Bänken vor den Fenstern gemütlich zu machen, als ich hinter mir einen bekannten Schrei hörte. Silent flog auf die Fensterbank. Doch er war zu groß, um auf ihr zu landen, und versuchte mir durch Nicken zu signalisieren, dass ich doch bitte das Fenster aufmachen möchte, damit er in den Raum fliegen konnte. Ich sah ihn an, drehte meinen Kopf zur Kantine und dann wieder zu ihm.

Der Raum war groß genug, damit er genügend Platz hatte, es sich hier gemütlich zu machen. Es saßen wenige Soldaten darin, die gemeinsam Karten spielten oder sich angeregt über ihre Missionen und privaten Dinge unterhielten. Ich ließ meinen Vogel vor dem Fenster warten und sah mich in Ruhe in dem Raum um. Es standen 20 große Tische darin, die zu vier langen Tafeln zusammengestellt waren. Ich scharrte mit dem Fuß auf dem Boden und rutschte weg. Der Boden war so sauber, dass man von ihm essen konnte, die Tische waren alle geputzt und die Stühle standen akkurat in einer Reihe daran. An den Wänden hingen Bilder von unseren Militärfahrzeugen, wie sie in ihren Garagen oder auf ihren Parkplätzen standen.

„Miss Langford?"

Ich hatte die Soldaten vor mir schon ausgeblendet, weshalb ich mich erschreckte, als ich angesprochen wurde.

„Könnten Sie bitte aufhören, mit ihrem Fuß über den Boden zu scharren? Ihre Schuhsohlen könnten Spuren hinterlassen." Er sah mich mahnend an.

Erst als ich aufgehört hatte, mein Bein zu bewegen, wandte er sich wieder seinem Kollegen zu.

Silent wurde ungeduldig und klopfte mit seinen Krallen an die Scheibe. Desinteressiert wandte ich mich ihm zu, stand auf und öffnete mit einer Hand das Fenster. Als Silent den Kopf nach vorne streckte, um sich durch den Spalt zu zwängen, hob ich mit der anderen Hand den Mittelfinger und lächelte ihn schadenfroh an: „DAS ist für mein Kleid!" Danach schloss ich das Fenster ruckartig und schlug ich ihm die Scheibe ins Gesicht. Mein Adler war alles andere als amüsiert darüber, schrie auf und schüttelte sich entrüstet über meine Aktion. **Manchmal glaube ich, mein Krieg findet nicht draußen auf dem Schlachtfeld statt, sondern hier drinnen gegen diesen zu groß geratenen Vogel.**

Silent flog zeternd weg und kreiste nun, wie immer, wenn er wütend war, über den Stützpunkt. Ich lachte und setzte mich zurück auf meinen Platz. Es war ein schönes Gefühl, mich an ihm zu rächen.

Ich dachte wieder über das Portrait nach. Bis jetzt wusste ich immer noch nicht, warum es dort lag oder warum ich mich nicht daran erinnern konnte.

Es war seltsam, ich hatte endlich einen Anhaltspunkt zu meiner Mutter und konnte nichts damit anfangen, da ich mich an nichts erinnern konnte.

Frustriert seufzte ich. **Ob ich meinen Vater fragen sollte? Aber bestimmt würde er mir nichts darüber sagen, sonst hätte er das Bild doch schon längst erwähnt. Vielleicht täusche ich mich auch nur und das Mädchen auf dem Bild bin ich nicht.**

Deprimiert lehnte ich mich an das Fenster hinter mir.

Ryder

Wir legten unsere Hunde vorsichtig auf einen Stapel Paletten und fingen an, sie mit alten Lappen zu verbinden. „Okay Ryder, du bleibst bei den Hunden, ich suche Amanda und Doc", Nikolai drehte sich um und rannte aus der Halle. Besorgt sah ich ihm nach und kniete mich zu den Tieren: „Okay, Jungs", ich sah die beiden Hunde an, die mittlerweile nur noch wimmerten und sich vor Schmerz verkrampften, „Nikolai ist bald zurück und er bringt Hilfe mit." Ich spürte etwas Nasses auf meinem Arm und hoffte, dass mir Deimos mit der Zunge darüber leckte. Doch es war das Blut der Hunde, dass von den Paletten auf den Boden tropfte und ihn langsam rot färbte. Die Tiere atmeten schwer. Ich stützte meinen Kopf in meine Hand, sah an meinem Arm entlang und zupfte an dem zerrissenen Ärmel. Meinen Arm hatte ich notdürftig verbunden und hatte ein paar Schmerzmittel genommen, die mir eine freundliche Frau gegeben hatte. **Diese verdammten Wölfe! Wieso mussten sie ausgerechnet dort sein? Und die Wölfin? Die soll ihr Junges gefälligst abholen!** Ich bemerkte Amanda nicht, als sie von hinten auf mich zulief und versuchte, auf die Paletten zu hüpfen. Doch sie war zu klein, weshalb sie es nur schaffte, sich mit ihren kleinen Vorderpfoten festzuhalten. Ihre Hinterbeine hingen in der Luft, während sie versuchte, mit ihnen Schwung zu holen. Ich griff ihr vorsichtig unter den Bauch und hob sie auf die Palette. Sie quietschte mir freudig zu und begutachtete die beiden Hunde, bevor sie anfing, panisch zu bellen, bis der Arzt eintraf.

Er begleite mich nach draußen, wo Nikolai auf mich wartete, und sah uns ernst an: „Glaubt mir, Jungs, das ist erst mal das Beste für euch, wenn ihr das nicht mit ansehen müsst." Er baute ein kleines Gerüst auf und zog einen Vorhang zu, damit wir nicht sehen konnten, was er vorhatte.

Während Nikolai auf einer Kiste saß und sein Gesicht in seinen Händen vergrub, lief ich angespannt auf und ab: „Wie lange dauert es noch? Was macht er bloß? Wie geht es den Hunden?" Ich sah zu Nikolai rüber und wartete auf eine Antwort, aber er regte sich kein Stück.

„Nikolai?" Er zuckte mit den Schultern, veränderte aber nicht seine Position. Ich versuchte, durch den Vorhang etwas zu erkennen, doch er war blickdicht.

„Ryder, es ist schon so schlimm genug", Nikolai hatte seinen Kopf in meine Richtung gedreht, wobei eine seiner Gesichtshälften noch vergraben war.

„Aber, ich, ich wollte nur", ich seufzte, „du hast recht. Es wäre das Beste, jetzt die Ruhe zu bewahren. Mach mal Platz." Ich quetschte mich zu ihm auf die Kiste und lehnte mein Gesicht gegen seine Schulter.

Nach einer gefühlten Ewigkeit kam der Arzt zu uns nach draußen, während er die blutigen Handschuhe auszog und den Mundschutz abnahm.

„Und?", sofort sprang ich auf und sah ihn erwartungsvoll an.

„Sie brauchen etwas Ruhe. Ich habe ihnen nicht das Elixier verabreicht, sondern sie normal verarztet. Gebt ihnen ein, zwei Tage, dann sind sie wieder fit", er knüllte die Sachen zusammen und ging, ohne noch etwas zu sagen. Amanda folgte ihm kurze Zeit später. Sie hielt den Vorhang zwischen ihren Zähnen und schleifte ihn hinter sich her. Als sie verschwunden war, tippte ich Nikolai auf die Schulter, damit er aufstand. Langsam gingen wir in den Raum zu unseren Hunden.

„Wir hätten da nicht hinfahren dürfen", warf sich Nikolai vor, während er sich zu Tiberius kniete und ihn vorsichtig streichelte.

„Da hast du recht", stimmte ich ihm zu, „aber wir haben es versucht und hatten fast Erfolg. Beim nächsten Mal ..."

„Beim nächsten Mal?", unterbrach mich Nikolai wütend, ohne sich dabei in meine Richtung zu drehen. „Wie kannst du jetzt nur an die nächste Mission denken?"

Ich kniete mich zu ihm und versuchte mit ihm zu reden.

Doch er vergrub den Kopf in seinem Hund und begann zu zittern.

Ich legte meine Hand auf seine Schulter. „Tiberius schafft das schon, der ist zäh", nun begann ich auch zu zittern und legte meine Hand schnell auf Deimos, um mich zu beruhigen, „sie schaffen es immer."

Heather

Ich lag auf meinem Bett und starrte an die Decke. **Ich war so nah dran, und doch so weit entfernt davon, etwas über meine Mutter zu erfahren.** Ich war so in meinen Gedanken versunken, dass ich mich vor dem Klopfen an meiner Tür erschrak und mich schnell aufsetzte: „Herein."

Ein Soldat mit einer Milchflasche in seiner Hand betrat mein Zimmer: „Madame, Ihre Anwesenheit wird verlangt."

Ich nickte ihm zu und sah dann das Fläschchen in seiner Hand. Er bemerkte es und versuchte, sie hinter dem Rücken zu verstecken. „Wozu brauchen Sie die?", ich stand auf und sah ihn neugierig an.

„Ich, also ich ...", er war überrascht darüber, dass ich eine kleine Flasche Milch interessanter fand, als einen

Befehl zu befolgen, „ich persönlich brauche sie nicht. Aber meine Katze."

„Katze? Welche Art? Kann ich sie sehen?"

Er sah mich gequält an und presste dabei seine Lippen aufeinander, als wollte er damit ausdrücken, dass es ihm gar nicht passte: „Aber Sie werden schon von Mr. Leyer erwartet."

Ich überlegte, welcher Soldat Leyer hieß und dann fiel es mir ein: John. Und auf ihn konnte ich grade gut verzichten.

„Hm, nein danke", ich winkte lächelnd mit meiner Hand ab, „ich würde lieber die Katze sehen wollen."

„Ähm, also na gut, wenn Sie darauf bestehen, Madame."

„Nennen Sie mich Heather", ich ging lächelnd ein Stück auf ihn zu, blieb neben ihm stehen, sah an ihm hoch und bemerkte, dass er kein Band um seinen Arm trug.

„Und mit wem habe ich das Vergnügen?"

„Kaiser, Ma... ich meine Heather."

„Kaiser, okay, und Vorname?", ich ging in Richtung Tür und blieb im Rahmen stehen. Er drehte sich mit mir mit und seufzte: „Jens."

Also ein Deutscher.

„Jens Kaiser", wiederholte ich leise, während ich auf den Flur ging, „ich habe schon lange keinen deutschen Namen mehr gehört."

Er lächelte mich an: „Ja, die meisten sind nicht als Soldaten eingeteilt, sondern arbeiten als Ingenieure."

Er tippte sich auf seine Schulter, wobei sich seine Uniform der Farbe der Umgebung anpasste, bis er sich erneut auf dieselbe Stelle tippte: „Der Stoff ist von uns. Bei der Programmierung haben uns unsere amerikanischen Kollegen geholfen."

Ich staunte. Nanotechnologie. Also musste sein Team gut sein.

Als wir den Flur entlanggingen, schwieg er.

„In welchem Squad bist du?"

Er sah zu mir runter und richtete den Kopf dann wieder nach vorne.

„Dead Fallen", antwortete er knapp.

Ich blieb stehen. Jens drehte sich zu mir um und wartete meine Reaktion ab.

„Dead Fallen? Das ist eine Eliteeinheit. Wer ist noch bei euch?"

„Paul Kaiser."

„Seid ihr Brüder?"

Er musste lachen: „Nein, wir haben nur zufällig denselben Nachnamen."

Ich sah ihn baff an. Nun wusste ich auch, warum er kein farbiges Band am Arm trug.

Dead Fallen war eines von acht Eliteteams. Sie waren unter den Eliteeinheiten eine kleine Besonderheit, da ihre Mitglieder, anders als die aus den anderen Teams, nicht aus demselben Land stammten, dem sie dienten, sondern übernommen wurden, da Deutschland neutrale Zone war.

Ich wusste, dass die Einheiten so aufeinander abgestimmt waren, dass sie zusammen eine eigene Armee bildeten. Doch so weit, dass sie sich miteinander verbünden mussten, war es bisher nie gekommen.

So erfüllte jeder seinen Teil und blieb oberflächlich mit den anderen in Kontakt.

Für jeden Sektor gab es somit eine Eliteeinheit, die eine bestimmte Aufgabe in ihrem Land zu erfüllen hatte, weshalb sie Meister auf ihrem Gebiet waren :

Sektor 1 hatte *Ghost Town.*

Hier in Sektor 2 war *Dead Fallen.*

Sektor 3 verfügte über *Dark Fall.*

Sektor 4 besaß *Blood Rain*

Und in Sektor 5 diente *Hell.*

Es gab noch *Banshee*, *Abyss* und *Silence*, doch die waren auf dem nordamerikanischen Kontinent stationiert.

Die Eliteteams waren bei den normalen Soldaten auch als „Mystical Teams" bekannt, da niemand wusste, wo sie stationiert waren. Einige glaubten nicht einmal daran, dass diese Einheiten tatsächlich existierten. Bei diesen Sachen war ich froh, die Tochter eines Generals zu sein, da ich einen Teil der Informationen über diese Teams erhielt. Aber selbst ich wusste nichts über die Mitglieder.

Nun war ich doppelt gespannt auf die Katze.

Zusammen gingen wir den restlichen Weg zu seinem Zimmer. **Was das wohl für eine Katze ist? Bestimmt eine große, mit scharfen Krallen und spitzen Zähnen. Ein Tiger, oder ein Leopard, oder vielleicht ein Gepard?** Ich war so aufgeregt, dass ich vor Vorfreude quietschte. Von Jens bekam ich dafür einen fragenden Blick.

Als wir vor seinem Zimmer standen, öffnete er die Tür und ging vor: „Marker? Marker, wir haben Besuch, wo bist du, mein kleiner Sonnenschein?"

Unter diesem Namen konnte ich mir gar nichts vorstellen. Jens sah sich mehrmals im Raum um und ich folgte ihm. Das Zimmer war knapp doppelt so groß wie meins. Es hatte drei Betten, von denen zwei zusammengeschoben waren, einen großen Schrank, zwei Schreibtische, vollgepackt mit Papieren und Schreibwaren, und einen großen Balkon, von dem aus man auf die Gartenanlage schauen konnte. Am Ende des Zimmers lagen in einer großen Ecke mehrere Lagen Heu, hinter denen ein Futtertrog stand. Ich konnte den Inhalt nicht erkennen, aber es schien

Getreide zu sein, da es nach Korn roch.

„Marker, da bist du endlich."

Ich ging einen Schritt zu Seite, um mir einen besseren Blick auf das Tier zu verschaffen. Was aber dann kam, damit hatte ich nicht gerechnet.

Ryder

Nikolai lag auf dem Bett und bewegte sich nicht.

„Nikolai, steh auf, wir müssen raus."

Er hob den Kopf: „Raus? Wohin?"

„Du lebst also noch."

Er fand es wohl nicht so lustig, da er den Kopf senkte und sich die Decke darüber zog.

„Komm schon", ich nahm sie ihm weg, „wir müssen uns anziehen und dann losfahren."

Nikolai war nicht sonderlich begeistert, quälte sich dennoch aus dem Bett. Kurz darauf stand er vor mir. Er trug nichts weiter als schwarze Boxershorts.

„Und?", ich sah ihn wartend an, „willst du dich nicht anziehen?"

Er schaute auf den Boden, hob langsam den Kopf und rieb sich mit einer Hand die Augen.

„Komm schon Alter", ich knuffte ihm gegen die Schulter, „mach nicht so ein Gesicht. Tiberius wird es bald besser gehen."

Da ich normalerweise derjenige war, der emotional agierte, war es nun komplettes Neuland für mich, der Tröster zu sein. Er seufzte und schlurfte dann zu dem Kleiderständer, an dem seine Klamotten hingen. Er versuchte, auf das Regal zu greifen, auf dem seine Handschuhe lagen. Obwohl Nikolai ein Stück größer war als ich, hatte er dennoch Probleme es zu erreichen. Es war schon lustig mit anzusehen, wie er sich strecken musste.

„Ryder, willst du mir nur weiterhin auf den Hintern starren oder mir helfen?"

Ich grinste: „Na ja, schön anzusehen ist er ja schon, also von daher", ich setzte mich auf die Paletten, „werde ich dir einfach weiterhin zusehen."

Ich riss noch ein paar Witze und stand dann auf, um ihm zu helfen. Als ich mich hinkniete, um ihm mit meinen Händen als Trittleiter zu dienen, sah er mich genervt aber dennoch dankbar an. Nachdem er seine Handschuhe hatte, wischte ich mir die Hände an seinem Körper ab.

„Lässt du das?", er schob mich von sich weg.

„Deinen Dreck kannst du behalten."

Er musste lachen, zog sich seine Kleidung an und ging an mir vorbei.

Draußen wurde ich von Corvin erwartet, der sich

entnervt mit seinem Finger auf eine imaginäre Uhr auf seinem Handgelenk tippte, da ich für seine Verhältnisse getrödelt hatte. Ich stieg in den Wagen und wartete auf die Leute, die uns unsere Waffen brachten. Als wir drei in dem Auto saßen und Zeus es sich auf der Rückbank bequem gemacht hatte, fuhren wir los. Wir waren alle angespannt, da wir in eine der verbotenen Zonen fuhren. Ich sah mich um und betrachtete skeptisch die Waffen.

Heather

„Marker, da bist du endlich, guck mal, was ich dir mitgebracht habe."
Der große Tiger, Leopard oder Gepard war in Wirklichkeit eine kleine Ozelotdame, die nun geschmeidig schreitend auf uns zu kam und einmal um Jens' Beine streifte. „Das? Das ist Marker?", ich sah die kleine Katze ungläubig an. Jens nahm die Katze hoch und begann mit ihr zu schmusen: „Ja, das ist Marker, mein kleiner Sonnenschein." Die Katze schnurrte genüsslich und schmiegte sich noch enger an sein Herrchen.
Marker war kleiner als gewöhnliche Ozelots und hatte an beiden Schultern jeweils eine bionische Prothese.

Der Rest der Katze war normal ausgeprägt.

„Paul müsste auch gleich hier sein, setz dich doch, dann lernst du ihn und Bones kennen." Er nickte mit seinem Kopf in Richtung der zusammengeschobenen Betten. Ich setzte mich auf eines und sah ihm beim Kuscheln mit seiner Katze zu. **Was Bones dann wohl ist? Vielleicht ein Waschbär, oder eine kleine Fledermaus, oder sogar ein Chihuahua?** Ich begann zu grinsen und legte meinen Kopf in den Nacken. **Bestimmt mit einem pinken Schleifchen, das glitzert, und einem kleinen Krönchen drauf, damit es noch viel furchteinflößender wirkt.** Ich war so damit beschäftigt gewesen, an den kleine Hund zu denken, dass ich nicht merkte, wie der echte Bones durch die Tür kam. Als ich den Kopf wieder nach vorne verlagerte, bekam ich einen großen Schreck. Vor mir war plötzlich ein pompöses Brustfell mit zwei kräftigen Vorderläufen aufgetaucht. Ich guckte an ihm hoch und sah einen schmalem Kopf, über dem ein riesiges, glänzendes Geweih thronte. **Ein Hirsch!** Ich schluckte schwer, da ich nicht mit einem so großen Tier gerechnet hatte. Denn im Gegensatz dazu war Marker eine noch kleinere und niedlichere Katze.

Die kleine Ozelotdame sprang dem Hirsch auf die Schultern und schmiegte ihren Kopf an ihn. Er sah mich mit einem strengen Blick an und stolzierte zu

107

seiner Ecke, um sich dort in Ruhe breitzumachen. Bones hatte keine Bionik an seinem Körper, dafür war sein Geweih aus Metall. Paul kam als Zweiter in das Zimmer und nahm mich nicht wahr. Er setzte sich gleich an seinen Schreibtisch und begann einige Papiere zu sortieren. In seinem Nacken erkannte ich einen schmalen Metallstrang.

„Ich, ähm, ich gehe dann mal wieder. Ich will nicht stören", ich stand vom Bett auf und winkte Paul zu, der mich nun registriert hatte.

„Du gehst schon? Schade, ich dachte, du bleibst noch etwas", Jens ging zu seinem Kameraden und stützte seine Hand auf die Stuhllehne.

Paul schaute zu seinem Kollegen auf: „Lass sie doch gehen, Jens, wenn sie noch etwas zu tun hat, dann wollen wir sie nicht stören."

Ich lächelte den beiden noch zu und ging.

Als ich zurück in meinem Zimmer war, überlegte ich, weshalb der Soldat zu mir gekommen war, und dann fiel es mir wieder ein. John. Er wollte was von mir. **Ich muss so oder so zu ihm.** Ich ging zu seinem Zimmer. Dort war er nicht, also suchte ich draußen nach ihm und fand ihn. Er stand mit Jumper an seinem Wagen und wartete auf mich: „Wo warst du so lange? Hat dir Jens nicht Bescheid gesagt?"

Ich ignorierte die Frage, woraufhin ich von seiner Katze

angefaucht wurde. **Konnte sie nicht so süß sein wie Marker?**

„Jetzt steig in den Wagen, wir müssen in die tote Zone."

Ich sah ihn entsetzt an: „Warum müssen wir denn dahin?"

„Wir müssen etwas überprüfen", sagte er ruhig, stieg ein und und schloss die Tür, nachdem Jumper rein gesprungen war. Ich pfiff und stieg danach ein. Kurz darauf hörte ich Silent kreischen und unser Wagen war in seinen Schatten getaucht.

Als wir eine Zeit lang durch das Brachland hinter unserem Stützpunkt gefahren waren, wurde mir langweilig, und ich fing an, unter die Plane zu schauen, die hinter mir über das Auto gespannt war. Unter ihr lagen große Waffen und Ersatzmunition. „John?", rief ich nach hinten, während ich noch die Waffen begutachtete, „wozu brauchen wir die?"

„Wirst du schon sehen."

Ich warf einen skeptischen Blick über meine Schulter zum Fahrersitz und setzte mich danach wieder.

Wir fuhren weitere sechs Stunden, bis wir an einen Abgrund kamen. Ich stieg aus, streckte mich und sah mich um. Es war alles kahl. Hier standen weder Bäume noch Gräser oder irgendwelche anderen Pflanzen, die ein Hinweis darauf gewesen wären, dass hier einst

Leben herrschte. Der Sand wehte in kleinen Böen über den Boden und streifte meine Stiefel dabei. Über dem Abgrund hing eine kleine, schmale Hängebrücke, bei der schon ein paar Bretter fehlten. Sie schwang knarrend hin- und her. Ich ging um den Wagen und wartete, bis John ein paar der Waffen ausgeladen hatte.

„Hier", er drückte mir eine in die Hand.

Ich begutachtete sie misstrauisch: „Ein Scharfschützengewehr?"

Er beachtete mich nicht, sondern nahm noch zwei Pistolen und steckte sich eine an. Die zweite gab er mir. Er nahm ein Sturmgewehr und schulterte es:

„Komm." **Gesprächig ist er heute nicht.**

Ich hatte ein ungutes Gefühl. Ich war zwar als Schafschützin ausgebildet und damit an diese Waffe gewöhnt, doch ich zog es vor, mit kleineren Waffen herumzulaufen, da diese weniger Gefahr bedeuteten. Ich pfiff, um Silent zu signalisieren, wo wir uns befanden, und folgte John.

Er trat einmal auf die Brücke und drehte sich zu mir um: „Du gehst vor!"

Ich sah ihn skeptisch an und fing an entrüstet zu lachen: „Keine Chance. DA gehe ich nicht rüber."

Er packte meinen Gurt, an dem meine Waffe befestigt war, zog mich in Richtung der Brücke und gab mir

einen Schubs: „Jetzt geh!" Er stieß mich mit seinem
Gewehr ein Stück nach vorne, bis ich mich von selbst
bewegte. **Warum ist John plötzlich so ein Arsch?**
Ich kniff die Augen zusammen und tastete mich nach
vorne. Wenn ich fiel, dann wollte ich es nicht sehen. Ich
ging langsam über die Brücke und als ich die Augen
öffnete, sah ich den Boden der anderen Seite vor mir.
Ich sprang das letzte Stück und wartete auf John.

Ryder

Zeus wurde immer unruhiger. Ich konnte es ihm nicht
verübeln, denn das, was uns erwartete, machte jeden
von uns nervös.
„Ich habe gehört", Nikolai drehte sich auf seinem
Vordersitz zu mir nach hinten um, „dass das Wesen
deine Seele mit verspeisen kann, wenn es dich erst mal
erwischt hat." Ich sah ihn beunruhigt an.
„So ein Blödsinn", widersprach Corvin, „das Vieh
braucht deine Seele nicht mal, er frisst dich auch so."
„Wie sieht es eigentlich aus?", warf ich in die Runde.
Alles schwieg.
„Nun", begann Corvin, „einige sagen, es hat keinen
Körper. Es sei eine Art Geist."
„Ein Geist?", entgegnete ich ungläubig.

„Ja, ein Geist. Es soll ein Schatten sein, der sich in Nebel auflösen kann."

Ich wusste, dass Corvin kein Fan solcher Märchen war. Aber da er diese Sache ernst nahm, musste etwas dran sein. „Aber", ich drehte mich in Corvins Richtung, „woher kommen dann all die Geschichten und Beschreibungen? Ich meine, Geister kann man nicht sehen. Oder?"

„Nun ja, Ryder, es gibt eine Geschichte darüber: Ihr wisst, dass die Menschen immer alles dafür getan hatten, unsterblich zu sein. Nun, eines Tages fand ein kleiner Trupp von Wanderern eine Wiese, auf der wunderschöne schwarz-rote Blumen wuchsen. Sie beschlossen, einige davon zu pflücken und mitzunehmen, ohne zu ahnen, was sie damit angerichtet hatten. Der Wächter der Blumen, ein alter Geist, war erzürnt darüber, dass sie ihn beraubt hatten. Er fing an, sie zu jagen. Einer nach dem anderen verschwand spurlos. Man fand nicht einmal die Leichen der Menschen, fast so, als hätten diese Leute niemals existiert.

Jahrzehnte später fand man in den Wohnungen der Verschwundenen kleine, schwarz-rote Kristalle, die sich aus den Blättern der Blumen gebildet hatten. Die Finder behielten sie. Aber im Gegensatz zu den Wanderern passierte ihnen nichts. Die Kristalle schienen sie vor dem bösen Geist zu beschützen, der für den Tod ihrer Vorgänger verantwortlich war. Aber etwas veränderte sich trotzdem in ihrem Leben. Sie starben nicht. Egal was ihnen passierte, sie überlebten alles. Auch alterten sie nicht, so wie es ihre Freunde und Familien taten.

Als die Menschen davon erfuhren, wollten sie auch etwas von dieser Wunderpflanze. Sie waren so besessen von ihrem Wahn nach dem ewigen Leben, dass einige ihre Menschlichkeit vergaßen, und sich nur noch nach der Unsterblichkeit sehnten. Das war der Anfang vom Ende der Menschheit.

Der Geist, so sagt man, ist immer noch dort und bewacht seinen Schatz."

Nikolai und ich warfen uns skeptische Blicke zu und fingen an laut zu lachen: „Corvin, süße Geschichte, wirklich süß. Aber doch etwas sehr weit hergeholt."

„Ach wirklich?", entgegnete er kalt, „was glaubt ihr eigentlich, woher unser kleines Elixier kommt und warum es alles heilen kann?"

Schlagartig verging uns das Lachen. Wir schwiegen für den Rest der Fahrt.

Als wir an einen Abgrund mit einer Brücke kamen, fiel uns der Jeep der Soldaten auf.

„Verdammt, was wollen die denn hier?"

„Bleib ruhig, Ryder", entgegnete Corvin mir, während er

die Waffen aus dem Wagen holte. Er drückte uns jeweils Schrotflinte in die Hand. „Brauchen wir wirklich diese Waffen?", zweifelte Nikolai.

„Die sind zu eurem Schutz." Corvin gab uns den Befehl, ihm zur Brücke zu folgen, vor der wir warten sollten: „Ich gehe vor. Ryder, Nikolai, Zeus. Ihr bleibt hier, bis ich Entwarnung gegeben habe." Er ging Schritt für Schritt über die Brücke und rüttelte dabei an ihr, um ihre Stabilität zu prüfen. Auf der anderen Seite angekommen, winkte er uns zu sich rüber und wartete, bis wir einzeln über den Abgrund kamen. Als wir wieder zusammen waren, führte uns Corvin zu einer offenen Fläche und gab uns den Befehl zum Hinsetzen.

„Und nun?", fragte ich ungeduldig.

„Wir warten."

„Aber worauf?", fragte Nikolai.

Doch Corvin schwieg nur.

Heather

Als wir ein Stück gelaufen waren, beschloss Jumper auf den Felsen, der neben uns verlief, zu klettern, um einen besseren Überblick zu bekommen. Die Katze sprang dabei immer höher, bis sie auf den oberen Steinen saß und das gesamte Areal einsehen konnte. „Jumper, siehst du was?" Die Katze lief leichtfüßig über die kantigen Felsen und schüttelte den Kopf.

„Silent?", ich sah zu meinem Adler, der über uns eine Runde drehte und dann mit einem kreischen verneinte. John stellte seine Waffe ab: „Na gut. Dann schlagen wir hier unser Nachtlager auf."

„Aber John, woher weißt du, dass es hier sicher ist?"

„Ich weiß es. Okay?", er nahm einen Schlafsack und eine Decke aus seinem Rucksack und breitete beides auf dem Boden aus. Ich hingegen hatte zwei Decken und ein kleines Kissen.

„Warum hast du zwei Decken dabei?", John sah mich skeptisch an.

„Na ja, eine für mich", ich warf die zweite in die Luft, sodass mein Adler sie mit dem Schnabel fangen konnte, „und eine für ihn."

Jumper, die von ihrer Kletterpartie zurückkam, legte sich auf die Decke von John und rollte sich ein, während es sich Silent auf den Felsen bequem machte.

„Morgen gehen wir in Richtung Osten, dort ist es sicher."

„Osten?", ich drehte meinen Kopf dorthin, „aber da ist gar nichts. Im Westen", ich zeigte mit ausgestrecktem Daumen in die Richtung, „da ist was. Sogar Bäume. Oder so."

„Osten. Punkt."

Er legte sich in seinen Schlafsack und drehte sich zur Seite.

„Na gut, Osten", maulte ich und hing leise ein „Trottel" an.

„Wie war das?"

Ich erschrak, da ich dachte, dass er es nicht gehört hatte: „Ähm, also gar nichts." Ich legte mich hin und schlief kurz darauf ein.

Mitten in der Nacht wurde ich von lautem Schnurren geweckt. Ich drehte mich ein Stück in die Richtung der Katze und sah, dass sie nicht auf ihrer Decke lag, sondern auf John, welcher sie die ganze Zeit kraulte. „Mein kleiner Liebling", flüsterte er leise.

Er muss dieses Drecksvieh echt lieben, so, wie er sie behandelt. Dann fing er an, in seiner Jackentasche zu kramen, und holte eine kleine funkelnde rote Brosche raus, die im Inneren schwarz war. **So etwas Schönes habe ich noch nie gesehen**.

Die Katze schmiegte sich daraufhin noch enger an sein Herrchen. Nun verstand ich nichts mehr.

Warum sollte dieser Fellballen eine Brosche bekommen? Es ist nur eine Katze und nicht seine Frau. Ich sah mir diese Kuscheleinlage noch ein paar Minuten an und schlief wieder ein.

Am nächsten Morgen wurde ich von meinem Adler geweckt, der mir die Decke wegzog. „Silent, lass das!"

Das gefiel ihm nicht. Er versuchte, mir das Kissen wegzuziehen, doch ich konnte es mir greifen, nach ihm werfen und traf ihn am Kopf. Er schüttelte sich daraufhin und verpasste mir, als ich mich aufsetzte, eine Kopfnuss. Bevor der Streit eskalierte, wachte John auf und meckerte uns an. Nachdem wir unsere Sachen gepackt hatten, machten wir uns auf den Weg in Richtung Osten.

Nach einem langen Fußmarsch kamen wir an einen großen Wasserfall. Das Wasser war nicht klar, sondern dunkelrot, was mir etwas Angst machte.

„Du bleibst hier. Wir gehen rein", John sah sich mehrmals um und sprang auf einen Stein, der vor ihm im Wasser lag. Jumper folgte ihm und so bewegten sie sich Stein für Stein vorwärts, bis sie hinter dem Wasserfall verschwunden waren. Silent landete neben wir. Es war zu ruhig, selbst für eine Gegend, in der alles schwieg. Sogar das Rauschen des Wasserfalls kam mir zu leise vor fast so, als hätte man etwas an der Lautstärke geändert. Ich kam mir vor wie in Australien. Ich bekam ein ungutes Gefühl bei der Sache und fühlte mich, als ob mich jemand beobachten würde. Ich drehte meinen Kopf nach hinten, um die Umgebung einsehen zu können, doch bis auf ein paar kleine Böen, die trockenes Gras und Sand mit sich trugen, war dort nichts. Plötzlich zog mein Adler an meinem Ärmel und wurde ängstlich. Er kauerte sich auf dem Boden zusammen, bevor er abhob und in der Luft aufgeregt auf und ab flog. „Was hast du? Siehst du was?", ich drehte mich um und suchte die Gegend ab, „Silent, reg dich ab. Da ist nichts. Vielleicht bildest du es dir nur ein." Plötzlich spürte ich, wie es kälter wurde. Ich zog den Kragen meiner Uniform höher und sah mich erneut um. Nichts. Als ich nach oben schaute, sah ich nur ein paar Wolken. Aber die waren nicht für den Temperatursturz verantwortlich. Ich hörte hinter mir ein leises Plätschern, so, als ob jemand durch das Wasser lief. Erleichtert atmete ich auf und drehte mich um: „John, da bist du ... was ...?" Hinter mir war niemand zu sehen. **Seltsam, ich habe doch etwas gehört. Vielleicht war es ein nur kleiner Fisch**. Ich wurde immer nervöser. Um mich zu beruhigen, setzte ich mich auf den Boden und fing an, Kreise mit meinem Finger in den Staub zu zeichnen. **Was die beiden wohl machen?**

Mittlerweile war die Kälte wieder verschwunden, weshalb ich etwas aufatmen konnte. Silent hatte sich auch wieder beruhigt und kam zu mir, um sich neben mich zu setzten. So warteten wir eine Weile, bis die beiden endlich wiederkamen.

„John, was hat so lange gedauert?"

Er rannte an mir vorbei: „Lauf!"

Diesmal würde ich nicht wieder stehenbleiben und abwarten, was da auf mich zukommen würde, sondern fing sofort an zu laufen: „Warum laufen wir? Was ist da? Ist es wie in Australien?"

„Meine Güte!", er klang nicht erfreut über meine Fragen. „Kannst du nicht einmal den Mund halten?"

Ich sah ihn empört an: „Bitte was?"

Nun beachtete er mich nicht mehr, sondern rannte weiter. Plötzlich blieb Jumper stehen und fauchte. Wir hielten an und suchten den Grund dafür.

Vor uns liefen drei Menschen mit Waffen und einem Bären entlang. Den Bären erkannte ich sofort wieder. Er war damals der Grund für meinen schlechten Schuss gewesen. Aber die anderen kannte ich nicht. Ich setzte mein Gewehr an, um zu sehen, wer sie waren. John wusste es bereits. Er hob seine Waffe und feuerte in ihre Richtung. Einer der drei sackte sofort zusammen, woraufhin der Rest auf uns aufmerksam wurde.

Ryder

„Nikolai, verdammt. Wo haben die dich erwischt?", ich kniete mich zu ihm hin, ließ dabei aber nicht die Gegner aus den Augen. Er atmete schwer und fasste sich mit einer Hand auf seinen Oberschenkel. „Verdammtes

Pack!", panisch drehte ich mich zu Corvin, „sie haben Nikolai erwischt!"

„Ich weiß!", antwortete er, zog eine Pistole aus seiner Jacke und zielte auf den Schützen. Doch auch nachdem er mehrmals den Abzug gedrückt hat, löste sich kein Schuss. Ich warf ihm meine Waffe zu, aber auch die reagierte nicht. Ich sah zu den Gegnern rüber. Ich konnte zwar nicht viel erkennen, da sie zu weit weg waren, aber es reichte, um zu sehen, dass auch sie Probleme mit den Waffen hatten. **Was ist los? Wieso funktioniert plötzlich keine der Waffen mehr?** Aber die Fehlfunktionen der Waffen waren nicht unser einziges Problem. Die Tiere schienen auf etwas zu reagieren, da sie panisch wurde und flohen. Selbst Zeus, der sonst so ruhige Bär, wurde nervös und brummte aufgeregt. Nikolai krampfte sich vor Schmerz am Boden zusammen. Ich hob ihn über meinen Kopf und Schulter, griff mit meinem Arm durch seine Beine und hielt mit dem anderen seine Schulter fest. Danach lief ich zu der Brücke.

Als ich am Auto angekommen war, sah ich, wie Corvin, Zeus und Heather über die Brücke liefen. Als sie der letzte Soldat mit seiner Katze überquert hatte, riss sie. Aber nicht in einem Stück. Die Seile lösten sich einzeln auf, als würde sie jemand durchtrennen. Ich legte Nikolai schnell in unser Auto und sah zu Heather, wie sie geschockt der Brücke hinterher sah. Zeus lief hinter unseren Wagen und kauerte sich dort zusammen, während der Adler die Beifahrertür mit seinem Schnabel aufriss, und sich im Inneren des Fahrzeuges versteckte. Das einzige Tier, das sich beruhigt hatte, war der Karakal. Er sprang auf das Dach des Autos und setzte sich, als ob er auf etwas warten würde. Corvin, der sich neben mir von seinem Sprint erholt hatte, zeigte eine Seite an sich, die ich noch nicht kannte. Er schnappte sich den Schützen, stieß ihn gegen seinen Jeep und packte ihn am Kragen. „Du verdammter Bastard!", schrie er ihn an. „Was hast du getan? Das wird wahrscheinlich der Untergang der Menschheit!" Ich verstand nicht recht. Keiner tat das. **Moment mal, sagte er grade „Untergang der Menschheit?"**

„Ähm, Corvin, was war das gerade wegen Untergang und so?", ich ging langsam auf die beiden zu, umrundete sie und stellte mich zu Heather, die grade versuchte, Corvin mit gutem Zureden dazu zu bringen, ihren Kameraden loszulassen.

„Heather, lass es", flüsterte ich ihr zu, „das bringt nichts."

Sie sah mich an und fuhr sich mit einer Hand gestresst durch die Haare.

„Ryder, halt dich da bitte raus!", Corvin drehte sich in meine Richtung, wandte sich zu dem Soldaten und schlug zu. Mit einem so harten Schlag hatte sein Gegner nicht gerechnet. Der Soldat taumelte, bevor er an dem Auto zusammensackte, da er keinen Halt an der glatten Wagentür fand. Wir sprangen in unser Auto, lockten Zeus mit Pfiffen und etwas Fleisch an und fuhren los.

Auf dem Rückweg presste ich ein Stück meiner Jacke auf Nikolais Wunde, um die Blutung zu stillen: „Halt durch, Bruder, du schaffst das schon!"

Er lag regungslos auf der Rückbank und zuckte nur gelegentlich vor Schmerzen, wenn ich die Jacke anhob.

„Wie geht es ihm?", Corvin klang noch wütend, aber auch besorgt.

„Überhaupt nicht gut. Er verliert viel zu viel Blut", ich sah auf die Sitze und den Boden, der sich rot färbte. Meine Jacke hatte sich mittlerweile voll gesaugt und vor Panik gingen mir langsam die Optionen aus.

„Nikolai, halt durch. Bitte. Es dauert nicht mehr lange und dir wird von Amanda und Doc geholfen." Ich zerriss meine Jacke Stück für Stück, um noch ein paar saubere Fetzen zu finden, damit ich die Blutung stillen konnte. Nachdem wir endlich zuhause ankamen, sprang Corvin sofort aus dem Wagen und rief nach dem Arzt. Die Erste, die eintraf, war Amanda. Sie kletterte hektisch den Fahrersitz hoch und versuchte sich durch den Freiraum zwischen der Kopfstütze und dem Sitz zu zwängen. Dies gelang ihr aber nicht. Sie bekam nur ihren Kopf durch. Als sie Nikolai sah, schlug sie Alarm, wobei es wie eine Mischung aus fiepsen und bellen klang. Als sie versuchte ihren Kopf aus dem Zwischenraum zu ziehen, blieb sie für einen Moment stecken, wobei sich das Fell an ihrem Hals und Nacken aufstellte, sodass es aussah, als ob sie eine Mähne hatte. Nun war sie ein kleiner, quietschender Löwe. Nach genug Drücken und Wackeln ihrerseits befreite sie sich und lief, immer noch mit verwuschelter Mähne, aufgeregt vor dem Wagen auf und ab und bellte dabei so lange, bis Doc eintraf. Er zog mich aus dem Auto und rieb Nikolais Wunde mit dem Elixier ein, das ihm Amanda durch die andere Seite des Wagens reichte. Ich versuchte, einen Blick zu erhaschen. Nach wenigen Minuten kam er aus dem Wagen, streifte sich die Handschuhe ab, nahm Amanda unter den Arm und ging. Ich sah ihm nach und kletterte zu Nikolai ins Auto: „Hey, na, alles gut? Wie fühlst du dich?"

Er setzte sich auf und rieb sich das Bein: „Na ja, geht. Könnte besser sein." Er schaute zu der Kopfstütze, in der vor kurzer Zeit Amanda noch festhing, und zeigte mit dem Finger auf die Stelle: „Hat da grade ein kleiner, bellender Löwe durch geguckt?"

„Fast. Es war Amanda."

„Sie ist ein guter Löwe." Wir sahen uns an und

mussten dann lachen.

Ich brachte Nikolai langsam zurück in unser Bett, wobei ich ihn stützen musste. Als wir ankamen, erwartete uns eine kleine Überraschung. Der Welpe war wieder da.

Als er uns sah, sprang er auf und kläffte aufgeregt.

„Hey, der Kleine ist wieder da. Was machen wir mit ihm, Ryder?"

Ich setzte Nikolai auf die Paletten, nahm den Hund hoch und verbesserte ihn: „Die Kleine. Wie wollen wir sie nennen?"

Nikolai nahm mir den Hund ab und kraulte ihn: „Wie wäre es mit Sunny?"

Heather

„John, alles gut? Was meinte er mit „Untergang der Menschheit"? Blutest du?"

Er sah mich verärgert an. Blut lief ihm aus dem Mundwinkel.

„Tut es weh?", fragte ich.

„Nein."

Schade. Ich wischte ruppig über seinen Mund.

Jumper, die das alles von ihrer Position aus mitverfolgt hatte, gefiel es gar nicht, wie ich mit ihrem Herrchen umging und wollte sich auf mich stürzen. Im Sprung wurde sie jedoch von Silent abgefangen und mehrere Meter weiter auf dem Boden abgeworfen.

„Was hat die Seile der Brücke reißen lassen und was meinte dieser alte Mann?"

John stand auf, ohne mich eines Blickes zu würdigen, und wollte in den Wagen steigen.

„So nicht, mein Lieber!", ich zog ihn am Gürtel, um ihn am Einsteigen zu hindern, wobei er stolperte und fiel.

„Lass jetzt los!"

Mein Adler landete neben mir und fauchte noch rüber zu Jumper, die sein Fauchen angriffslustig erwiderte. Ich grinste sie hämisch an, öffnete ich die Tür, vor der John saß, ruckartig und knallte sie ihm dabei gegen den Kopf: „Oh, das tut mir aber leid." Er war zwar auf meiner Seite, doch nach der Aktion mit der Brücke gönnte ich ihm den Schmerz.

Er stand auf und warf mir einen finsteren Blick zu. Als ich einsteigen wollte, spürte ich, wie es wieder kälter wurde. Ich sah meinen Atem in weißen Wölkchen vor mir aufsteigen. Plötzlich rollte der Wagen langsam in Richtung Abgrund: „John, John, was passiert hier?" Verängstigt sah ich mir das Auto an. Es sah aus, als würde es jemand schieben. Bevor das Fahrzeug den Abgrund herabstürzte, sprintete ich zu ihm und rettete eine Munitionskiste aus dem Kofferraum. Beunruhigt sah ich dem fallenden Wagen nach und drehte mich zu meinem Team: „Ich würde sagen, wir, wir gehen zu Fuß nach Hause."

„Nein, wirklich, Sherlock?" Johns Worte klangen so herablassend, dass ich nicht wusste, ob ich ihm Konter geben sollte oder ihn ignorieren.

Jumper schmiegte sich an ihn und leckte ihm die Wunden, während Silent abhob und seine Kreise zog. Ratlos sah ich ihm nach. Doch dann kam mir eine Idee. Ich kramte ein Funkgerät aus meiner Weste und versuchte jemanden zu verständigen. Niemand antwortete. Ich versuchte verzweifelt, die Knöpfe des Gerätes immer wieder in neuen Kombinationen zu drücken, um alle möglichen Stützpunkte anzufunken, die mir einfielen. Doch genau wie die Waffen streikte es. „Bitte, bitte funktioniere", flüsterte ich dem kleinen Gerät zu. Alles, was ich hören konnte, war ein Rauschen, als wäre es ein Störsignal. Ich schloss die Augen: „Das ist ein böser Traum. Alles nur ein böser Traum" Silent beendete seinen Rundflug und landete neben mir. Er rieb seinen Kopf an meiner Schulter, damit ich mich beruhigte. Ich vergrub mein Gesicht in seinem Federkleid.

„Hallo? Hallo? Ist da jemand? Bitte melden! Hier ist der HS1 aus Sektor 1. Sie haben uns angefunkt?"

Das Funkgerät! Es funktioniert wieder!

Freudig sah ich mir das kleine Gerät an und antwortete

schnell: „Ja, hier ist Team Shadow Echo Squad vom NS1 aus Sektor 2. Wir sind hier in der toten Zone."

Einen Moment lang herrschte Stille. Ich hörte nur das leichte Rauschen der Verbindung.

„Team Shadow Echo, tote Zone ist nicht unser Einsatzgebiet. Ich wiederhole, nicht unser Einsatzgebiet. Bitte umgehend entfernen und ab unserer Zone wieder melden. Ende."

„Aber wir sind ... Hallo? Hallo?", ich sah erstaunt zu John, „Aufgelegt."

„Natürlich. Die achten haargenau auf die Vorschriften. Los, komm. Wenn uns jemand retten soll, müssen wir in die andere Zone. Sonst wird das nichts. Und wisch dir die Tränen ab. Du bist Soldat und kein kleines Mädchen!"

Wir machten uns auf den Weg, um von dem Rettungstrupp eingesammelt zu werden. Als wir ein Stück gelaufen waren, entdeckte ich zwei Autos: „Warum kommen die nicht zu uns?"

John schien deutlich genervt von mir zu sein: „Weil die nicht in diese Zone fahren."

„Und warum fahren wir dahin?"

„Weil es einfach so ist. Okay?", beim Sprechen spuckte er vor Wut, wobei kleine Spritzer seines Blutes auf meiner Uniform landeten.

„Okay, okay, reg dich ab. Tut mir ja leid."

Auf dem restlichen Weg sprachen wir kein Wort mehr miteinander.

Als wir vor den Wagen standen, wurden uns erst die Waffen, dann die Munitionskiste und zu guter Letzt noch die Tiere abgenommen.

„Tiere fahren separat. Einsteigen. Der Stützpunkt ist nicht weit entfernt."

Als ich mich bedanken wollte, drehte sich der Soldat weg und stieg ein. John und ich setzten uns in den Wagen und als wir uns angeschnallt hatten, fuhren wir los.

„Warum trennt man uns von den Tieren?"

Der Fahrer schwieg erst: „Vorschrift."

Auf dem Weg zu ihrem Stützpunkt herrschte eine unangenehme Stille im Auto, die von gelegentlichem Holpern über Steine unterbrochen wurde.

Hoffentlich dauert diese Fahrt nicht lange.

Neue

Freunde

Ryder

Unsere Hunde schliefen friedlich zusammengerollt auf dem Fußboden. Sunny lief zu ihrem Vater, um ihm über das Gesicht zu lecken, wodurch Tiberius aufwachte. Als er den kleinen Störenfried erblickte, schnaubte er ihn aus dem Weg und drehte sich genervt auf die andere Seite. Er stockte mitten in der Bewegung, rutschte hastig zurück und sprang freudig bellend auf. „Na, mein Großer", Nikolai lief zu seinem Hund und drückte ihn fest an sich während der kleine Welpe kläffend um sie herum sprang. Von dem Lärm wachte Deimos auf. Als er mich sah, fing er an, mit dem Schwanz zu wedeln, raffte sich auf und humpelte zu mir. „Na, Deimos, wie geht's dir, mein Freund?" Er bellte fröhlich, während er anfing, sich hektisch an mich zu schmiegen. Da Sunny nicht mehr beachtet wurde, lief sie aufgeregt hin und her. Ihr lautes Kläffen lockte Zeus und Amanda an, die sich das Spektakel ansehen wollten. Doch der große Bär hielt nicht viel von der kleinen Lärmmacherin und verzog sich wieder. Amanda hingegen fand sie super und fing an, mit ihrer neuen besten Freundin zu spielen. Plötzlich wurden die Hunde auf etwas aufmerksam. Sie fingen an, laut zu bellen, und erschreckten damit die beiden Spielenden. „Was ist los?", fragte ich Deimos, der mich nervös ansah. Von draußen hörten wir begeisterte Stimmen, die laut durcheinander jubelten und Namen riefen, die wir nicht verstehen konnten.

Wir liefen zu der Menschenmenge, drängten uns nach vorne und trauten unseren Augen nicht. Sebastian und Connor! Sie wurden von den anderen überrascht und freudig begrüßt, da niemand mit ihrer Rückkehr gerechnet hatte. Die Fragen der Menschen gingen durcheinander:

„Wie geht es euch?"

„Wie habt ihr das überlebt?"

„Wir dachten, der Adler hätte euch gefressen!"

Bei jeder dieser Fragen winkten die beiden ab und lächelten nur schweigend in die Menge, während sie versuchten, sich durchzuzwängen. Als sie bei uns ankamen, fragten sie, wo Corvin sei, und machten sich auf den Weg dorthin.

„Hey, Ryder, Sebastian fehlt eine Hand. Meinst du, dass war eines der Viecher der Soldaten?"

„Ich glaube schon", gab ich kurz zurück.

Wir sahen den beiden nach, als mir Nikolai am Ärmel zupfte. Er deutete auf eines der Wagendächer, auf dem Amanda zum Sprung bereit lag, um sich auf den Verletzten zu stürzen. Sebastian hatte schon mit der kleinen Springmaus gerechnet und fing sie auf.

„Komm", ich drückte Nikolai nach vorne, damit er sich

bewegte.

„Was willst du machen?"

„Na, wenn die beiden schon wieder hier sind, dann will ich auch wissen, was Corvin dazu sagt", ich grinste ihn breit an und eilte an ihm vorbei. Seinen Blick konnte ich nicht mehr sehen, doch ich wusste genau, dass er mich, wie immer, wenn ich einen spontanen Einfall hatte, skeptisch ansah.

Wir schlichen zu Corvins Baracke, um zu lauschen, und konnten dank der dünnen Wände einiges verstehen.

„Jungs, ihr lebt noch? Das ist aber eine positive Überraschung. Ich dachte ernsthaft, dass der Adler euch gefressen hätte."

„Ja, dieser Meinung waren viele. Aber bis auf den Verlust meiner Hand geht es uns beiden gut."

Es herrschte einen Moment lang Stille, dann nahm Corvin das Gespräch wieder auf: „Ich hoffe ihr hattet wenigstens eine gute Heimreise."

„Hatten wir", die Stimme klang tiefer als die erste, da Connor ihm nun antwortete, „da uns der Adler zum Glück nicht allzu weit verschleppt hat. Er ist zwar stark, aber leicht abzulenken."

Es verging wieder eine kurze Pause. Es klang, als würde Corvin sich setzen und sich ein Glas Wasser einschenken. Dem Verneinen seiner Gäste nach zu urteilen, bot er ihnen etwas an.

Nikolai und ich saßen dicht gedrängt unter der Fensterbank, in der Hoffnung, nicht von ihnen entdeckt zu werden. Doch mit Sebastians neuem Schulterschmuck hatten wir nicht gerechnet. Als ich aufstehen wollte, um die Position zu ändern, schaute Amanda kopfüber von dem Fensterrahmen zu uns runter und fiepste aufdringlich. Der kleine Panda ließ sich rückwärts in Nikolais Schoß fallen und rollte sich ein. Als sie da lag, streckte sie ihre Vorderläufe nach oben und machte in der Luft Greifbewegungen, als wollte sie ihrem neuen Klettergerüst sagen: „Komm, spiel mit mir." Dabei fing sie an heiter zu bellen, wodurch Corvin auf uns aufmerksam wurde. Er öffnete seine Tür und als er uns sah, warf er uns einen strengen Blick zu und schickte uns weg.

Heather

Nach einer kurzen Fahrt kamen wir an dem Stützpunkt an. Unsere Fahrer stiegen, ohne einen Ton zu sagen aus, warfen die Türen zu und gingen. Langsam stieg ich aus dem Wagen und als ich einen Schritt nach vorne ging, rutschte ich weg. Ich konnte mich noch schnell am Fahrzeug festhalten. Ich richtete mich auf und schaute auf den Boden. Er bestand nicht aus gewöhnlichen Kieselsteinen wie bei uns, sondern er schien aus weißem Marmor zu sein. Ich hob ein paar der kleinen Steine auf. Sie waren nicht komplett weiß, sondern zum Teil schwarz marmoriert. Ich ließ die kleinen Steine wieder fallen und klopfte mir die Hände ab. Als ich mich umschaute, waren John und sein kleines fieses Miezekätzchen schon längst weg. **Na gut, lasst mich allein**. Ich fing an, die Gegend zu erkunden. Ich war noch nie in dem Hauptstützpunkt gewesen, weshalb es mich umso mehr interessierte, wie es hier aussah. Der Parkplatz war lächerlich groß. Ich zählte sechs große Hubschrauber und staunte nicht schlecht. Es passten bestimmt 20, wenn nicht mehr Soldaten, rein. Außerdem standen dort noch große Transporter und weitere Jeeps. Einige hatten zwei Geschütze auf ihrem Dach montiert. Auf der anderen Seite standen große Panzer und selbst die hatten Großkalibergewehre auf ihren Dächern. **Wofür braucht man so viele hochgerüstete Fahrzeuge, wenn es keinen Krieg gibt?** Bevor ich mir diese Frage beantworten konnte, landete Silent hinter mir auf dem Jeep und kreischte mir ins Ohr. Manchmal wünschte ich, ich hätte ein leiseres Tier an meiner Seite. Ich sah an den Wänden der Mauern hoch, die den Parkplatz umgaben. Sie waren mit Stacheldraht verstärkt. So langsam wurde ich stutzig. Ich ging in die Richtung, in die unsere Soldaten verschwunden waren.

Eine kleine Gasse zwischen zwei Häusern trennte den Parkplatz vom eigentlichen Stützpunkt ab. Bevor ich durch sie hindurchging, drehte ich mich noch einmal um und sah ein großes Tor, durch das wir gekommen waren. Es schien mehrfach abgesichert zu sein und anstelle von Soldaten, wie es bei uns der Fall war, saßen vier Jaguare davor und hielten Wache. Sie sahen nicht so aus, als gehörten sie jemandem. Ich setzte meinen Weg fort. Die Gasse war schmal. Durch die Schatten der Häuser, zwischen denen sie verlief, wirkte sie noch beengter und länger. Als ich das Ende erreicht hatte, blendete mich das künstlich erzeugte Sonnenlicht so stark, dass ich kurzzeitig meine Augen schloss und eine Hand über mein Gesicht hielt, um mich davor zu schützen. Ich schaute auf den Boden, blinzelte ein paarmal und sah mich mit zusammengekniffenen Augen um. Als ich mich an die Helle gewöhnt hatte, ging ich weiter und staunte. Vor mir lag ein großer Park mit Bäumen, Rasen und kleinen Blumen, die aus dem Gras sprossen. Über mir sah ich einen blauen, wunderschönen Himmel, an dem einige kleine weiße Wolken waren. Als ich genauer hinsah, bemerkte ich, dass er nicht echt war, sondern nur eine Kuppel, auf die ein Bild projiziert wurde. **Ob das Gras dann echt ist?** Ich näherte mich der Grünfläche. Doch bevor ich diese berühren konnte, wurde ich von einer netten jungen Dame mit einem großen Hund, der eine stählerne Schnauze hatte, darauf hingewiesen, dies bitte nicht zu tun. Die Frau trug eine Maske, die ihre komplette untere Gesichtshälfte verdeckte, weshalb ich ihre Bionik nicht sehen konnte. Ich nickte ihr freundlich zu und entschuldigte mich kurzerhand für mein Fehlverhalten. Als sie sich entfernt hatte, setzte ich eine Unschuldsmiene auf und trat gegen das Gras. Es verformte sich, surrte und nahm dann seine ursprüngliche Form wieder an. Ich war kein Gärtner, aber ich wusste, dass Gras nicht surrt. Ich entfernte mich von dem falschen Gras, ging ein Stück in Richtung Mitte der Anlage und betrachtete dabei die Häuser. Sie waren in einem großen Rechteck aufgebaut und standen geordnet aneinandergereiht um den Park herum. Man erkannte anhand der Hologramme, die auf die Wände projiziert wurden, um welches Gebäude es sich handelte.

Die fein eingerichteten Wohnungen standen für die Zimmer der Soldaten, verschiedene Waffen waren ein Zeichen für das Munitions- und Waffenlager und die beiden Kämpfer, die gegeneinander antraten, symbolisierten die Trainingshalle. Es gab noch einen Arztkoffer mit verschiedenen Utensilien darin und eine Projektion mit Speisen. Die Hologramme änderten ständig ihre Bilder, wodurch man die Speisekarte für die kommende Woche erhielt oder einfach sehen konnte, wer im Moment in der Bestenliste der Soldaten ganz oben stand. Durch den Park zogen sich mehrere Straßen aus Pflastersteinen, die in der Mitte des Parks zu einer großen Kreuzung zusammenliefen. Mittendrin stand ein Brunnen. Er bestand aus zwei Etagen, die unterschiedlich groß waren. Kleine Wasserfontänen schossen aus den seitlichen Düsen und flogen im Bogen in das untere Becken. Ich beugte mich nach vorne, um ihn näher zu betrachten. Marmor. Doch er war anders als der, der auf dem Parkplatz war. Der Brunnen war schwarz und hatte eine rote Marmorierung. Plötzlich bemerkte ich vor mir eine kleine Düse und bevor ich mich ducken konnte, schoss aus ihr ein Strahl mit Wasser. Ich kniff die Augen zusammen, aus Angst gleich nass zu werden, doch es passierte nichts. Ich blieb trocken. Das Wasser war, genau wie das Gras und der Himmel, nur ein Hologramm. Nun wurde ich neugierig. Ich ging zu den Häusern und streckte meine Hand aus, da ich wissen wollte, ob sie real waren.

„Nicht berühren!", ertönte eine Stimme von hinten.

„Berühren", gab ich schnippisch zurück.

„Nicht. Berühren!"

Dann erkannte ich die Stimme. John: „Fass die

Gebäude nicht an. Dafür sind wir nicht hier."

„Um mich alleine auf dem Parkplatz zu lassen aber auch nicht."

Ihm gefiel nicht, dass ich ihm Kontra gab. Jumper genauso wenig. Sie fauchte mich wie immer an.

„Sag deiner kleinen Katze, sie soll mich nicht immer anfauchen."

Das gefiel ihr gar nicht. Sie machte einen Satz in meine Richtung, doch bevor sie mich erreichen konnte, schnappte Silent sie sich wieder und warf die Katze in einen der Bäume. Die Blätter verzerrten sich, genau wie das Gras, zu einem breiten grünen Streifen. Jumper fiel mit dem Rücken voran aus dem Blätterdach und versuchte sich an dem Baumstamm festzukrallen, doch sie rutschte ab. Sie federte sich mit ihren bionischen Hinterläufen ab und landete mithilfe eines Rückwärtssaltos sicher auf allen Vieren. Als sie stand und alle kleineren Zweige von sich geschüttelt hatte, knurrte sie dem Adler hinterher und hinkte zurück zu ihrem Herrchen. John sah mich wütend an und strich seiner Katze über den Kopf, während sie sich an ihn schmiegte: „Wir müssen gehen."

„Erstens: Nein! Und zweitens: Es ist schon zu spät. Unsere Leute können frühestens morgen kommen."

Nun herrschte Schweigen zwischen uns.

„Wie du meinst", er drehte sich um und ging.

Silent landete an der Stelle, an der kurz zuvor die verletzte Katze gestanden hatte. Ich ging zu ihm, hockte mich vor ihn und hob ein kleines, von der Raubkatze gerade abgeschütteltes Ästchen auf, um es mir genauer anzusehen. Das war kein Holz, sondern ein kleines Metallstäbchen. Ich sah meinen Vogel misstrauisch an.

Was zur Hölle ist hier los?

Ryder

Ich kniete mich zu Deimos auf den Boden und strich ihm über die Stirn. Er stellte die Ohren auf und hob dabei seinen Kopf, um sich besser von mir streicheln zu lassen. „Na, mein alter Junge, wie geht's dir so?" Er fing an, mit seiner Rute zu wedeln, als wolle er sagen: „Besser, danke. Und selbst?"

Ich sah zu Tiberius rüber, der wacklig auf den Beinen stand und sich dabei an sein Herrchen anlehnte, um das Gleichgewicht zu halten. „Wie geht es ihm?" Nikolai grinste mich schwach an. **Es hat ihn schwerer getroffen, als ich dachte.** Ich sah Nikolais Blut an seiner Hose. Obwohl er erst vor Kurzem im Sterben gelegen hatte, schien er sich gut erholt zu haben. „Komm, Bruder. Gehen wir an unsere Arbeit. Denk

dran, heute sind wir dran mit Wagenwaschen und ...",
ich hörte ein leises Wimmern aus der Richtung meines
Freundes. Ich konnte den Anblick meines weinenden
Kameraden nicht ertragen: „Okay, ich gehe schon mal
vor." Ich stand auf und ging.

Als ich bei den Parkplätzen angekommen war, sah ich
Corvin an einem Wagen stehen, wie er das Blut mit
einem Gartenschlauch aus dem Inneren spritzte. Erst
jetzt sah ich die Menge, die Nikolai verloren hatte. Es
lief mit dem Wasser verdünnt in meine Richtung und
umspülte meine Stiefel. Ich schluckte schwer und
starrte entgeistert auf den Blutfluss, der langsam in der
Erde versickerte. Ich war zwar an Blut gewöhnt, da ich
manchmal die Verletzten versorgte, aber da es sich um
Nikolai handelte, der wie ein Bruder für mich war, fiel
es mir schwer, damit umzugehen. Erst als Corvin mir
gegen die Schulter klopfte, kam ich wieder zu mir,
nahm den Eimer, den er vor mich hielt, und fing an,
einen der anderen Wagen zu waschen.

Normalerweise würde ich mit meinem Kumpel
irgendwelchen Unfug machen. Stattdessen sah ich nur
schweigend auf die Karosserie des Fahrzeuges und
wusch sie gründlich. Ich öffnete die Türen, um im
Inneren des Jeeps nachzuschauen, ob ich dort putzen
musste. Plötzlich hörte ich ein aufgeregtes, hohes
Bellen und erschrak mich so sehr, dass ich mir den

Kopf an der Wagendecke anschlug. Corvin lief hastig an mir vorbei: „Los, komm, Ryder, da stimmt was nicht!" Ich rannte ihm hinterher.

Auf dem großen Platz lief Amanda aufgebracht im Kreis und bellte laut dabei. Angelockt von ihrer Panik versammelte sich eine Menschenmenge um das kleine bellende Tier und wollte wissen, weshalb sie so einen Aufstand machte.

Eine unserer Patrouillen kam zurück. Zwei von den Männern liefen voran und hielten einen großen, sich wild bewegenden Leinensack in den Händen, der auf dem Boden schleifte. Die restlichen vier gingen in einer kleinen Gruppe hinter ihnen. Ich sah genauer hin. Es waren nicht vier, sondern fünf. In der Mitte ging ein Soldat. Er wurde von zwei Männern gestützt, die ihn grob mit sich zogen. **Moment! Ein Soldat?**

Seine Augen waren verbunden, genau wie sein Mund und Hals.

Die Truppe ging eilig an uns vorbei in eine der Scheunen. Ich folgte ihnen mit Corvin und Amanda. Der Rest der Menge löste sich auf. Einige schauten uns hinterher, während die anderen zurück zu ihren Arbeitsplätzen gingen.

Sie warfen den Soldaten samt dem großen zappelnden Sack in einen selbst gebauten Metallkäfig und schlossen ab. Kaum hatten sie die Tür verriegelt, schoss aus dem Beutel ein großer schwarzer Panther. Er sprang gegen die Käfigtür, brüllte, fauchte laut und versuchte, einige der Männer zu erwischen, welche im letzten Moment einen Satz zurück machten und sich somit retten konnten. Er streifte am Käfig entlang und ließ uns dabei keine Sekunde aus den Augen. Der Soldat hingegen lag in der Ecke und zog lediglich die Beine an. Er blutete stark. Seine graue Tarnjacke hatte sich im Hals- und Schulterbereich rot verfärbt. Die Verletzung schien frisch zu sein.

Aber was muss man haben, um so stark zu bluten?

Er schien zudem starke Schmerzen zu haben, da er sich krümmte und so wohl versuchte, sich Linderung zu verschaffen. Der Panther warf sich erneut ohne Vorwarnung gegen die Käfigtür. Dann blieb er stehen, um zu überprüfen, ob er einen Schaden angerichtet hatte. Ich sah das Tier fassungslos an.

Es überprüft den Schaden. Aber wer hat ihm das beigebracht?

Die große Katze kehrte danach zu seinem Besitzer zurück und leckte ihm über das Gesicht. Er zuckte zusammen, entspannte sich danach und ließ das Tier seine Arbeit fortführen. Jetzt hatte ich volle Sicht auf die Katze und konnte sie mir besser ansehen. Das Tier hatte einen linken bionischen Vorderlauf. Ich versuchte, einen Blick auf den Soldaten zu erhaschen. Einer seiner Handschuhe war zerrissen, unter dem eine metallische Hand zum Vorschein kam.

Es muss schlimm sein, nicht mehr seinen ganz eigenen Körper zu haben. Wie es sich wohl anfühlt, so ein kaltes lebloses Stück Metall anstelle eines normalen Körperteiles zu haben? Ich rieb mir meine Hand, während ich darüber nachdachte, und ließ seine nicht mehr aus den Augen. **Hatten die Teile wie bei den Tieren eine besondere Funktion oder waren sie einfach nur leblo**... „Amanda! Weg da! Aber sofort!" Die waghalsige Aktion der kleinen Pandadame riss mich schlagartig aus meinen Gedanken. Das kleine Tier stand vor dem Käfig und kläffte den Panther an. Das ließ der sich natürlich nicht gefallen und versuchte nach dem Störenfried zu schlagen. Amanda konnte ausweichen, rollte sich zur Seite und biss der Katze in die Pfote. Zu ihrem Leidwesen schlug die Großkatze mit der nicht bionischen Pfote nach ihrer Kontrahentin und musste somit einige Kratzer einstecken, da der kleine rote Panda spitze Zähne hatte. Bevor der Panther mit der gefährlichen Pranke zuhauen konnte, packte ich Amanda am Schwanz und zog sie schnell zu mir. Als sie auf dem Rücken vor mir lag, tat sie so, als sei nie etwas gewesen. Sie streckte ihre Pfötchen in meine Richtung, als ob sie sagen wollte: „Los, lass uns spielen. Jetzt." Dann begriff sie aber, dass ich grade nicht zum Spielen aufgelegt war, und hielt sich mit ihren Vorderpfoten ihre kleine Schnauze zu, als hätte sie „Ups" sagen wollen. Amanda versuchte, sich in die Ausgangsposition zu drehen. Sie wippte hin und her, bevor sie auf allen Vieren stand und dann, ohne einen Ton von sich zu geben, weglief. Der Panther dagegen war wütender als vorher und drückte mit aller Kraft gegen die Tür. Der Soldat in der Ecke rührte sich ein kleines Stück. Er versuchte, etwas zu sagen, schaffte es aber nicht. Es hörte sich an, als würde er ersticken. Dann setze sich mir ein Bild zusammen: Ein blutiger Halsbereich, er hatte noch kein einziges Wort gesagt und diese erstickenden Laute. **Man hat ihm die Kehle durchtrennt!** „Wir brauchen einen Arzt. Jetzt!" Corvin ließ einen kurzen Pfiff los. Sofort rannte Amanda wieder zu uns, lief einmal um mich herum und bellte dabei aufgebracht. Doc folgte ihr kurz darauf und blieb wie angewurzelt vor dem Käfig stehen: „Sehr lustig, Leute", sagte er sarkastisch, „und? Wer räumt mir jetzt das Vieh da weg?"

Der Panther sprang noch einmal gegen die Tür, um seinen Standpunkt - niemand kommt uns zu nahe - zu verdeutlichen. Corvin und ich sahen uns an und schauten durch den Raum, um dann zu bemerken, dass der Trupp, der uns das Kätzchen mit dem Soldaten gebracht hatte, verschwunden war.

Das wird ein Spaß.

Heather

Silent badete im holografischen Wasser und meckerte gleichzeitig, dass sein Gefieder nicht nass wurde.

„Hör auf! Das Wasser ist nicht echt. Nicht einmal das Gras."

Der Adler ignorierte mich höflich, indem er mir den Rücken zudrehte und anfing, nach etwas zu fischen. **Vielleicht findet er sein Hirn dort. Möglich wäre es. In seinem Kopf scheint es ja nicht zu sein.** Ich ging in Richtung des Wohngebäudes. Es hatte eine Tür, durch die die Soldaten rein- und rauskamen, aber keine Fenster. Ich sah an den anderen Bauten entlang. Auch sie hatten kein einziges Fenster. Als ich weiter an ihnen hochschaute, entdeckte ich eine große Lautsprecherbox. An jedem Haus war eine angebracht. **Wofür braucht man die bloß?** Plötzlich wurde ich hart am Kopf getroffen. Ich drehte mich zu meinem Adler, rieb mir die schmerzende Stelle und sah ihn sauer an. Ihm hingegen schien mein Leid zu gefallen. Ich ignorierte den Schmerz und versuchte eine der Türen zu öffnen. Als ich die Klinke herunterdrückte, bewegte sich die Tür nicht. **Verschlossen.** Ich sah mich um. Es liefen nur drei Soldaten ohne Begleitung ihrer Tiere herum. Ich drückte mein Ohr gegen die Tür, um zu lauschen, ob im Inneren des Gebäudes jemand war. Dann tastete ich meine Uniform ab und fand zwei kleine Dietriche. Ich stellte mich direkt vor die Tür, um so die Sicht auf das Schloss zu versperren, und fing mit meiner Arbeit an. Nach ein paar Sekunden hörte ich mein liebstes Geräusch : das Klicken eines geknackten Schlosses. Ich schlich mich in das Haus und schloss leise die Tür. Als ich mich umdrehte, war ich baff. Es wirkte nicht wie ein Haus für Soldaten. Vor mir waren weiße Wände, weiße Türen und sogar der Boden war weiß. Ich ging den Flur entlang und horchte an jeder Tür. Stille. **Wohnt hier niemand?** Eine der Türen führte zum Treppenhaus. Ich öffnete sie vorsichtig, spähte durch und ging rein.

Als ich das nächste Stockwerk erreichte, wollte ich die Tür öffnen, wartete dann, da ich zwei Stimmen hörte, die miteinander redeten:

„Der wird sich hier nicht mehr blicken lassen. Hab gehört, er wurde von einer Defendersgruppe aufgegabelt. Der wird bestimmt nicht mehr leben."

„Tja, da hat er Pech gehabt. Hätte er mal nicht versucht, uns zu betrügen."

„Aber was ist, wenn er was ausplaudert?"

„Das wird er nicht können. Die haben ihm die

Stimmbänder durchtrennt."

Es herrschte nun Schweigen zwischen den beiden. Dann fingen sie an, laut zu lachen und kurz darauf knallte eine Tür. Die Luft schien rein zu sein. Ich öffnete die Tür einen Spalt und sah vorsichtig in den Gang. Niemand war zu sehen, also ging ich rein. Ich schaute mich um und rümpfte die Nase. Es roch schrecklich nach Reinigungsmitteln. Ich ging den Flur entlang und sah, dass der Boden ungewöhnlich sauber war. Ich kniete mich hin, zog einen Handschuh aus und wischte mit meiner Hand über den frisch gewischten Boden. Ich roch an meinen Fingern. Es stank nach starken Reinigern die mit Bleiche behandelt waren.

Warum sollte man den Boden mit einem so starken Reiniger säubern? Es sei denn, sie wollen etwas vertuschen. Aber was? Ich sah mich weiter um und ging den Flur entlang. Vor einer der Wände blieb ich stehen und betrachtete sie genauer. Kleine, dunkelrote Spritzer waren zu erkennen. Es war nur eine kleine Stelle davon bedeckt, weshalb sie den Reinigungskräften wohl nicht aufgefallen war. Ich hörte wie sich eine Tür öffnete und sprintete zurück zum Treppenhaus.

Ich lief aus dem Haus, stolperte, und fiel. Silent reckte nur müde den Kopf und wusch sich weiter in dem - seiner Meinung nach - Wasser. Ich raffte mich auf, ging

zu meinem Vogel und setzte mich auf den Brunnen.
Silent legte seinen Kopf auf meine Schulter. „Silent, wir
müssen verschwinden. Aber sofort."

Er sah mich an, breitete seine Flügel aus und
schüttelte sich kurz. „Silent, das ist mein Ernst! Wir
müssen sofort ..."

„22:30 Rundgang und Wageninspektion für Quartier
27b." Die tiefe Stimme ertönte aus den großen
Lautsprechern auf den Dächern. Ich sah mich um. Alle
Menschen, die hier waren, waren plötzlich
verschwunden. Nur eine kleine braun-gelbe Katze lief
herum. Ich stand auf und sprang auf das surrende
Gras. Leise kicherte ich. Ich drehte mich zu Silent und
grinste ihn an. Er hingegen fauchte nur zurück und
hüpfte auf dem Brunnen rum, während die kleine Katze
hineinsprang. Ich stellte mich auf die Zehenspitzen, um
das Tier besser sehen zu können, doch der
Brunnenrand war zu hoch. Sekunden später sprang auf
der anderen Seite ein ausgewachsener Gepard heraus.
„Wow!", ungläubig sah ich zu der Großkatze herüber.
Wie zur Hölle war das möglich? Wo ist die kleine
Katze hin? Ich lief zu dem Brunnen und lehnte mich
dort rein, um sie zu suchen fand sie aber nicht. Ich sah
zu der großen Katze herüber, die sich in aller Ruhe das
Fell leckte. **Ist das etwa die kleine Katze? Wie kann**
das sein? Einen Moment lang zweifelte ich an meinem

Verstand. Als das Tier mit der Säuberung fertig war, ging es langsam auf mich zu. Sie fing an, an mir zu schnuppern, und leckte mir über meine Hand.

„Na, ähm, Miezie, nicht beißen. Bitte."

Sie sah mich an.

„Wie heißt du denn?"

Sie streckte den Kopf nach oben und zeigte ihr Halsband, auf dem ein Name eingraviert war.

„Grace. Ein schöner Name. Und ein schönes Tier, was nicht beißt. Hoffentlich."

Sie zwackte mich in die Seite und zog mich somit von dem Brunnen weg. Danach sprang sie auf den Brunnenrand und legte sich hin.

„Grace, da bist du ja!"

Ich sah mich um.

Eine Soldatin lief auf uns zu: „Es tut mir so leid. Meine Katze ist neugierig bei neuen Leuten. Ich bin Mathilda."

Mathilda trug braune, schulterlange Haare, die an den Spitzen violett gefärbt waren. Sie hatte hellbraune Augen und trug einen roten Lippenstift, wobei mir auffiel, dass ich dieselbe Farbe zuhause hatte.

Ich sah sie und ihre Katze an.

Ich bin gespannt, wann ich hier wieder rauskomme.

Ryder

Ich stand an der einen Seite des Käfigs und Corvin an
der anderen, während Doc sich langsam der Tür
näherte. Wir beide versuchten, die Aufmerksamkeit des
Tieres auf uns zu lenken. Wir rüttelten an den Stangen,
pfiffen und riefen, damit der Panther, der nun schon
seit einer Stunde an der Käfigtür lag, sich dort
wegbewegte. Aber das Tier ließ sich nicht von uns
beeindrucken. Die Katze lag, als hätte sie alle Zeit der
Welt, auf der Seite und ließ die Seele baumeln, da sie
wusste, was wir für einen Respekt vor ihr hatten. Doch
mit einer Sache hatte das Tier nicht gerechnet: Mit
einer kleinen versteckten Tür auf der Rückseite.

Als der Panther gerade aufstand, um Amanda, welche
knurrend vor ihr stand, zu zeigen, wer der Stärkere war,
zog Corvin den Soldaten schnell aus dem Käfig und
schloss die Tür wieder. Die Katze reagierte zu langsam,
als sie einen Satz in seine Richtung machte und
versuchte, ihn durch die Gitterstäbe zu packen.

Ich lief zu Corvin und half ihm, den Soldaten auf die
andere Seite zu tragen, um ihn auf eine ausgebreitete
Plane zu legen. Amanda sprang mir auf den Rücken,
purzelte an meinem Arm entlang neben den Verletzten
und hielt ihrem Herrchen das Elixier hin. Er nahm das
Fläschchen, zog dem Soldaten den Schal runter und

mir wurde schlecht. Ich war einiges an Verletzungen gewohnt, aber das war selbst mir zu viel.

„Fertig."

„Und? Wird er wieder?", fragte Corvin.

„Na ja", fing Doc an, „also die Blutung ist gestoppt. Für den Rest braucht er Pflaster, sehr viele davon, Verbände und etwas zum Kühlen. Dann müsste er wieder werden. Aber die Verletzung am Hals, nun ja." Er sah skeptisch zu dem Geheilten runter: „Da kann ich nicht helfen."

„Was soll das heißen? Ich dachte das Elixier kann alles heilen", ich sah ihn verwundert an.

„Nun ja, Ryder, ich will damit sagen, dass seine Stimmbänder zu stark beschädigt worden sind. Ich kann leider nichts mehr für ihn tun."

Wir schwiegen.

„Aber es war doch nur ein Messer", gab Corvin erstaunt zurück.

„Nicht nur, sie scheinen auch mit Säure gearbeitet zu haben."

Säure? Mir wurde schon wieder schlecht.

„Wer zur Hölle tut so etwas seinen Kameraden an?", man hörte deutlich die Wut und Verachtung in Corvin Stimme.

„Die Leute, die nicht wollen, dass man Informationen ausplaudert."

Wir schauten zur Tür. Nikolai stand dort mit Deimos, Tiberius und Sunny, die er auf dem Arm trug. Doc nahm Amanda und ging an ihnen vorbei. Nikolai kam auf uns zu und kniete sich vor den Soldaten: „Habt ihr etwas zum Schreiben da? Und ein Blatt oder Ähnliches?"

„Warum?", fragte ich verwirrt.

„Ich will wissen, wie er heißt."

Corvin und ich saßen erst verblüfft auf unseren Plätzen, begannen dann uns hastig abzutasten, um die gewünschten Sachen zu finden.

„Ich habe einen Stift", sagte Corvin und zog einen Kugelschreiber aus seiner Jackentasche.

„Ich auch", ich reichte ihm ebenfalls einen Kugelschreiber, „aber kein Blatt."

Nikolai nahm meinen Stift: „Egal, dann schreibt er eben auf den Boden."

Er schüttelte den Soldaten, um ihn wach zu bekommen, da dieser von der Behandlung noch benommen war. Danach nahm er ihm die Augenbinde ab und half ihm sich aufzusetzen. Der Mann öffnete die Augen und sah Nikolai an.

„Wie heißt du?", Nikolai reichte dem Soldaten den Stift und tippte auf die Plane, um zu signalisieren, dass er dort seine Antwort hinschreiben sollte.

Der Soldat gehorchte und fing an zu schreiben.

Jasper

Nikolai nickte: „Jasper, und weiter?"

Jasper sah ihn skeptisch an, schrieb aber weiter *Das geht dich 'nen feuchten Dreck an*

Wir wussten von Anfang an, was er dorthin kritzeln würde, ließen ihn aber in Ruhe den Satz beenden, da es unhöflich gewesen wäre, ihn zu unterbrechen. Ich war auf Nikolais Reaktion gespannt, doch was er tat, damit hätte ich nicht gerechnet. Er packte den Soldaten am Kragen, zog ihn näher zu sich hin und sah ihm in die Augen: „Hör zu, du kleines Stück Dreck. Wären wir nicht gewesen, würdest du jetzt noch da draußen rumliegen und wahrscheinlich verrecken. Also, wenn ich, oder irgendjemand anders hier," er streckte seinen Arm dabei aus und machte eine halbkreisförmige Bewegung, um uns mit einzuschließen, „dir eine Frage stellt, hast du diese zu beantworten. Haben wir uns verstanden?"

Jasper gähnte ihn nur müde an, nahm den Stift und schrieb auf die Stirn seines Gesprächspartners. Nikolai drehte entnervt den Kopf in meine Richtung, biss sich auf die Unterlippe und fragte mich mit ruhiger Stimme: „Ryder, was steht da?"

„Niko, willst du das wirklich wissen?", ich sah ihn zweifelnd an und verzog dabei mein Gesicht zu einer "Glaub mir, du willst es nicht wissen"-Miene.

Jasper holte einen kleinen Spiegel raus, bewegte die

Hand, grinste Nikolai hämisch an und zeigte ihm sein Meisterwerk. *Bastard*

Nikolai fing an zu lachen, sah Jasper in die Augen und sagte, ohne dabei sein Grinsen zu verlieren: „Hörst du das? *Das* ist Lachen. *Du* wirst es ab heute nicht mehr können", er stand auf und ließ den Soldaten und uns mit geschockten Gesichtern zurück.

Ich sprang auf und lief ihm nach, um ihn abzufangen: „Ey, warte kurz!", ich packte ihn am Arm und zerrte ihn in meine Richtung.

„Ryder, lass los."

„Bestimmt nicht! Was zur Hölle sollte der Scheiß grade?!"

Nikolai sah mich ausdruckslos an: „Was meinst du?"

„Was ich meine?", gab ich zurück und lachte dabei verständnislos. „Ich meine damit, was du ihm grade an den Kopf geworfen hast. Der Kerl wird nie wieder sprechen können. Das war mehr als rücksichtslos von dir!"

„Ich sehe das Problem nicht", entgegnete er kühl.

„Das war grausam von dir und das weißt du auch!"

„Ach", Nikolai sah mich prüfend an, „was ist denn los? Warum hat der Herr plötzlich so ein Mitleid mit diesen Leuten?" Dann stockte er und sah mich nachdenklich an: „Warte mal kurz, auf der letzten Mission. Du bist zu der einen Soldatin gegangen. Kanntet ihr euch etwa?"

Ich wurde leicht panisch, versuchte aber ruhig zu bleiben.

„Also ja. Magst du sie etwa?"

„Was? Sie mögen? Ich bitte dich", ich griff mir unbewusst in den Ärmel und zog daran, was von Nikolai streng beobachtet wurde.

„Du lügst", erkannte er sofort, „du ziehst immer an deinem Ärmel, wenn du lügst. Ryder, wie kannst du nur?"

Ich packte ihn erneut am Arm und zog ihn ein Stück in Richtung der Gebäude, um uns aus der Hörweite der anderen zu schaffen: „Hör zu, ja, mag sein, dass ich sie mag."

Nikolai fuhr sich mit einer Hand durch sein Gesicht und sah mich fassungslos an.

„Nein. Sei still! Es ist, ich weiß nicht. Ist halt so."

Er sah mich fassungslos an: „Diese Menschen haben uns unsere Heimat genommen. Sie töten immer noch Leute von uns und auch unsere Tiere. Du hasst sie sogar mehr als ich. Und alles, was dieses Verhalten entschuldigen soll, ist ein 'Ist halt so'?"

„Ich weiß, es klingt mehr als dämlich."

„Allerdings."

„Aber so ist es nun mal."

Er sah sich um, als suche er etwas, drehte sich dann wieder zu mir - und schlug zu. Der Schlag war nicht sonderlich hart, brachte mich aber zum Taumeln.

„Okay, Ryder. Ich sage nichts."

Ich wischte Blut aus meinem Mundwinkel und nickte dankbar.

„Gut. Ich sehe jetzt noch mal nach Graf *Ich-sage-nicht-viel* und du bringst die Hunde weg."

Ich tat, was er sagte, und pfiff unsere Vierbeiner aus der Scheune.

„Niko, was hast du denn vor?", rief ich meinem Kumpel zu, während ich Sunny hochhob.

Er packte den Soldaten am Arm und zog ihn mit einem Ruck hoch: „Das lass mal meine Sorge sein",

entgegnete er, zog Jasper in einen kleinen Raum und verschloss die Tür. Tiberius sah mich unsicher an und auch Sunny wusste nicht so recht, was sie mit der Situation anfangen sollte.

„Scheint so, als hätte sich euer Herrchen verändert, in Bezug auf unseren Feind."

Die Kleine fing an zu fiepen.

Ja, ich weiß Prinzessin, ich weiß, wie du dich fühlst.

Heather

„Also," Mathilda passte das Halsband der neuen Größe von Grace an und stand deshalb mit dem Rücken zu mir, „was verschafft uns die Ehre, dass ihr uns besuchen kommt?"

„Nun ja, also wir, ähm, sind liegen geblieben."

Sie hielt einen Moment inne: „In der Wüste?"

Sie fummelte weiter an der Großkatze herum, welche versuchte, den Kopf wegzudrehen, da sie es nicht mochte. Mathilda zerrte an dem Tier, bis dieses still saß: „Was wolltet ihr dort?"

„Wir hatten eine Mission in der toten Zone."

„Wie kann man nur so dumm sein? *Keiner* würde freiwillig dahin gehen. Was wolltet ihr dort?"

Ich kannte sie erst seit ein paar Minuten, aber es hatte den Anschein, dass sie auch kein Fan von dem Gebiet war.

„Du hast ja keine Ahnung, was du damit angerichtet hast", sie hatte ihr Gesicht fast in dem Fell der Gepardin vergraben und zischte es leise, doch ich verstand jedes Wort. Dann stand sie auf und drehte sich mir zu: „Wer hat euch hierher gebracht?"

„Zwei Soldaten."

„Wie heißen sie?"

Wow, ist sie neugierig. „Ich weiß es nicht. Sie haben nicht gesagt, wie sie heißen."

„Okay, wie sehen sie aus?"

Ich zog eine Augenbraue hoch und sah sie schweigend an.

„Also?"

„Sie waren vermummt."

„Autokennzeichen?"

Ich überlegte kurz: „S1 HS- 3"

„Ahh", sie grinste breit und strich sich mit einer Hand verlegen durch die Haare, „Michael und Sam."

„Du kennst sie?"

„Mein Team."

„Und du kennst deren Nummernschild?"

„Nein", sie sah mich mit großen unschuldigen Augen an. „Ich kenne alle Nummernschilder", sie schloss die Augen, zog die Schultern nach oben und kicherte.

Ich sah sie skeptisch an. Sie wiederum lächelte mich breit an, was mir so langsam unheimlich vorkam.

Sie reckte dann den Kopf zur Seite und fing an, noch breiter zu grinsen. Ich drehte mich um, um den Grund zu erfahren. Hätte ich es mal lieber gelassen. Die beiden gesprächigen Soldaten, die uns hierher gebracht hatten, kamen auf uns zu, mitsamt ihren Tieren. Als sie vor uns standen, nahmen sie ihre Helme und Schutzmasken ab. Endlich konnte ich sehen, wie sie aussahen, während Mathilda schon ganz wuschig hinter mir wurde.

Der erste hatte grüne Augen, trug einen kurzen Bart und hatte braune kurze Haare, die an den Seiten abrasiert und zur Mitte hin zu einem Irokesen aufgestellt waren.

Der zweite, war ein Stückchen größer, hatte graue Augen und braune Haare, die länger und nach hinten gekämmt waren. Er hatte keinen Bart, dafür aber eine Narbe an der linken Seite, die sich von der Stirn gerade runter bis zum Kinn zog.

Ihre Begleiter waren zwei große schwarze Wölfe, die man nur anhand ihrer bionischen Körperteile voneinander unterscheiden konnte. Während der eine einen linken bionischen Hinterlauf hatte, besaß das andere Tier eine rechte metallische Schulter.

Ich verglich die Tiere mit den Soldaten. An der Seite, an der das zweite Tier das Metall trug, hatte sein Besitzer die Narbe. Bei dem anderen konnte ich nicht erkennen, ob sein Bein, wie das des Tieres, aus Stahl bestand.

„Michael trägt am linken Bein, vom Knie an abwärts, die Bionik.", flüsterte mir Mathilda ins Ohr.

Gruseliges Mädchen.

„Mathilda, du freundest dich mit Fremden an?", ermahnte Sam sie.

„Na und" gab sie scharf zurück, „lass mich doch."

Michael musterte mich und ergriff dann für seinen Kollegen das Wort: „Die waren dumm genug, in die tote Zone zu fahren. Also halte dich lieber von ihnen fern!"

„Okay", gab sie plötzlich fast schon schnurrend und freundlich lächelnd zurück.

Ach, so ist das.

„Hör zu!", Sams strenger Ton lenkte meine Aufmerksamkeit wieder auf ihn und seinen Kollegen. „Macht, dass ihr hier verschwindet. Wir haben schon genug Probleme mit unseren Soldaten, da brauchen wir nicht noch mehr. Und schon gar keine Außenseiter!"

„Hey, wir sind sozusagen Kollegen. Also wie wäre es mit einem etwas freundlicherem Ton?"

Er sah mich an und drehte seinen Kopf in Richtung seines Kollegen: „Was meinst du? Freundlich sein, oder gleich erschießen?"

Sein Partner überlegte: „Ich kenne das Mädchen. Irgendwo habe ich ihr Gesicht schon einmal gesehen. Mathilda?"

Ich schielte zu ihr nach hinten und sah, dass sie zwei kleine Metallstäbe aus der Tasche nahm und auseinanderzog, sodass ein Bildschirm die beiden Teile miteinander verband: „Heather Langford. Sie ist die Tochter von General Langford." Sie sah in die Runde: „Also haben wir hier 'ne kleine Persönlichkeit."

„Woher hast du die Daten?", ich drehte mich zu ihr um, doch bevor ich ihr technisches Spielzeug genauer betrachten konnte, packte sie mit ihrer Hand mein Gesicht und schob mich seitlich weg.

„Nope, gucken ist verboten", sie grinste mich erneut an.

Mathilda kam mir immer seltsamer vor. Ihre Katze Grace streckte sich müde und stieß mit ihrem Kopf in die Seite ihrer Besitzerin. „Was ist denn? Oh, natürlich", Mathilda beugte sich in Richtung des Tieres und fing erneut an, an dem Halsband herumzudrehen und rumzudrücken. In der Zeit drehte ich mich wieder zu Michael und Sam. „Also", fing ich an, da mir die schweigenden Soldaten unheimlich wurden.

„Also?", Michael antwortete mit strammer Stimme, während Mathilda hinter mir ein leises Kichern von sich gab. Ich drehte meinen Kopf in ihre Richtung, um zu sehen, wie sie sich ein Stück kleiner machte. Dann sah ich wieder zu den Soldaten: „Habt ihr was miteinander?" Ich zeigte mit einer Hand auf Michael und mit meiner anderen auf Graces Besitzerin.

„Nein", antwortete er genervt.

„Na ja, ich dachte, weil ...", ich war gerade dabei gewesen, mich in Mathildas Richtung zu drehen, verharrte in der Bewegung und presste die Lippen zusammen. „Sorry, es, ach. Ist nicht so wichtig."
Dann sah ich zu seinem Kollegen. Aber auch er hatte kein besonders großes Interesse daran, mit mir zu reden. Die Wölfe hatten sich auf den Boden gelegt und gähnten abwechselnd.

„Wie heißen die denn?", fragte ich neugierig.
Sam übernahm das Reden. Er zeigte zuerst auf seinen

Wolf: „Cerberus," und dann auf den anderen, „Hades."
Damit war das Gespräch wieder vorbei. Ich sah mich in
der Gegend um. „Silent?", rief ich hilflos. Als ich den
Vogel erblickte, wusste dieser schon, dass ich reden
wollte, und lief schnell auf die andere Seite der Wiese,
vor der er stand. **Drecksvieh, so schlimm bin ich auch
nicht. Oder? Will denn niemand mit mir reden?**
Hinter mir hörte ich ein metallisches Surren, so, als ob
etwas hochgefahren wurde, drehte mich aber nicht um,
da ich nicht mit Mathilda reden wollte. Als ich mir
müde mit einer Hand durch mein Gesicht fuhr, fiel mir
etwas Wichtiges ein: „Oh, bekomme ich meine Waffen
wieder?" Die Soldaten sahen mich schweigend an. „Ihr
wisst schon, die Waffen, die …"

„Ja, die bekommen wir wieder."

Ich wandte mich zu der Stimme: „John, auch mal
wieder da. Wo warst du?"

Ich sah, dass er Jumper im Arm hielt und sie einen
Verband an der rechten Vorderpfote trug.

„Wie du siehst, ist Jumper verletzt. Wir werden morgen
früh abgeholt."

„Ohlala, hallo hübscher Mann."

Ich sah mich verwirrt um. **Wer hat das grade gesagt?**
Hinter mir standen nur Mathilda und ihr Gepard.

„Schön, dass du über Nacht hierbleibst, ich freue mich
schon."

Ich konnte meinen Ohren nicht trauen. Hatte die Katze etwa gerade geredet? Ich sah sie mit offenem Mund an und bekam vor Staunen kein Wort raus. Das Tier stolzierte in meine Richtung, blieb neben mir stehen und sah mich an: „Stimmt irgendetwas nicht, Heather?"

Ryder

Ich saß vor dem großen Käfig und sah mir den Panther an. Ich hatte schon oft von diesen Tieren gehört, hatte aber noch nie eines zu Gesicht bekommen. Es war ein wunderschönes, großes und anmutiges Tier, welches von Minute zu Minute nervöser wurde. Selbst jetzt, wo das Tier jeden Muskel im Körper vor Wut angespannt hatte, hatte es noch einen stolzen und eleganten Gang. **Was Nikolai wohl mit dem Soldaten macht?** Ich reckte den Kopf in Richtung der Tür, hinter der die beiden verschwunden waren. Ich wollte nachsehen, doch dann fiel mir ein, dass ich nach seinem ersten Schlag zum Arzt musste, da ein Teil meines Zahnes abgebrochen war. Und noch einmal konnte ich Amanda nicht ertragen, wie sie mir dauernd mit ihren kleinen pelzigen Pfötchen im Mund herumfummelt, also wollte ich nicht noch eine kassieren. Doch ich war neugierig. Also stand ich auf, schlich mich zu der Tür und öffnete sie einen Spalt. Nikolai saß auf einem Stuhl und Jasper mit gefesselten Händen vor ihm, auf einer zusammengeklappten Liege. Er saß einfach da und musterte den Soldaten schweigend. So hatte ich ihn noch nie gesehen, so ruhig und kalt. Plötzlich beugte er sich zu Jasper rüber, flüsterte leise: „Nächster Versuch", und schlug ihm in die Magengrube.

Der Soldat zuckte und sackte zusammen.

„Wenn ich dir eine Frage stelle, beantwortest du sie! Oh, ich vergaß, du kannst es ja nicht."

Ich schielte zu Jasper, der plötzlich anfing zu zittern. Nikolai hatte ihn gebrochen.

„Kooperierst du jetzt?"

Jasper nickte, doch er hob dabei nicht seinen Kopf. Mein Freund stand auf und suchte etwas. Der Spalt war nicht breit genug, um etwas zu erkennen. Er setzte sich dann wieder hin und nahm Jasper seine Fesseln ab: „Hier. Schreib es endlich auf!"

Der Soldat gehorchte und fing an, alles zu notieren, was er kurz zuvor gefragt worden war. Nach ein paar Minuten war er fertig und gab ihm den Zettel. Nikolai las sich alles durch und sah Jasper anschließend an. Er hob den Kopf des Soldaten langsam mit einer Hand hoch, wischte ihm die einzelnen Tränen mit der anderen ab, beugte sich zu ihm herüber und drückte sein Gesicht gegen Jaspers. So verharrten sie für eine

Weile, bis Jasper seinen Kopf in Nikolais Schulter drückte und anfing zu schluchzen.

Ich schloss die Tür und ging zurück zu dem Panther.

Was ist da grade passiert? Plötzlich schlug die Großkatze laut brüllend mit ihrer bionischen Pranke gegen die Käfigtür.

Corvin kam rein gelaufen und blieb abrupt stehen: „Verdammt, das Tier ist wütend."

„Ach, wirklich? Ich bin mir ziemlich sicher, dass sie nur gegen die Käfigtür haut, weil sie Musik machen will!"

Corvin sah mich verärgert an.

„Schnell, hol den Trupp, der den Soldaten und das Vieh angeschleppt hat, die müssen wissen, wie man mit ihm umzugehen hat!"

Corvin nickte und lief wieder raus.

Die Katze wurde inzwischen immer wütender und warf sich mit ihrem gesamten Körper gegen die Tür. Kurz darauf trafen die anderen ein und platzierten sich mit Waffen um den Käfig.

„Nikolai!", ich versuchte, ihn zu alarmieren.

„Lass das, Junge, der ist in Sicherheit", einer der Männer versuchte, mich zu beruhigen.

Der Panther wich von der Käfigtür zurück. Er hatte wohl verstanden, dass er keine Chance hatte.

„Na gut, er ist gezähmt", einer aus dem Trupp nahm wieder eine entspannte Position ein und drehte sich mit dem Rücken zu dem Tier. Das war ein Fehler. Die Katze sprang gegen die Tür, sprengte sie auf, packte sich den Soldaten und riss ihn zu Boden. Sie biss ihm in den Nacken und brach ihm mit einer Bewegung das Genick. Das Knacken war entsetzlich und hallte durch die Scheune. Die anderen versuchten, auf das Tier zu schießen, doch es war schnell und wendig.

Der Panther wich ihren Schüssen aus und lief auf einen zweiten Mann zu. Der versuchte noch auszuweichen, doch das Tier war schlauer. Es schlug einen Haken, biss dem Mann dabei in die Taille und riss ihn damit um. Als er versuchte, wieder aufzustehen, schlug der Panther mit der bionischen Pfote zu und zerschmetterte ihm ein Bein. Das Tier verbiss sich in dem Arm des Verletzten und stemmte sich mit der anderen Pfote auf seinen Rücken, bevor er ihm mit einem gezielten Biss das Genick brach. Die anderen versuchten weiter, auf das Tier zu schießen, doch es wich aus. Wir konnten nur zusehen, wie es einen nach dem anderen tötete.

„Ist das sein normales Verhalten?", fragte ich Corvin.

„Nein, das bringen die ihren Tieren bei."

„Das Töten?"

„Nein, großen Schaden dabei anzurichten."

Erst als die Schreie seines Opfers verstummt waren, hob der Panther erneut den Kopf, diesmal um sein neues Opfer zu lokalisieren. Zu meinem Pech hatte er sich mich ausgesucht. Das Tier knurrte kurz und leckte sich dann über die Schnauze, wobei ihm das frische Blut dabei am Kinn herunter lief und in feinen Fäden auf den Boden plätscherte. Die Raubkatze schlich geduckt auf mich zu, als wollte sie, dass ich weglaufe und sie mich jagen konnte. Trotz der Vorderpfote aus Metall machte sie beim schleichen kein Geräusch. Ich bewegte aus Angst keinen einzigen Muskel. Dem Tier schien es nicht zu gefallen, da es nun laut knurrte. Das Knurren verwandelte sich in ein Brüllen, und nach diesem Laut griff sie den letzten der Männer an. Sie wechselte schlagartig die Richtung, sprang auf ihn zu, stemmte ihre Pranken gegen seinen Brustkorb und brachte ihn so zu Fall. Als er vor ihr fliehen wollte, packte sie ihn am Bein, zog ihn ruckartig unter sich und brach ihm, wie ihren ersten Opfern, das Genick. Corvin und ich standen wie angewurzelt an unseren Plätzen. Es ging alles so schnell. Das Tier brauchte nur Minuten, um sechs von unseren Männern zu töten. Ich sah auf den Boden. Das Blut der Toten floss in meine Richtung und auf meiner Kleidung waren lauter Spritzer. Dann kam der Panther wirklich auf uns zu. Er blieb kurz vor uns stehen, setzte sich hin, beobachtete uns, stand auf und ging weiter. Die Katze schnupperte an meiner Hand. Ich spürte, wie sie dabei das frische

Blut auf meinem Handrücken verschmierte und fühlte ihren warmen Atem. Ich musste mich beherrschen keinen Muskel zu rühren aus Angst, sie könnte gleich zubeißen. Sie knurrte erneut und öffnete ihr Maul.

„Darkness, lass das!", es war Nikolais Stimme.

Neben ihm stand Jasper. Der Soldat befahl seinem Tier per Handbewegung, zu ihm zu kommen und es gehorchte. Dann schrieb er etwas auf ein Stück Papier und gab es Nikolai, der es vorlas: „Ich hoffe, meine Kleine hat euch keine Schwierigkeiten gemacht."

Corvin ging schweigend aus der Lagerhalle, während ich versuchte, mich zu sammeln, um Worte für Sätze zu finden. **Jetzt zivilisiert bleiben, Ryder, wir wollen doch einen guten Eindruck vor dem Gast machen.**

„Kleine?! Hast du dir das Biest mal angesehen?! Und Schwierigkeiten?! Nein, wie kommst du darauf?! Nein, Quatsch, wir richten immer so ein Blutbad an, macht Spaß! Probiere es mal aus! Aber das nächste Mal: BITTE BEI DIR ZUHAUSE!"

Jasper sah sich um und versuchte, eine Geste zu formulieren, die wohl 'Es tut mir leid' heißen sollte.

Nikolai sah sich nun auch um und schaute Jasper an: „Was ist das für ein Monster?"

Der Soldat nahm das Stück Papier zurück, kritzelte etwas Neues darauf und gab es ihm wieder zum lesen: „Sie ist kein Monster. Nur zu gut abgerichtet."

Nikolai kam schweigend zu mir rüber, blieb neben mir stehen und sah sich den Schaden noch einmal in Ruhe an: „Na gut, dann müssen wir die anderen informieren. Und das Ding da", er zeigte auf Darkness, „bekommt einen Maulkorb." Dann drehte er sich um und ging.

Warum ist er plötzlich so ruhig? Ich sah ihm nach. Der Panther maunzte und ich fuhr ihn ohne Überlegung an: „Klappe!"

Das Tier war verblüfft, legte sich hin und sah mich noch verstimmt an. Was hatten wir uns da bloß angelacht?

Heather

Ich sah die Katze geschockt an, blickte zu Mathilda und konnte nur noch stottern: „Ha-ha-hat das Tier da, hat es ge-geredet?"

Die Katze schüttelte sich kurz, leckte sich eine Pfote, setze sich hin und sah zu John herüber: „Also, schöner Mann, willst du nicht etwas länger bleiben?" Sie bewegte ihr Maul nicht, man hörte trotzdem eine weibliche, fast schon menschliche Stimme, die von ihr ausging. Ich schaute verwirrt zu der Besitzerin, die sich nur mit einem breiten Grinsen auf die Unterlippe biss und kicherte: „Na? Toll, oder?" Mathilda sah mich erwartungsvoll an.

Ich konnte es immer noch nicht fassen und starrte wieder auf das Tier: „Wie hast du das geschafft? Warum redet sie?"

„Na ja", begann sie, „siehst du das Halsband? Darin ist ein kleiner Chip eingebaut, der es dem Tier ermöglicht, Laute in Worte umzuwandeln. Es funktioniert so: Wenn Grace zum Beispiel knurrt, werden die Frequenzen gemessen und dann anhand der Tiefe und Länge des Tones in zuvor gemessene Sparten eingeteilt. Zudem sendet er ein kleines elektrisches Signal über ihren Körper, fast wie bei einem Scanner, aber so schwach, dass sie nichts bemerkt. Somit werden die Körperspannung und die Haltung des Tieres gemessen. Und der kleine Kasten, den du sehen kannst", sie ging zu ihrer Katze und hob ihren Kopf an, während sie auf ein kleines Quadrat deutete, das kaum größer als ein Daumennagel war, „trägt dann die Daten zusammen und verknüpft sie miteinander. Außerdem ... halt still!", sie zerrte an der Katze, die nicht still sitzen wollte, sich dann aber fügte. Danach drehte sie das Halsband um und zeigte auf ein kleines, silbernes Dreieck, „dieses kleine Ding hier misst die Temperatur des Tieres. Es funktioniert hier genau wie bei dem Chip, nur wird hier ein elektrischer Impuls in das Körperinnere des Tieres geleitet, um genauer zu messen. Dadurch lässt es sich noch leichter einordnen, wie das Tier sich fühlt und was es sagen will. Zudem wird ihr Knurren, Schnurren und weitere Laute die sie von sich gibt, übersetzt."

„Aber bilden sich dann nicht viele Muster?"

Mathilda sah mich verständnislos an: „Nein. Jede Emotion, die das Tier durch eine Haltung signalisiert, hat eine bestimmte Aussagekraft. Durch die zusätzlichen Messungen des Wärmebildes erhält man einen Einblick in die Gefühlswelt. Jede Emotion lässt den Körper erhitzen oder auch abkühlen. Alle Messungen, die jemals gemacht wurden, sind hier eingespeichert."

Ich sah sie verwirrt an.

„Verstanden?"

„Nein!", meine Stimme ging dabei frustriert nach oben, „niemand versteht das!" Ich sah mich um.

Alle sahen sich an und verneinten meine Theorie, indem sie abwechselnd mit „doch" antworteten. Ich konnte dazu nur ungläubig den Kopf schütteln und drehte mich wieder zu Mathilda und ihrer Katze um:

„Also kann dieses Ding da wirklich immer wissen, was das Tier sagt?"

„Ja, mein Gott. Warum bist du so dumm?", Michael war sichtlich genervt von mir und meiner Fragerei, und das zeigte er auch.

„Michael, beruhige dich. Sie kann doch nichts dafür, dass sie die Technologie nicht kennt."

Ich sah Sam dankbar an.

„Deren Stützpunkt ist eben nicht so technisch hochgerüstet wie unserer. Ist halt nur ein Nebenstützpunkt. Was kannst du auch von diesen Höhlenmenschen erwarten?"

Meine Dankbarkeit schlug schnell in Verachtung um: „Wie bitte? Sagtest du gerade 'Höhlenmenschen'?"

Sam sah mich nur gelangweilt an.

„Wir sind keine ..."

„Heather! Bleib ruhig!", John schien auch verärgert über diese Aussage zu sein, was sich an seinem Tonfall zeigte. „Komm, ich hab ein Zimmer für uns gefunden, wir gehen!"

„Okay", erwiderte Grace euphorisch und ging fröhlich in seine Richtung.

„Nicht du. Sie", Mathilda deutete mit einem Finger auf mich und warf ihrem Tier einen Blick zu, der mehr als deutlich aussagte: „Tja, das war wohl nichts."

„Aber, aber. Ooh, komm schon!", nun war der Gepard enttäuscht und legte sich schmollend auf den Boden. Jumper sprang aus Johns Arm und hinkte auf die am Boden liegende Katze zu, beugte sich in ihre Richtung und sah sie an, als wolle sie sagen: „Keine Chance! Niemals!" Dann hob sie den Kopf etwas, um mich anzusehen, und schnaubte verachtend. Ich sah sie wütend an. Silent, der noch damit beschäftigt war, das

Pseudo-Gras zu zertreten, breitete seine Flügel aus und kreischte warnend in Jumpers Richtung. Den Fehler, sich von dem Adler packen zu lassen, wollte sie kein drittes Mal begehen. Also zog sie den Rückzug zu ihrem Herrchen vor und sprang ihm in den Arm. Hades stand auf, da ihm langsam langweilig wurde, und ging zu Cerberus, um ihn an seinem Ohr hochzuziehen, damit er auch aufstand. Sein Freund wollte aber nicht und kläffte ihn nur mahnend an. Schließlich stand er doch auf, schüttelte sich und fixierte mit seinem Kameraden zusammen Jumper. Ich biss mir vor Freude auf die Unterlippe, in der Hoffnung, dass die beiden Wölfe gleich laut bellend auf den Karakal zustürmten und versuchen würden, ihn zu beißen. Zu meinem Leidwesen hatten sie kein großes Interesse an dem Tier und so schlenderten sie in Richtung des Adlers. Der stand starr an seiner Position und reckte den Kopf. Als sie bei ihm ankamen, legten sie sich wieder hin und gähnten dabei synchron. Dem Vogel gefiel nicht, was er da sah, und hackte Cerberus kurz in sein Hinterteil, woraufhin dieser fiepte und sich mit eingezogenem Schwanz rückwärts bewegte, um den Vogel im Blick zu behalten. Hades hingegen stellte sich auf die Hinterbeine und fing an, sich in Silents Schnabel festzubeißen. Er biss nicht fest zu, aber doch so, dass ihn der Vogel mit einem einfachen Kopfschütteln nicht loswurde. Der Wolf kaute regelrecht auf dem Metallschnabel, sodass ihm der Sabber an seinem Fell runterlief. Ich rümpfte die Nase. **Mein armer Vogel. Angesabbert von einem, hoffentlich geimpften, Wolf.**

Dem Adler wurde es nun allmählich zu bunt. Er trat den Wolf, damit dieser von ihm abließ. Dann gesellte sich Hades zu Cerberus, und beide liefen um Silent herum, um ihn noch auf Trab zu halten. „Wow, dein Adler hat Nerven aus Stahl", bemerkte Mathilda erstaunt hinter mir.

„Nein, hat er nicht", gab ich seufzend zurück.

Nun war Silent komplett genervt von den beiden Wölfen. Er breitete seine Flügel aus, hob ein Stück ab, packte Hades mit seinem einen Fuß, Cerberus mit dem anderen und flog mit den beiden auf eines der Häuserdächer. Dort warf er sie ab und segelte wieder zu seinem Platz zurück, um munter weiter das Gras zu zertrampeln, als wäre nie etwas gewesen. Wir sahen alle zu den Wölfen auf das Dach, welche sich nur verdutzt umsahen, umdrehten und dann in Richtung Dachmitte verschwanden.

„Kommen die da wieder runter?", ich sah zu Sam und Michael.

„Natürlich. Oben gibt es Türen, die nach unten führen. Die öffnen sie einfach und kommen leicht durch das Gebäude wieder zu uns."

Oho, ein langer Satz. Was war los mit Sam?

„Na los, komm schon. Wir wollen jetzt schlafen gehen."
Ich nickte John zu, sah noch einmal auf das Dach und
folgte ihm.

Als wir an der Zimmertür ankamen, drückte mir John
einen Stapel Bettwäsche in die Hand.

„Was soll ich damit?"

„Sie und ich schlafen hier. Und du ... Ist mir völlig egal."
Er ließ die Katze von seinem Arm in das Zimmer
springen und knallte dann vor mir die Tür zu.

Ich konnte es nicht fassen. „Du verdammter Bastard!",
schrie ich und schlug mit der Faust gegen die Tür.

„Fahr zur Hölle!"

Ryder

Wir waren dabei, die Leichen rauszutragen und den
Boden zu wischen, als mir auffiel, dass Nikolai und
Jasper verschwunden waren.

„Wo zum Teufel sind die beiden?", Corvin schien es
auch aufgefallen zu sein, dass die beiden nicht mehr
am Putzen waren.

„Ich geh sie suchen", seufzte ich und legte den Mopp
auf den Boden.

Als ich aus der Scheune ging, kam ich an Darkness

vorbei, welche sich auf den Paletten breitgemacht hatte und döste. Ich kraulte sie am Kopf, was sie auch zuließ. **Sie scheint wirklich kein Monster zu sein.**

Als ich vor dem Spielplatz stand, sah ich mich um, fand die beiden aber nicht. Also machte ich mich wieder auf den Weg und fing an, die Scheunen zu durchsuchen. Aber weder hier war eine Spur von Nikolai noch von ...

„Jasper, beruhige dich."

Ich drehte mich in Richtung der Stimme, die meinem Kumpel gehörte, und folgte ihr.

Ein paar Meter von mir entfernt, hinter dem letzten Gebäude, saßen die beiden. **Oh man, soll ich stören oder nicht?** Ich beschloss, es wie vorhin zu machen, und suchte mir ein kleines Plätzchen, von dem aus ich die zwei beobachten konnte.

Jasper hob seinen Kopf von Nikolais Schulter hoch und schluchzte dabei.

„Hey, komm. Beruhige dich. Ist doch alles gut."

Der Soldat sah ihn geschockt an und versuchte zu gestikulieren, dass überhaupt nichts gut war.

„Ich weiß, aber, guck, du lebst noch."

Jasper sah ihn entrüstet an. Dann tippte er mit zwei Fingern gegen Nikolai, sich gegen den Kopf, dann auf seinen Brustkorb und zog dann seine Mundwinkel zu einem gequälten Lächeln hoch.

„Nein, ich denke nicht, dass du glücklich bist."

Jasper schüttelte immer noch lächelnd den Kopf und formulierte mit seinen Lippen ein 'Nein.' Dann raufte er sich die Haare und vergrub sein Gesicht in seinen Händen. Er blieb für einige Sekunden in der Position und richtete sich auf, als wollte er Nikolai eine Standpauke halten. Er zog Luft durch seine Zähne, knabberte nervös an einem Fingernagel und versuchte seine Gedanken in Gesten zu formulieren. Nikolai hielt ihm ein Stück Papier und einen Stift hin, da er ihm so helfen wollte. Jasper lehnte ab, indem er ihm die Sachen aus der Hand schlug und aufsprang.

Ich wollte dazwischengehen, dachte mir dann, dass es besser wäre, wenn ich hier sitzen bleiben würde.

Der Soldat hielt sich seine Hände vor den Mund und sah angespannt auf den Boden. Dann begann er zu "reden." Er zeigte sich wieder gegen seinen Kopf, auf Nikolai, streckte dann seine Hände flach aus, ließ sie auf dem Fleck kreisen und ballte seine Hände zu Fäusten, von denen nur noch die Daumen abstanden.

„Ob ich denke, dass hier alles okay ist? Nein, nicht, aber ..."

Jasper machte unbeeindruckt von Nikolais Übersetzungskünsten weiter. Er formte erneut endlos viele Gesten, welche von seinem Gesprächspartner aufmerksam beobachtet wurden.

„Ob ich denke, dass du denkst, dass du es witzig

findest, dass du und Darkness rausgeworfen wurdet? Nein, ganz und gar nicht.

Und nein, ich denke nicht, dass das gut ist, und weiß, dass es schlecht ist.

Und nein, nicht 'Wie kannst du denken, dass alles okay ist?' Es ist nur, du bist jetzt in Sicherheit."

Fassungslosigkeit und Wut waren in den Augen des Soldaten zu lesen. Er drückte seine beiden Hände flach auf den Brustkorb, steckte die Hände in die Taschen und zog den Stoff aus ihnen raus, wobei ihm die Sachen, die er bei sich trug, auf den Boden fielen.

„Ich weiß, dass du alles verloren hast, das weiß ich wirklich. Ich weiß auch, wie man sich dabei fühlt."

Jasper kochte vor Wut. Er kippte seinen Kopf schräg zur Seite, als wollte er sagen: „Ach, echt?", und schüttelte ihn dann. Er zeigte wieder auf seinen Gesprächspartner, schüttelte den Kopf erneut, griff sich an den Ärmel seiner Uniform und zog so fest daran, dass sie fast riss, formte dann mit seiner Hand durch abspreizen von Mittel- und Zeigefinger und Daumen eine Pistole, hielt sie sich an den Kopf und klappte den Daumen ein, als hätte er den Abzug der Waffe betätigt. Dann presste er seinen Zeigefinger gegen seine Lippen, drückte sich die Hände auf die Ohren und setzte sich wieder zu Nikolai.

„Du hast recht. Ich weiß nicht, wie es ist, wenn die

eigenen Kameraden versuchen, einen umzubringen. Und ich will dich jetzt auch nicht weiter damit stören, wenn du nicht mehr darüber sprechen willst und nichts mehr davon hören möchtest."

Jasper hob den Kopf.

„Ja, wirklich."

Der Soldat lächelte ihn an und nahm die Hände wieder von seinen Ohren.

„Also, kommst du? Wie müssen noch aufräumen. Ach, und Ryder?"

Ich zuckte in meinem Versteck zusammen.

„Du warst schon immer mies im Verstecken."

Ich stand auf und ging auf die beiden zu: „Woher wusstest du, wo ich war?"

„Ich bin gut."

Ich lächelte nur müde: „Als ob. Na los, kommt. Vielleicht müssen wir noch was machen. Vielleicht auch nicht."

Gerade als wir losgehen wollten, packte Jasper Nikolai am Arm und hielt ihn zurück.

„Äh, Ryder? Wir kommen gleich nach", dann drehte er sich zum Soldaten hin und übersetzte wieder seine Gesten. Ich konnte diesmal nichts erkennen. Also ging ich, wie ich gekommen war. Allein.

Corvin wird sich nicht darüber freuen, wenn ich ohne die beiden zurückkomme.

Also beschloss ich, die Hunde zu suchen, da ich grade nicht in der Stimmung war, angeschrien zu werden.

Als ich zu unserer Scheune kam, stampfte Zeus an mir vorbei nach draußen und sah mich gelangweilt an.

„Tja, du musst noch warten, bis die Hunde wieder fit sind, um sie zu jagen."

Auf seinem Rücken saß Sunny und bellte mich freudig an. **Das wird dem Vater aber nicht sonderlich gut gefallen, wenn sich seine Tochter mit dem „Feind" verbündet hat.** Ich hörte ein aggressives Bellen aus der Halle, da Tiberius wirklich nicht begeistert davon war, und beschloss, doch nicht zu den Hunden zu gehen. **Aber wohin dann?** Ich sah Sebastian und Connor und hob eine Hand, um sie zu grüßen. Sie erwiderten meinen Gruß und kamen gleich auf mich zu.

„Na, Ryder, alles gut? Wo ist der Soldat."

„Ja, danke, alles super. Oh, puh, das weiß ich jetzt nicht. Wieso?"

Connor sah mich verdutzt an: „Wie, wieso? Wir wollen in der ersten Reihe stehen."

Ich sah die beiden nur verwirrt an: „Erste Reihe? Wovon redest du?"

„Weißt du das noch nicht?", Sebastian sah mich überrascht an, „wir wollen hautnah dabei sein, wenn sie ihn abknallen."

Ich wurde bleich: „Was? Wie? Warum?"

181

Beide waren erstaunt über meine Reaktion.

„Ryder, du hast doch etwa nicht etwas dagegen wenn wir den Soldaten hinrichten? Oder?", Sebastian lehnte sich dabei gefährlich nah zu mir rüber, sodass ich nur zur Seite gucken konnte, um ihm nicht in die Augen sehen zu müssen. Ich schluckte: „Was? Ich? Ähm, nein, na-natürlich nicht. Wer mag schon Soldaten?"

Er lehnte sich zurück und grinste mich an: „Gut. Das wäre ja was."

„Also, nur so aus Neugierde: Wäre es denn schlecht, wenn ich - oder ein anderer - Sympathie für ihn empfinden würde?"

„Soll das ein Witz sein? Der kann sich gleich daneben stellen. Erschießen wir beide", erwiderte Connor lachend.

Dann gingen beide weiter und ließen mich stehen.

<u>Heather</u>

Als ich nach einem unruhigen Traum erwachte, streckte ich mich und krümmte mich gleich vor Schmerz. Mein Rücken tat so weh, dass ich mich erst mal wieder an die Wand lehnte, bevor ich überhaupt ans Aufstehen denken konnte. **Verdammter John! Wegen ihm und seiner kleinen scheiß Katze musste**

ich hier draußen im Flur schlafen, während die bestimmt ein warmes Bett haben, dass ihnen nicht den Rücken zerstört. Ich fasste mir an die Schulterblätter und begann sie zu massieren, damit ich mir Linderung verschaffen konnte. Ich hörte ein leises Knarren rechts von mir und drehte mich in die Richtung. Mathilda kam mit einem Frühstückstablett durch die Tür und auf mich zu.

„Guten Morgen", ihre Stimme klang fröhlich und melodisch.

„Warum so glücklich? Und wo willst du hin?"

„'Wo kamst du her?', sollte die Frage lauten", sie setzte sich vor mich und stellte das Tablett neben sich ab.

„Okay, wo kommst du her?"

„Von Michael." Sie grinste breiter als zuvor und hielt sich dabei ihre Hände zu Fäusten geballt vor die Lippen, während sie dabei kicherte.

„Michael. Okay. Soll ich fragen, was du da gemacht hast?"

Mathilda zog nun mit den Händen ihre Beine an ihren Körper, sodass sie im Schneidersitz saß, und lächelte mich dabei weiterhin an: „Ich hab ihm nur Frühstück gebracht. Mehr nicht. Das mache ich eigentlich jeden Morgen. Ach, und den anderen bringe ich es auch immer. Hier", sie hielt mir eine Schale mit Früchtemüsli und Quark vor die Nase.

„Oh man, ich liebe das. Woher weißt du das?", ich nahm ihr die Schale und einen Löffel aus der Hand und begann zu essen.

„War die Frage ernst gemeint?", sie sah mich skeptisch an.

„Äahm, nwein?" Ich hatte den Mund voll mit meinem Frühstück und spuckte etwas davon auf ihr Kleid. Sie wischte es ab und stand auf: „John wollte also nicht, dass du im Zimmer mit schläfst?"

„John?" Mathilda und ich sahen zur Tür, die zum Treppenhaus führte. Grace kam aus ihr und klang sichtlich begeistert von seinem Namen. Dann schlenderte sie auf uns zu und blieb vor der Zimmertür stehen.

„Grace, vergiss es. Jum..."

„Erwähne diesen Namen nicht!", erwiderte die Katze bissig. „Was hat die, was ich nicht habe?"

„Ähm, John."

Der Gepard war bestürzt von der Antwort seiner Besitzerin und legte sich nun seufzend und leise murmelnd auf den Boden. Mathilda lächelte das Tier noch schadenfroh an, bevor sie das Tablett nahm und gehen wollte. „Warte. Ich will mit dir reden." Ich stand vorsichtig auf, da mir der Rücken noch weh tat und begleitete sie.

„Hübsches Kleid", bemerkte ich kurz.

Sie sah an sich runter und zog daran: „Oh, danke. Haben mir mal meine Freunde geschenkt."

„Oh, schön. Wie geht es ihnen?"

„Ich weiß nicht."

„Wie, du weißt nicht?"

„Wie geht es einem Toten?"

Ich sah sie geschockt an. Ihr Lächeln war nun auch verschwunden.

„Oh, das, ähm, das tut mir leid. Ich wusste nicht, dass sie, na ja."

„Schon gut, es schon etwas her", sie versuchte, mich anzulächeln, schaffte es aber nicht und sah auf den Boden. Dann schwieg sie.

Die Stille zog sich fort, bis wir an ihrem Zimmer angekommen waren und sie mich mit reinließ.

Ihr Zimmer war ungewöhnlich. Es war groß und hatte ein Fenster zur Rückseite des Gebäudes hin. Es standen vier Betten in dem Zimmer, zwei davon waren zusammengeschoben. Der Raum wirkte traurig, denn er war fast leer. Das Licht fiel durch das Fenster in den Raum, da die Gardine, die normalerweise über dem Fenster hing, abmontiert daneben stand.

„Sag mal, warum stehen hier vier Betten?", kurz nachdem ich die Frage gestellt hatte, bereute ich sie. Mathilda sah mich schweigend an, dann durch den Raum und zeigte auf die Betten: „Die Betten gehörten früher einem Team, dass ich sehr mochte, ich kümmere mich nur darum."

Sie setzte sich auf eines der zusammenstehenden Betten und griff in die Decke. Ich betrachtete die anderen genauer. Sie waren frisch bezogen. Alles hatte seinen Platz und sah ordentlich aus. Es roch auch nach frisch gewaschener Wäsche.

„Warum sind die Betten alle fertig?"

Mathilda war grade damit beschäftigt, an der Decke herumzufummeln, sah dann langsam zu mir hoch und drehte den Kopf, um sich nun auch die restlichen Betten anzusehen. „Vielleicht kommt einer von ihnen wieder ...", sie glaubte sich selbst nicht und vergrub ihr Gesicht in den Händen.

„Aber du wirkst so glücklich, da draußen, mit Michael und Sam. Warum bist du es nicht?"

Sie sah mich an: „Das Lächeln hilft mir dabei, die Sachen um mich herum besser zu bewältigen." Dann wischte sie sich auf einer Seite die Tränen ab und schluckte schwer.

Ich sah sie traurig an: „Vermisst du sie?"

Sie sah mich an: „Ja", dann sah sie wieder auf die Decke, straffte das kleine Stoffteil zwischen ihren Händen und zog es sich in ihr Gesicht. Ich stand hilflos im Zimmer, da ich nicht wusste, was ich tun sollte.

„Mathilda, ich, ähm, ich gehe dann mal."

„Nein! Du wolltest doch etwas von mir. Was war es?"

„Woher weißt du das?"

Sie schob die Decke ein Stück runter und sah mich mit feuchten Augen und lächelnd an.

„Na ja, also, ich wollte fragen, ähm. Hier war alles so seltsam frisch gewischt und ..."

Sie sprang hastig auf und sah mich panisch an: „Pssst! Sei leise. Sag nichts."

„Aber ..."

Sie eilte auf mich zu, hielt mir den Mund zu und flüsterte mir ins Ohr: „Sei still. Du solltest hier nicht solche riskanten Fragen stellen." Dann sah sie sich um, als würden wir von jemandem beobachtet werden, und wandte sich wieder meinem Ohr zu: „Wir reden draußen weiter. Komm."

Ich folgte ihr nach draußen, durch den engen Gang auf den Parkplatz.

Als wir dort ankamen, rechnete ich damit, von der Sonne geblendet zu werden, doch es war dunkel. Genau wie der Innenhof hatte auch der Parkplatz eine riesige Kuppel, auf der das Wetter projiziert wurde. Im Moment war es bewölkt.

„Was machen wir hier?"

„Pssst! Flüstere!"

Ich zuckte zusammen: „Okay, sorry. Also, was machen wir hier?" Ich versuchte, so leise zu reden, dass man uns nicht hörte, sie mich aber noch verstand.

Mathilda sah zu den Jaguaren rüber, die schliefen:

„Also, der Soldat, den du meintest, hieß Jasper. Er hat versucht, sich in das System zu haken und Information zu bekommen."

„Informationen? Worüber?"

„Also über ..."

„MATHILDA! Was tust du hier?"

Ich sah mich erschrocken um. Michael stand in voller Montur hinter uns und zielte mit seinem Sturmgewehr auf uns.

„Michael, wir ..."

„Sei still! Du weißt, was mit Leuten passiert, die versuchen, die Informationen weiterzutragen! Du hast es an Jasper gesehen! Jetzt geh auf dein Zimmer und bleib da. Wir reden später!"

Mathilda schlich mit gesenktem Kopf an ihm vorbei. Doch bevor sie durch den Gang gehen konnte, schlug Michael sie, sodass sie ins Stolpern geriet und fiel.

„Mathilda!", ich wollte zu ihr laufen und helfen, doch Michael versperrte mir den Weg: „Lass sie liegen!"

„Aber das geht nicht! Du kannst ihr keine verpassen und erwarten, dass ich das tatenlos hinnehme!"

Er drückte mir den Lauf der Waffe auf den Brustkorb und zischte: „Doch, genau das erwarte ich von dir!" Dann drehte er sich um, packte Mathilda, die grade

aufstehen wollte, an den Haaren und zog sie hoch.
Danach packte er sie am Arm und schleppte sie im
Schnellschritt hinter sich her. Er blieb kurz stehen und
drehte sich in meine Richtung: „Du gehst wieder an
deine Wand und lässt mich hier machen!"

„Was hast du mit ihr vor?"

„Das hat dich nicht zu interessieren", mit diesen
Worten ließ er mich alleine stehen und verschwand in
der Gasse. Ich ging hinterher und suchte meine Wand
wieder auf. Als ich mich dagegen lehnte, musste ich an
den Soldaten denken, und an Mathilda, der ich jetzt
nicht helfen konnte. Ich seufzte. **Was ist hier bloß los?**

Ryder

„Nikolai! Nikolai wo bist du?", ich suchte ihn und
Jasper gemeinsam mit den Hunden und Darkness.

„Nikolai! Wo zum Teufel bist du?", ich fing an, mir
Sorgen zu machen, da ich ihn und den Soldaten nicht
fand, obwohl es langsam brenzlig wurde.

Eine kleine Menschenmenge hatte sich auf dem Platz
versammelt, während einige Arbeiter eine Stellwand
auf einer kleinen Tribüne errichteten. **Wenn sie den
Soldaten vor mir finden, dann ist es zu spät für ihn.**
Zu meinem Pech taten sie das.

Als ich bei ihnen ankam, zerrten sie ihn grade das kleine Treppchen hoch, um ihn vor die Wand zu stellen. Seine Augen waren verbunden.

„Nikolai? Nikolai, wo bist du?", ich rief immer noch nach meinem Freund, fand ihn aber nicht. Ich bekam Panik. Auf der einen Seite mein verschwundener Freund, auf der anderen ein Todgeweihter. Und ich hatte in beiden Fällen keinen Plan, wie ich vorgehen sollte. Darkness wurde unruhig und streifte ständig um mich herum. „Ruhig, ganz ruhig. Alles wird gut. Hoffe ich." Corvin ging auf die Tribüne und stellte sich mit dem Rücken zu uns. **Das ist die Chance, um einzugreifen**. Ich kämpfte mich nach vorne durch und griff nach seinem Bein. Er sah irritiert nach unten: „Was willst du, Ryder?"

„Hör zu, Jasper muss am Leben bleiben. Unbedingt."

„Glaubst du, ich weiß das nicht?"

„Ja, aber ... Moment, wie meinst du das?"

Er beugte sich zu mir runter: „Ich sehe doch, was zwischen ihm und Nikolai läuft. Aber er ist der verdammte Feind. Hör zu, ich halte die Leute auf und du lässt dir was einfallen. Verstanden?"

Ich nickte eifrig und lief zurück zu den Tieren. **Okay, Ryder, denk jetzt scharf nach. Wie könnte ich sein Leben retten?** Dann fiel es mir ein. Jeder Soldat hatte an einer bestimmten Stelle einen Chip implantiert, mit dem man ihn identifizieren konnte. Er hatte überall schwere Verletzungen. Mit Glück hatten ihm die anderen Soldaten den Chip entfernt. Das würde bedeuten, er wäre ein Abtrünniger und somit automatisch auf unserer Seite.

Ich lief in einen kleinen Lagerschuppen, in dem wir alles aufbewahrten, und riss die Tür auf.

„Oh Gott, Ryder, was machst du hier?" Vor mir stand Nikolai bei einer Kiste. Er kramte nach etwas.

„Ich suche den Scanner. Du?"

„Lustig, dass du fragst, ich nämlich auch."

Wir beschlossen, keine Zeit mehr zu verlieren, und suchten beide danach. Währenddessen überzeugte Corvin die Menschen davon, dass seine Waffe kaputt war, und er deswegen den Soldaten nicht erschießen konnte. Endlich fanden wir es.

Wir liefen schnell zurück zu dem Platz und stürmten zu Jasper. Ich versuchte, das Gerät zu aktivieren, und als ich es endlich eingeschaltet hatte, fuhr ich damit langsam über Jaspers Körper.

„Also hört gut zu", Corvin wandte sich an die Leute, „wir werden jetzt überprüfen, ob der Soldat seinen Chip noch hat. Sollte er ihn noch haben, dann erschieße ich ihn."

Begeisterte Rufe und Jubel ging durch die Menge.

„Aber!", mahnte Corvin, bevor sich die Menschen zu

sehr freuen konnten, „sollte er keinen Chip mehr haben, dann nehmen wir ihn auf."

Man hörte Buhrufe und enttäuschtes Seufzen, bevor die Menge schwieg. Stille breitet sich aus. Ein leises Knistern war von dem Gerät zu hören, als es das Signal suchte. Nun fuhr ich die andere Seite des Körpers entlang, um sicher zu gehen, und betete, dass kein Geräusch kommen würde. Ich hielt den Atem an. *...

BEEP* **Scheiße! Es hat angeschlagen! Er hat den Chip noch.** Ich ging ein paar Schritte zurück und starrte fassungslos auf Jasper, dann drehte ich mich um und sah in die Menge. Einige waren bestürzt, andere konnten die Hinrichtung kaum noch abwarten. Nikolai stürmte mit einem Messer in der Hand an mir vorbei auf den Soldaten zu. „Nikolai, was hast du vor? Was willst du tun?", rief ich entsetzt.

Er stemmte Jasper gegen die Wand und holte mit dem Messer aus.

„Oh Gott Nikolai, lass das! Ist schon gut, wir finden einen Weg!"

Nikolai rammte Jasper das Messer in die Schulter und schlug senkrecht auf den Griff, wobei er die Klinge aus dem Arm des Soldaten riss. Hätte er noch eine Stimme gehabt, hätte er jetzt wahrscheinlich geschrien, so, wie es die meisten unserer Leute schockiert taten. Stattdessen sackte er ein Stück zusammen. Das

Messer lag ein gutes Stück weiter von ihm entfernt, und neben ihm: eine kleine Metallplatte. Nikolai hatte ihm den Chip entfernt. Ich atmete erleichtert auf. Er durfte am Leben bleiben. Ich wischte mir mit den Händen durch das Gesicht und stieß ein leises „Oh Gott" aus, bevor ich mich auf den Tribünenrand setzte. „Wie jetzt? Bleibt er am Leben?" Einige aus dem Publikum waren nicht begeistert von dem Ablauf und fingen an, sich zu beschweren.

Zeus kam auf die Bühne, schaute nach links, dann nach rechts und brüllte einmal, um die Menge damit zum Schweigen zu bringen.

„Ja, er bleibt am Leben. Sein Chip ist nicht mehr in seinem Körper und somit ist er ein Abtrünniger, und ihr wisst, dass jeder Feind der Soldaten unser Freund ist." Die Menge stimmte ihm nach kleinen Absprachen zu. Ich zitterte Dank der ganzen nervenaufreibenden Aktion noch etwas. Dann drehte ich mich zu Nikolai um und sah, wie rührend er sich um den Verletzten kümmerte. Er hob Jaspers Arm über seinen Kopf und zog ihn hoch, um ihn stützen zu können. Dann trug er ihn die Bühne runter und in unsere Scheune hinein. Corvin kam sich zu mir, um zu sehen, wie es mir ging: „Alles in Ordnung, Junge? Du bist ziemlich bleich."

„Ja, ich, mir geht es gut. Danke der Nachfrage. Sag mal, was meintest du vorhin damit, dass etwas zwischen

Jasper und Nikolai läuft?"

Er sah mich verblüfft an: „Wie meinst du das? Das sieht man doch."

„Was sieht man doch?"

Nun sah er mich schon fast geschockt an: „Du siehst das nicht? Die beiden hegen Gefühle füreinander."

Ich war verwirrt: „Nikolai und Jasper? Kann nicht sein. Er ist doch gar nicht sein Typ. Und sonst passen sie auch nicht zusammen." **Oder doch?**

Corvin musste über meine Verwirrung schmunzeln. „Ach, Ryder", er klopfte mir auf die Schulter, „du musst noch viel über die Liebe lernen. Du suchst sie dir nicht aus. Sie sucht sich dich aus." Dann, als er an mir vorbei zurück zu seinem Bären gehen wollte, der ungeduldig wurde, beugte er sich noch kurz in meine Richtung und flüsterte: „So wie bei dir und der Soldatin. Da solltest du aber vorsichtiger sein. Sollte das ans Licht kommen, reicht ein einfaches Chip rausoperieren nicht aus. Ich hoffe, du bist dir der Sache bewusst."

Dann warf er mir einen warnenden Blick zu und ging. Leider war ich mir der Gefahr bis zu diesem Zeitpunkt nicht bewusst gewesen.

Ich ging zurück und fand Nikolai und Jasper auf den Paletten. Amanda hüpfte vor den beiden her, um Beachtung zu bekommen. Da sie aber ignoriert wurde, fing sie nun an zu bellen und Nikolais Bein zu

zerkratzen. „Amanda, verdammt, verschwinde hier!",
sagte er genervt und hob den kleinen Panda an. Das
hörte sie nicht gerne und spuckte ihm ins Gesicht.
Nikolai ließ sie fallen und sie lief zeternd aus der Halle.
Ich setzte mich neben Nikolai und half ihm, den Knoten
aus der Augenbinde des Soldaten zu entfernen. Als wir
es geschafft hatten, sah ich die beiden prüfend an: „So,
also du und Jasper. Wird aus euch noch ein Paar?"
Beide sahen mich schweigend an und liefen rot an.
„Also, ja." **Süß.**

Heather

Ich wartete immer noch darauf, dass John endlich aus
seinem Zimmer kam. Als ich den Kopf drehte, spürte
ich plötzlich eine nasse Zunge an der einen Seite
meines Gesichts. Ich erschrak und drehte mich panisch
um. Hades stand vor mir und sah mich erwartungsvoll
an. Wahrscheinlich wollte er mir noch die andere
Gesichtshälfte ablecken. Ich drückte das Tier von mir
weg und stand auf. Da sein Wolf frei herum lief, hieß
das vielleicht, dass Michael auch wieder unterwegs
war. Ich ging im Schnellschritt zu Mathildas Zimmer
und riss die Tür auf: „Mathilda? Wo bist du?"
„Hier", sie stand hinter mir.

„Mathilda, wo warst du? Wie geht es dir? Alles in Ordnung?", ich ging auf sie zu, packte sie an den Armen und drehte sie ein paarmal um zu sehen, ob sie irgendwelche Verletzungen hatte.

„Es geht mir gut. Er hat mir nur die Meinung gegeigt." Dann ging sie an mir vorbei in ihr Zimmer und setzte sich auf ein Bett, mit dem Gesicht in meine Richtung: „Es sind Informationen, die eigentlich niemand wissen sollte. Nicht mal unsere eigenen Leute. Doch Jasper hat die Warnungen ignoriert."

„Du scheinst sehr an ihm zu hängen. Wie kommt das?" Sie sah auf den Boden: „Er war mein bester Freund und fast wie ein Bruder für mich."

Bevor ich sie weiter ausfragen konnte, drängte sich Grace an mir vorbei und lief auf ihre Besitzerin zu. Sie sprang auf das Bett und schmiegte sich an sie. „Hey, na, wie geht's dir?"

„Bei dem Gedanken, dass dieses Vieh mit *meinem* John zusammen ist? Nicht gut!" ,erwiderte die Katze gereizt.

„Er gehört nicht dir."

„Das denkst du."

„Im Gegensatz zu dir kann ich es."

Ich beschloss, die beiden allein zu lassen und mich auf den Weg zu Graces Objekt der Begierde zu begeben. Auf dem Weg kamen mir Michael und Sam entgegen. Ich beachtete die beiden nicht weiter, was sie nicht groß zu stören schien. Als wir auf einer Höhe waren, warf ich Michael einen bösen Blick zu. Da erkannte ich, dass seine Fingerknöchel bluteten. Er schien sich an etwas geschnitten zu haben. **Aber woran nur?** Ich sah ihm in die Augen. Glücklich sah er nicht aus. Aber ich hatte keine Gelegenheit weiter darüber nachzudenken, da ich nun über Cerberus stolperte, der es nicht für nötig hielt, mir aus dem Weg zu gehen. Sam sah mich nur mürrisch an und Hades lief über mich hinweg, als würde ihm kein Hindernis im Weg sein. Ich verstand nun Silents radikalen Schritt, die Wölfe auf das Dach zu setzten, damit sie aus dem Weg waren. Ich stand auf, klopfte mir Klamotten ab und setzte meinen Weg zu John fort. Als ich am Zimmer ankam, standen er und seine Katze davor und warteten ungeduldig auf mich.

„Wo warst du? Ging das nicht schneller?"

„Es tut mir leid, dass ich noch bei Mathilda war, um mich zu verabschieden."

„Das hoffe ich für dich!"

Warum ist er noch mal in meinem Team?

Jumper sah mich wütend an, aber ich hatte keine Ahnung warum, da ich ihr diesmal nichts getan hatte. Dann senkte sie den Kopf, schärfte den Blick und fing an zu fauchen. Ich drehte mich um, um den Grund für ihr Verhalten zu erfahren. Und dieser gefiel mir ausgesprochen gut.

„Na, wollt ihr schon gehen?", Mathilda hatte wieder ihr lächeln aufgesetzt und grinste uns an.

„Ja. Wir konnten endlich jemanden anfunken", John klang genervt, „ein Helikopter holt uns ab."

„Ein Heli? Dann müsst ihr vor dem Stützpunkt warten. Fremde Transportfahrzeuge, unabhängig von Land oder Luft, haben hier keine Park- beziehungsweise Landeerlaubnis."

Es klang so einstudiert, als hätte sie einen Zettel in ihrem Zimmer hängen und würde ihn täglich üben.

„Das ist mir bewusst. Also tu uns einen Gefallen, nimm einfach deinen dreckigen Geparden und verschwinde!"

„Was hast du grade über Grace gesagt?", das Lächeln war verschwunden. Stattdessen setzte sie einen zornigen Blick auf.

Jumper, der das gar nicht gefiel, fauchte Mathilda an und fuhr zur Warnung ihre Krallen aus.

„Wage es nicht, du nichtsnutziger Bettvorleger!", zischte Grace den Karakal an.

Mathilda stellte sich mit dem Rücken zur Wand, da sie wohl wusste, was gleich passieren würde. Ich tat es ihr gleich. Jumper bäumten sich auf, um größer zu wirken, wobei Grace in diesem Punkt klar im Vorteil war. John stellte sich an die andere Wand und wartete, wie wir, auf das, was noch kommen würde.

„Hör zu, Zwerg. Du hast doch keine Chance", lachte

198

Grace. Jumper ließ sich das nicht gefallen und sprang auf ihre Feindin zu. Sie versuchte ihr in die Schulter zu beißen, doch Grace wich geschickt aus. Danach drehte sie sich ein Stück, und holte aus … Der Schlag hinterließ keine äußerlichen Schäden, brachte den Karakal aber zu Boden und ließ ihn nicht mehr so schnell aufstehen. „Jumper!", John eilte zu ihr und hob sie hoch, um ihr auf die Beine zu helfen. „Ist alles in Ordnung?", er sah seine Gefährtin besorgt an und stellte sie auf die Beine, doch sie sackte wieder zusammen. **Jumper liegt am Boden!** Ich konnte mein Glück nicht fassen. Grace sah sehr begeistert aus und leckte sich siegreich die Pfote, die ihre neue Erzfeindin zu Fall gebracht hatte. Jumper schaffte es dann, auf die Beine zu kommen, was mir die Stimmung versaute, machte dann aber etwas, was mit nahezu das Jahr rettete. Sie würgte und spuckte einen Backenzahn raus. Ich versuchte, so ruhig wie möglich zu wirken, damit ich nicht anfing, zu jubeln. Von draußen hörte ich Helikopter.

„Komm, John!", ich lief schnell an ihm vorbei und trat seiner Katze dabei ganz versehentlich auf die Pfote, was sie wimmern ließ.

„Jumper, ist alles gut? Ach, ich habe Metallsohlen? Mein Fehler." Mein aufgesetztes Verhalten brachte Grace und Mathilda zum Kichern.

John sah mich feindselig an, nahm seine Katze und trug sie vor den Stützpunkt, wo die beiden von unseren Soldaten empfangen und auch medizinisch behandelt wurden. Als ich mit meiner neuen Freundin und ihrer tollen Katze dort ankam, umarmten wir uns noch zum Abschied und ich stieg gemeinsam mit Silent in den Hubschrauber, um nach Hause zu kommen.

Ein

Hauch

Magie

Ryder

Es wurden erneut Trupps losgeschickt, um nach
Vorräten und Ressourcen zu suchen. Diesmal durfte ich
mitfahren, begleitet von Jasper und Darkness, die nun,
wie Zeus es ihr beigebracht hatte, großen Gefallen
daran fand, unsere Hunde durch die Gegend zu
scheuchen. Vor allem was die Kindererziehung
hinsichtlich Sunny anging, behielt sie Tiberius im Auge,
um zu schauen, ob alles mit rechten Dingen zuging.
Dem Hund gefiel das gar nicht, zumal er auf der Fahrt
mit dem Panther auf der Rückbank sitzen musste. Er
versuchte, sich in die äußerste Ecke zu drängen und
sich kleinzumachen, um nicht mit einer falschen
Bewegung den Zorn des Panthers auf sich zu ziehen.
Deimos nahm es im Gegensatz dazu gelassener und
döste auf seinem Platz. Aber auch er wahrte einen
gewissen Sicherheitsabstand zu Darkness, um sie nicht
unnötig zu reizen. Sie saß zwischen den Hunden, um
jegliche Kommunikation, hinsichtlich einer Flucht vor
ihr oder einer Verteidigung gegen sie zu unterbinden.
Aber auch, weil sie sich somit die Decke, die in der
Mitte der Rückbank lag, gesichert hatte. Ich warf einen
Blick in den Rückspiegel, um zu sehen, ob mit den
Tieren alles in Ordnung war, und sah dann wieder auf
die staubige Straße. Es war ungewohnt, ohne Nikolai

im Wagen zu fahren, da er als Fahrer mit Jasper, Zeus und Corvin in einem Fahrzeug fuhr, während ich mit den Tieren in einem anderen Wagen saß. Ihr Jeep fuhr direkt vor meinem, doch durch den Staub, der aufgewirbelt wurde, konnte ich nur die Umrisse des Autos erkennen. Das Fahrzeug vor mir wurde langsamer, reihte sich neben mir ein und kurbelte ein Fenster runter: „Wie lange brauchen wir noch? Corvin redet immer noch nicht."

Ich sah auf die trostlose Landschaft. „Ich bin nicht sicher," rief ich zu Nikolai rüber, „ich kenne das Ziel selber nicht."

Nikolai nickte mir seufzend zu, lehnte sich zurück in den Wagen und teilte Jasper alles mit. Der Soldat schien ebenfalls nicht begeistert zu sein. Dann beschleunigte Nikolai, bis mein Wagen wieder hinter seinem fuhr.

Als Corvin zu uns kam, meinte er, wir sollen unsere Sachen packen, da wir auf eine Mission müssen. Auf unsere Fragen hatte er nicht geantwortet, sondern uns, wie jedes Mal, gehetzt, damit wir schnell aufbrechen konnten. Als Erstes mussten wir Jasper neue Klamotten besorgen. Zum Glück fanden wir in einem Container alte Sachen in seiner Größe, was unsere Suche rasch beendete.

Als wir in unseren Abschnitt der Scheune

zurückkehrten, waren dort, wie immer, viele Menschen, die ihren Tätigkeiten nachgingen. Sie reparierten Waffen, kochten Essen oder flickten ein paar der Kleider. Sie redeten munter miteinander, sodass man in dem Stimmengewirr keine einzelnen Gespräche verstand. Jasper fing an sich auszuziehen, bis er in seiner grauen Boxershorts vor uns stand. Plötzlich hörte man nur noch die Stimmen der Männer, da die Frauen etwas Aufregenderes gefunden hatten, dass ihre volle Aufmerksamkeit forderte. Ich wusste, dass Soldaten gut trainiert sein mussten, aber das grenzte schon an eine Unverschämtheit. Er hatte einen Körper, der einige der Mädels zum Quietschen brachten. Aufgrund des sinkenden Lautstärkepegels hinter ihm ging ich davon aus, dass selbst seine Rückseite gut aussehen musste. Ich versuchte, einige der Blicke zu verfolgen, und erkannte, dass sie in Gesäßhöhe hängenblieben.

„Jasper? Ist das dahinten Darkness?", nun war ich neugierig geworden und wollte auch den Rest von ihm sehen. Er sah mich an und drehte sich um, wobei eine Welle des Kreischens durch die Menge ging. Selbst von hinten war er ein Adonis. **Mistkerl.** „Hier!", als er sich wieder zu mir drehte, warf ich ihm entnervt seine Kleidung entgegen und wollte, dass er sich so schnell wie möglich anzog. Nikolai war erstaunlich ruhig geblieben, sodass ich nun zu ihm rüber schielte, um zu sehen, wie er darüber dachte. Doch er stand nicht mehr neben mir. Ich war so mit seinem Freund und dessen Körper beschäftigt gewesen, dass ich nicht bemerkt hatte, wie er gegangen war. Er war auf der Suche nach Sunny, um sie Sebastian und Connor zu geben, damit sie auf die Kleine aufpassten. Jasper tippte mir auf die Schulter und deutete nach draußen, als wollte er sagen, dass man auf uns wartete. Da ich mir nichts anmerken lassen wollte, brachte ich nur ein klägliches Lächeln hervor und begleitete ihn. Bevor wir rausgingen, stoppte ich und drehte mich den Mädchen zu, die noch damit beschäftigt waren, sich Luft zuzuwedeln: „Sorry, Ladys, aber der hier ist leider vergeben."

Das enttäuschte Stöhnen der Menge schwirrte mir noch im Kopf herum. Ich musste darüber grinsen, wurde dann von dem holprigen Untergrund unterbrochen, da wir anstatt auf Sand und Dreck nun auf einer Straße aus Pflastersteinen fuhren. Sogar der ganze Staub war weg. Am Ende der Straße stand ein einzelnes Gebäude. Ich schaute mich um. Es standen weit und breit keine anderen Häuser.

Nikolai gab mit einem Hupsignal das Zeichen zum Anhalten und wir stoppten vor dem großen Gebäude. Es sah aus wie eine Kirche mit zwei Türmen. Große, halbovale Fenster zierten die Vorderseite des Bauwerks, in das man nicht hineinsehen konnte, da die Vorhänge hinter den Scheiben zugezogen waren. Ich hatte damals mit meiner Familie viele schöne Kirchen auf Ausflügen besucht, aber so eine hatte ich noch nie gesehen. Ihre Farbe war ungewöhnlich, da eine Seite des Gebäudes heller zu sein schien, als die andere. Ich sah genauer hin. Die Kirche war grau, wobei eine Seite tatsächlich dunkelgrau war. **Warum ist eine Seite heller als die andere?**

An sich war es ein sehr schönes, altes Gebäude vor dem Geschütztürme standen. **Moment, Geschütztürme?** Ich kramte mein Fernglas hervor, um zu überprüfen, ob sich dort Menschen befanden. Ich suchte alles ab, fand jedoch keine. Dann stieg ich aus dem Jeep aus und öffnete die hinteren Türen, damit die Tiere aus dem Wagen springen konnten, doch sie blieben auf ihren Plätzen sitzen. Ich sah zu Nikolais Wagen rüber und ging zu ihm. Zum Glück konnte ich Corvin abfangen, der damit beschäftigt war, die Sicherheitsgurte von Zeus zu lösen.

„Was wollen wir hier?", fragte ich ihn.

„Essen", er nahm sein Gewehr aus dem Fahrzeug.

Essen mit Waffen? Alte Menschen und ihre Macken.

„Was meint er mit *Essen*?", Nikolai und Jasper waren ausgestiegen und gesellten sich zu mir. Zeus stieg aus dem Wagen, wobei sich das Fahrzeug stark zu seiner Seite neigte und ruckartig wieder hochschnellte, als der Bär fest auf dem Boden stand. Er schüttelte sich und ging langsam zu seinem Besitzer. Corvin stand vor den großen Toren, hämmerte dagegen und rief dabei etwas auf Russisch. Es schien, als wartete er auf eine Antwort. Ich verstand kein Wort. Nikolai und Jasper hingegen hörten gespannt hin. Schließlich öffneten sich die Tore und eine ältere Dame trat heraus. Sie begrüßte ihn freundlich mit einer Umarmung, als würden sie sich seit langem kennen. Er drehte sich zu uns um und winkte uns zu sich. Die Hunde spitzten ihre Ohren und sprangen aus dem Wagen. Sie liefen strikt an uns vorbei auf die alte Dame zu, um an ihr zu schnuppern. Darkness stieg aus dem Auto und schritt langsam zu dem Bären, welcher sie mit einem Schnauben begrüßte und ihr daraufhin den Rücken zudrehte. Dann setzten sie und Zeus sich in Bewegung und gingen, wie die Hunde, an uns vorbei zu Corvin. Ich drehte mich noch einmal um und sah in die Wüste hinter uns. **Warum steht ein so schönes Gebäude mitten im Nichts?**

Heather

Als der Helikopter auf dem Landeplatz aufsetzte, sprang John auf und nahm Jumper auf den Arm, bevor wir die richtige Landeposition erreicht hatten. Als wir fest auf dem Boden standen, sprintete er als Erster raus. Er lief dabei so schnell an mir vorbei, dass er mich aus dem Weg schubste und zurück auf meinen Platz warf. Ich sah ihm verärgert nach. **Als ob das Tier daran sterben würde.** Nachdem ich erneut aufgestanden war, ging ich zu meinem Zimmer und begegnete dabei Tank. „Na, mein Kleiner", ich begann ihn zu streicheln und mit ihm zu schmusen, bevor er mich bemerkt hatte. Er leckte mir freudig über die Wange. „Schnurzelchen, da bist du ja wieder. Wo wart ihr so lange?" Ich war dabei, mein Gesicht in der Mähne des Löwen zu versenken, als mein Vater mich ansprach. Ich hielt den Kopf des Tieres fest und drehte meinen ein Stück, um mich besser unterhalten und gleichzeitig mit Tank kuscheln zu können: „Wir wurden von zwei Soldaten zu ihrem Stützpunkt gebracht und blieben dort für eine Nacht, da es zu spät war, um nach Hause zu kommen."

Er stutzte: „Soldaten? Wie alt waren die denn? Und wo genau hast du da die Nacht verbracht?"

Mir wurde klar, was ich mit der maskulinen Wortform

angerichtet hatte: „Sagte ich *Soldaten*? Ich meinte natürlich *Soldatinnen*. *Soldat* ist so verallgemeinert."

Er nickte, aber nicht, weil er mir zustimmte. Er kam auf mich zu, gab mir einen kleinen Kuss auf die Stirn und ging dann er weiter. Ich blieb noch bei Tank und kraulte ihn.

Später am Tag spazierte ich über den Stützpunkt und dachte über alles noch einmal in Ruhe nach. Der Soldat auf dem Tonbandgerät sprach von etwas Bösem. **War vielleicht das Tier in Australien gemeint? Und was war das in der toten Zone?** Ich seufzte. Ich ging weiter, doch dann fiel mir etwas auf. **Der Wolf ist in der schwarzen Zone. Das andere Wesen ist in der toten Zone. Gibt es vielleicht noch mehr Zonen, in denen solche Tiere leben?** Ich brach meinen kleinen Rundgang ab und ging zu meinem Zimmer.

Dort räumte ich den Schreibtisch frei und suchte eine alte Tastatur raus, die ich seit langem nicht mehr benutzt hatte. An der Wandseite des Tisches standen senkrecht zwei Streben, zwischen denen sich ein Bildschirm aufbaute, als ich auf eine Taste drückte.

Ich durchsuchte die Informationen über die Zonen und fand tatsächlich noch ein paar davon.

In Russland gab es die *weiße Zone*.

In Grönland stand die *blaue Zone*,

und in Südafrika war die *rote Zone*.

Ich überlegte. **Was lebt in den anderen Zonen? Und wie sind sie dorthin gekommen?**

Nach weiteren Recherchen landete ich bei den Geschichtsdokumenten. Doch ich fand nur Informationen zu der Erbauung unseres Stützpunktes, Auszeichnungen für Soldaten und wie sich unsere Waffen im Laufe der Zeit verändert hatten. Ich seufzte, doch dann fiel mir etwas ein. Ich wusste, dass mir vor einigen Jahren ein Passwort geben wurde, welches nur die Hohen Ränge des Militärs verwenden durften, da es einige Sache gab, die der normale Soldat nicht wissen durfte. Ich suchte nach einer Möglichkeit, um mich mit dem Passwort einzuloggen und es klappte, doch nun sah alles anders aus. Selbst die Farbe der Seiten und die Anordnung der Dateien waren verändert. Ich setzte meine Suche fort. Ich öffnete ein paar Dateien, schloss sie wieder und suchte Neue, bis ich auf einen Artikel stieß:

„Nach längeren Versuchen gelang es nun den Bioingenieuren und Wissenschaftlern des Forschungsinstituts *Cold Rain*, eine Formel für ein schnelles Wachstum zu entwickeln, mit der nicht nur die Größe, sondern auch die Schnelligkeit der Tiere verbessert wird. Das Serum wurde dank einiger Laborversuche für unbedenklich erklärt und wird demnächst an einigen ausgewählten Tieren, darunter einem Wolf, getestet und in speziell dafür eingerichteten Trainingsräumen beobachtet, in denen verschiedene Lebensräume simuliert werden, um die Anpassungsfähigkeit zu erhöhen."

Darunter war das Bild des Wolfes zu sehen. Er sah genauso aus wie das Tier in Australien, bis auf die erschreckende Größe. Danach setzte sich der Artikel fort.

„Um eine bessere Jagdrate zu erzielen, wird das Erbgut der Tiere so verändert, dass auch ihr Nachwuchs alle Eigenschaften übernehmen wird."

Moment, Nachwuchs? Das war bestimmt der kleine Welpe!

„Neben dem auf dem Bild gezeigten Wolf werden außerdem noch ein Fischadler, ein Eisbär und ein Rudel Löwen damit versorgt."

Versorgt? Schönes Wort für infiziert.

Ich scrollte weiter runter, doch der Artikel handelte nur noch darüber, dass die Tiere ach so fein behandelt wurden.

Ich verstand nichts mehr. Wenn die Tiere dazu dienen sollten, unsere Feinde zu vernichten, warum hatte ich dann noch nie etwas darüber gehört? Und warum waren sie nicht mehr in den Laboren? Ich scrollte immer weiter, bis ich einen Artikel fand, der mir all meine Fragen beantworten sollte.

Nur wenige Wochen nachdem alle Tiere mit diesem Serum „versorgt" wurden, brach ein Feuer in den Laboren aus und die Tiere drehten durch. Sie wurden später, zum Schutz der Soldaten, in den verschiedenen Zonen ausgesetzt, damit sie keinen mehr gefährden konnten. Ich lehnte mich in meinem Stuhl zurück und überflog den Artikel noch einmal.

Irgendetwas stimmt hier nicht.

Ryder

Die alte Dame führte uns durch die verschiedenen Etagen. Es erinnerte alles an ein Museum. Von außen wirkte es verlassen, doch im Inneren des Gebäudes herrschte reges Treiben. Überall liefen Menschen herum, die damit beschäftigt waren, entweder alte Relikte abzustauben oder Gemälde zu restaurieren. Zu jedem der Artefakte sagte sie etwas. Aber da es wieder auf Russisch war, verstand ich kein Wort, sondern zog nur eine interessierte Miene, um nicht unhöflich zu wirken. Auch lief ich ein Stück hinter der Truppe, da es mir unangenehm war, dass ich rein gar nichts von den Beschreibungen der Kunstwerke und Sammlerstücken verstand. Ich versuchte, mir bekannte Wörter herauszufiltern und sie den entsprechenden Sachen zuzuordnen.

Als Letztes kamen wir in einen Raum mit alten Möbeln, die wieder neu zusammengebaut und mit Öl bestrichen wurden. Ich tippte Nikolai auf die Schulter, da die Dame wahrscheinlich etwas zu dem Prozess sagte, und flüsterte ihm zu: „Sag mal, warum bestreichen sie die Möbel mit Öl?" Er drehte den Kopf leicht in meine Richtung, da er sich nicht komplett abwenden wollte, und flüsterte zurück: „Das ist Leinöl. Das benutzen sie, um die Möbel zu versiegeln." Ich nickte mit einem aufgeklärten „Aha" und sah ihnen dann weiterhin zu, wie sie arbeiteten. Die alte Dame klatsche in die Hände. Wir sahen sie aufmerksam an.

Sie hatte etwas Freundliches und Warmes an sich. Ihre ergrauten Haare deuteten darauf hin, dass sie schon älter war, doch sie hatte, wie Corvin, nur wenige Falten. Sie trug einen roten Lippenstift und einen hellen blau-grauen Lidschatten, wodurch ihre blauen Augen besser zur Geltung kamen. Ihre Kleidung war schlicht grau und bestand aus einer Jacke, einem langen Rock und flachen Schuhen.

Ihre Worte waren an uns als Gruppe gerichtet, doch ich verstand wieder kein Wort. Die Frau lächelte Corvin warm an. Er, Nikolai und Jasper hoben die Hand. Ich tippte Nikolai erneut auf die Schulter: „Was hat sie gesagt?"

„Sie heißt uns willkommen und hat gefragt, wer Hunger hat."

„Kann sie auch, ähm, na ja, in unserer Sprache sprechen?"

Corvin sah verärgert zu uns herüber. Dann sah er zu der Dame und bat sie darum, nicht mehr russisch zu sprechen, da es einige nicht verstehen würden. Sie räusperte sich: „Natürlich. Ich möchte doch nur das Beste für unsere Gäste." Sie sah in meinen Augen die Dankbarkeit, da ich nun die Chance bekam, mitreden zu können.

„Nun kommt meine Lieben, dass Essen ist fast fertig. Setzt euch doch bitte an den Tisch." Obwohl sie einen starken Akzent hatte, verstand ich sie ohne Probleme. Der Tisch war ebenfalls eine Antiquität, verziert mit kleinen Gravuren an den Beinen.

Wir setzten uns in Zweierpaaren, Nikolai und Jasper sowie Corvin und ich, gegenüber.

„Wieso sprichst du Depp kein Russisch?"

Ich sah meinen Sitznachbarn entrüstet an: „Was?"

„Wie lange lebst du schon bei uns? Und, kannst du Russisch? Nein. Und warum nicht?"

„Ich kann diese Sprache!"

„Ein paar Wörter! Mehr auch nicht!"

Ich starrte stur zu Nikolai rüber und verschränkte die Arme. Corvin tippte gegen meinen Arm und deutet rüber: „Siehst du den Soldaten da? Selbst der kann diese Sprache."

Ich verkniff mir meine Antwort und nahm Jasper in den Fokus. Er stützte sein Gesicht auf seine Hand und lächelte Nikolai leicht an, welcher das Lächeln erwiderte und ihm spielerisch gegen den Arm tippte.

Das mit Jasper ist eine heikle Sache. Er ist zwar ein ehemaliger Soldat, doch in den Augen einiger von uns gehört er immer noch zum Feind. Sie geben es nicht offen zu oder zeigen es, aber ihre Blicke sprechen für sich. Ich wurde von Darkness aus den Gedanken gerissen, die auf den Tisch gesprungen war. Die gesamte Führung über waren die Tiere an einzelnen Stationen stehen geblieben, da sie entweder ermüdeten oder den Geruch interessant fanden. So verloren wir eins nach dem anderen von ihnen, bis wir schließlich nur noch eine Fünfergruppe gewesen waren. Nun stießen auch die anderen Tiere zu uns und machten es sich, sehr zum Leidwesen der Schreiner und Polsterer, die gerade damit beschäftigt waren, die alten Möbel wieder auf Hochglanz zu bringen, auf den Antiquitäten bequem. Zeus machte sich auf einem Sofa breit, welches unter seinem Gewicht stark einsackte. Die Hunde wiederum waren dreister und hüpften auf die frisch lackierten Stühle. Wo gerade noch Stille herrschte, hörte man nun lautes russisches Fluchen.

„Deimos, Tiberius, hierher!", ich versuchte, die Hunde davor zu bewahren, noch größeren Schaden anzurichten, da sie anfingen, auf den Stühlen herumzukauen. Sie hörten auf mich und liefen auf uns zu, wobei sie es Darkness gleichtaten und auch auf den Tisch sprangen. „Verdammt, kommt da runter!", Nikolai half mir die Tiere runterzuziehen, bevor die alte Dame wiederkam und mit ein paar Leuten im Schlepptau, das Essen brachte. Sie setzte sich neben Corvin und gab ihrem Gefolge die Anweisung, die Speisen auf den Tisch zu stellen und wieder zu gehen. Ich sah mir die Gerichte an. Sie tischte ein ganzes Buffet auf, mit allen möglichen Speisen, die ich so zuvor noch nie gesehen hatte. Auch die Tiere bekamen Fleisch in Schüsseln vorgesetzt, die auf den Boden gestellt wurden, um sie von dem Tisch fernzuhalten. Als alles bereitstand, schlug sich die Dame mit der Handfläche auf die Stirn, als hätte sie etwas Wichtiges vergessen: „Wie dumm und unhöflich von mir. Darf ich mich noch schnell vorstellen? Ljudmila Moskovitz. Sehr erfreut euch kennenzulernen. Mein Sohn Corvin hat mir schon so viel von euch erzählt. Ihr scheint ja richtig dicke Freunde zu sein. Stimmt's, mein kleiner Bär?" Wir anderen fingen an zu kichern.

„Und nun, guten Appetit", sie lächelte in die Runde und deutete auf die Gerichte.

Heather

Ich lag auf einer Bank vor dem Wohngebäude, um unsere künstliche Sonne zu genießen, als Silent neben mir landete und mich mit einem Tritt runterkickte.

„Was willst du?", ich stand auf und klopfte mir genervt den Staub von meinem Kleid. Der Adler sah mich an und kreischte, bevor er sich auf die Bank setzte und sie somit einnahm.

„Wirklich? Dafür bringst du mich halb um?"

Sein Blick war seine Antwort, und die war ein eindeutiges „Ja!".

„Hör zu, du Daunendecke."

Er horchte auf und schrie erneut. Diesmal aber aggressiver als zuvor.

„Ich will in die Stadt!"

Silent sah mich verwundert an.

„Ich will das Foto!"

Er schüttelte kurz den Kopf, bevor er abheben wollte.

„Warte! Für dich springt auch etwas raus. Leckere, kleine Häppchen."

Es schien ihn nicht umzustimmen. Er breitete seine Flügel aus und wollte gerade abheben.

„Was ist los mit dir, du billige Imitation eines Putzgerätes? Sonst bist du immer scharf drauf!"

Das schien ihm noch weniger zu gefallen als die

Daunendecke, da er seine Flügel anlegte und mich anfauchte.

„Jumper würde gehen. Bist du etwa feiger als sie?"

Nun brannte ihm eine Sicherung durch. Er kreischte lauter und wütender als zuvor, hob ein Stück ab, packte mich an den Schultern und flog los.

Von oben konnte ich alles durch seine Sicht sehen. Es war der Horror. Alles war ein Brachland, in dem es keine Anzeichen von Leben gab. Nicht einmal Pflanzen waren zu sehen. Nur ein paar Wölfe, die herumstreunten und versuchten, etwas zu jagen. Ich versuchte, noch andere Tiere zu erkennen, doch dort waren keine. Was ich aber sehen konnte, war, dass sie plötzlich vor etwas zurückschreckten. „Silent, runter auf den Fels." Neben uns waren Felsen, auf denen er mich absetzte und sich duckte. Er schien, genau wie die Wölfe, vor etwas Angst zu haben. **Er reagiert genauso wie in der toten Zone.**

Sie knurrten und kläfften in eine Richtung, und es sah aus, als ob sie etwas angreifen wollten. Aber was es auch war, es war schneller. Eines der Tiere schlug plötzlich auf dem Boden auf und blieb zuckend dort liegen, als ob es jemand runterdrückte. Die anderen waren nun in heller Aufruhr. Sie kläfften lauter und versuchten das Wesen zu attackieren. Aber es gelang ihnen nicht. Da sie ihren Gegner nicht sehen konnten, wussten sie nicht, wo sie ihn angreifen sollten. Sobald sie dem am Boden liegenden Wolf zu nahe kamen, wurden sie weggeschleudert oder zur Seite gezerrt. Die Wölfe wurden immer panischer und aggressiver. Doch sie hatten keine Chance. Der Wolf am Boden wurde mit einem Ruck zur Seite gerissen und hörte schlagartig auf, sich zu bewegen. Was auch immer das war, es hatte einen der Wölfe ohne große Mühe getötet.

Entsetzt hielt ich mir die Hände vor den Mund. **Ist das vielleicht das Wesen aus der toten Zone? Aber wie kommt es so schnell hier er**? Mein Adler wurde immer nervöser und packte mich wieder an den Schultern, um weiterfliegen zu können.

Als wir wieder in der Luft waren, sah ich erneut zu den Wölfen, die sich um ihren toten Kameraden versammelt hatten und anfingen zu heulen. Sie durchbrachen mit ihrem Abschied die Stille, die um sie herrschte.

Auch als wir in der Stadt angekommen waren, hörte ich sie noch. Silent warf mich auf einem Auto ab und setzte in einigen Metern Entfernung selbst zur Landung an. „Ich will nur das Bild. Dann können wir wieder verschwinden. Verstanden?" Mein Vogel sah mich verständnislos an und fing dann wieder an, sich in aller Ruhe die Federn zu putzen. Ich sah nach oben zu den Gebäuden und drehte mich dabei langsam im Kreis, um das eine zu finden, in dem sich das Bild befand. Zeit wollte ich nicht verschwenden, da ich nicht wusste, ob dieses Biest in meine Richtung kam. Also stieg ich von dem Wagen und ging in eines der Hochhäuser, um mit viel Glück das Bild auf Anhieb zu finden. Als ich die Eingangstür öffnete, fiel sie aus ihren Angeln und krachte mit einem lauten Knall auf den harten Hausflurboden. Ich zuckte stark zusammen, verharrte in der Position und sah mich vorsichtig um. Aber bis auf das Echo und das leise Heulen der Wölfe war nichts zu hören. Ich sah kritisch in den Hausflur, da ich mich nicht daran erinnern konnte, dass die Tür so alt und verrostet war. Ich ging eine Tür weiter und konnte sie ohne großen Aufwand passieren, da sie bereits weg war. Ich sah skeptisch an der Hauswand entlang und entdeckte den Kratzer wieder.

Ich stieg das Treppenhaus Etage für Etage hoch und durchsuchte jede Wohnung, bis ich endlich das ersehnte rattenverseuchte Loch fand, in dem der große Schrank mit dem Foto stand. Ich öffnete die Türen und durchstöberte ihn, doch das Foto war weg. **Habe ich mich geirrt? Bin ich doch falsch?**

„Suchst du was?"

Ich drehte mich erschrocken um: „John! Was machst du denn hier?"

Er versuchte gar nicht erst, eine Erklärung zu finden, sondern holte das Bild aus seiner offenen Jacke raus.

„Gib es mir!", ich ging mit ausgestreckter Hand auf ihn zu und wollte es mir greifen, doch bevor ich überhaupt in seiner Nähe war, holte er ein Feuerzeug heraus und steckte das Foto in Brand.

„Nein!", ich versuchte es mir noch zu greifen und den Schaden zu beheben, doch es war zu spät. Fast die Hälfte war verkohlt, besonders die Seite mit meiner Mutter. Ich sackte mit Tränen in den Augen zu Boden und sah mir das Desaster an: „Warum hast du das getan?" Dann sprang ich wütend auf: „Wieso tust du mir das an? Was habe ich dir getan?"

Er sah mich verwundert an.

„Tu nicht so! Du weißt genau, wie ich das meine! Am Anfang war alles gut und dann? Du wurdest einfach immer dreister und mieser zu mir! Was zur Hölle ist dein Problem!? Erkläre es mir bitte! Und deine kleine scheiß Katze ist auch nicht besser! Sie ist ein richtiges Miststü..."

Er unterbrach meinen Satz, indem er mich packte, gegen eine Wand drückte und mir mit einer Hand die Kehle zudrückte: „Du hörst mir jetzt genau zu, Prinzessin. Es gibt Dinge und Sachen, die gehen dich gar nichts an."

„Und wie sie mich etwas angehen!", keuchte ich.

John drückte mir fester die Luft ab. Dann lehnte er sich näher an mich ran und flüsterte mir zu: „Und jetzt:

Halte dich aus allem raus. Verstanden?"

„Das werde ich nicht tun! Verstanden?"

Er schwieg, lehnte sich zurück und lächelte mich kalt an. Plötzlich spürte ich einen starken Schmerz in meinem Bauch und sah, als John den Arm wegnahm, an mir runter. Ein Messer steckte in meinem Körper. Ich sah ihn fassungslos an und griff mir an die Stelle, um zu fühlen, wie groß der Schaden war. Er drehte sich wortlos um und ging.

Ryder

Nach dem Essen wurden wir mit den Tieren rausgeschickt, während Corvin und seine Mutter sich zurückzogen, um etwas zu besprechen.

Wir warteten ungeduldig vor dem Gebäude und sahen uns die Umgebung an. Über uns auf den Geschütztürmen patrouillierten ständig Männer von Ljudmila. „Wozu brauchen die ihre Gewehre? Es ist weit und breit niemand zu sehen. Nicht einmal ein Tier." Nikolais Frage war berechtigt und bis auf einen ratlosen Blick in Richtung Türme, konnte ich ihm keine Antwort geben. Wir standen zu dritt nebeneinander auf dem Hof und sahen nach oben, um keinen der Leute aus den Augen zu lassen. Es waren zwar Verbündete der Mutter unseres Kameraden, dennoch war es ratsam, Menschen, die eine Kalaschnikow trugen, lieber nicht aus den Augen zu lassen. Jasper tippte mir auf die Schulter, dann tippte er sich mit dem Zeigefinger auf das Auge, zeigte in Richtung unserer Parkplätze und hob seine Schultern ein Stück nach oben. Ich drehte mich nicht in die gezeigte Richtung, sondern legte nur den Kopf in den Nacken und lehnte mich nach hinten, bis ich nah genug an Nikolai war: „Du, was will er sagen?"

Ohne auch nur einen Blick von den Wachen abzuwenden, antwortete er mir: „Wir dürfen die Jeeps nicht aus den Augen lassen."

Bereichert von dieser Antwort stellte ich mich wieder gerade hin und stimmte Jasper mit einem kurzen „Du hast recht", zu. Bevor ich mich wieder in meine Ausgangsposition drehte, schaute ich zu den Jeeps, um aufmerksam zu wirken, und merkte, dass wir einen schweren Übersetzungsfehler hatten.

Er sagte nicht:„Achtet auf die Autos." Er hatte gefragt: „Wo sind die Autos?" Als mir das bewusst wurde, packte ich Nikolai am Arm und drehte ihn hastig herum, damit auch er sich ein Bild von seiner überragenden Übersetzung machen konnte.

„Verdammt, Ryder, was soll das? Das tut ... wo sind die Jeeps?" Nun standen wir drei mit dem Rücken zu den

Wachen und suchten das Gelände nach den Fahrzeugen ab. „Was sucht ihr?" Ähnlich wie die Stimme von Ljudmila hatte auch diese einen schweren russischen Akzent. Ich drehte mich um, um den Mann ausfindig zu machen, dem sie gehörte, und sah, dass es keiner der bewaffneten Männer war.

„Wir suchen unsere Wagen", antwortete Nikolai.

„Ah, die. Wir haben sie in unsere Garage gebracht. Hier ist es zu unsicher. Zu viele Plünderer."

„Plünderer?"

„Ja, die sind hier ziemlich selten. Aber wir wollen doch nichts riskieren, oder?" Er grinste uns bedrohlich an und stutzte dann, als er sich Jasper näher ansah.

Er ging ein Stück auf unseren Freund zu, beugte sich zu ihm herunter und sah ihm in die Augen: „Du bist keiner von uns. Du bist ein Soldat. Oder warst zumindest mal einer. Was machst du hier?"

Nikolai sprang für den Stummen ein: „Er kann nicht reden."

„Wie meinst du das?"

„Er hat seine Stimme verloren."

„Ah, interessant." Er hob den Kopf des Exsoldaten und musterte ihn genauer: „So etwas wie dich jage ich eigentlich ab und zu gerne."

Da wurde es Nikolai zu bunt. Er packte den Arm des Mannes und zog ihn weg von seinem Freund.

225

„Wow, wow, was ist los, mein kleiner Russe? Ist doch alles gut. Jagt ihr keine?"

„Bitte?", in Nikolais Stimme lag Entrüstung und Wut. „So etwas würden wir nie machen! Was glaubst du eigentlich, wer du ..."

„Nikolai!"

Wir sahen zu dem Eingang des Gebäudes, aus dem Corvin und seine Mutter traten. Ljudmila sagte etwas auf Russisch zu dem Mann, welcher nun in ihre Richtung ging und sich hinter sie stellte.

„Ich muss mich entschuldigen für meinen Assistenten." Corvin nickte seiner Mutter zu, dann wandte er sich zu uns: „Wir haben alles besprochen. Holt die Jeeps, wir fahren wieder."

„Dein Ernst? Wir kommen nur hierher, um zu essen?" Ich war irritiert von seiner Vorgehensweise.

„Natürlich, Ryder. Das habe ich doch gesagt. Du, ich und Jasper fahren wieder zurück."

„Moment. Und Nikolai?"

„Der bleibt noch hier."

„Nein, warum? Er kommt wieder mit uns mit!", protestierte ich.

„Ryder, es ist das Beste für ihn. Hier kann er noch was lernen."

„Und was? Wie man Menschen umbringt? Bestimmt nicht! Nikolai, sag doch was!"

Corvin warf mir einen strengen Blick zu und schüttelte den Kopf.

Ljudmila sah an uns vorbei: „Tut ihnen nicht zu doll weh."

Ich sah sie irritiert an: „Was?"

Plötzlich spürte ich einen harten Schlag auf dem Hinterkopf und stürzte zu Boden. Das Letzte, was ich sah, war Nikolai, wie er von zwei Leuten zu Ljudmila und den anderen gezogen wurde, und alles, was ich noch hörte, war, wie er protestierte, und das aufgeregte Bellen der Hunde, bevor ich ganz das Bewusstsein verlor.

Als ich schlagartig die Augen aufschlug, sah ich den Himmel mit den Sternen, der sich mit mir bewegte. Ich lag auf der Rückbank in einem der Jeeps, der wieder zu unserem Camp fuhr.

„Na, wach?"

Ich sah verwirrt zur Seite und musste den Kopf heben, um Corvin zu erkennen: „Ja. Wo sind Jasper und Nikolai?"

„Jasper sitzt hier neben mir angeschnallt, und Nikolai, nun, er bleibt bei meiner Mutter."

„Aber warum?", ich legte den Kopf wieder hin, da ich starke Kopfschmerzen hatte und es mich anstrengte, ihn so lange oben zu halten.

„Das kann ich dir nicht sagen. Jetzt noch nicht."

„Aber, warum denn nicht? Warum hast du ihn da gelassen? Er … "

„Ryder! Jetzt nicht!"

Ich sah ihn erschrocken an. Ich schien wohl einen Nerv getroffen zu haben, also wechselte ich vorsichtshalber das Thema: „Wo sind die Tiere?"

„Die sind in dem Anhänger hinter uns", dann schwieg er.

Heather

Dieser verdammte John! Ich schleppte mich die Treppe runter und krallte mich dabei am Geländer fest, sodass ich mir jedes Mal, wenn ich die Hand löste und neu zugriff, ein paar kleine abgeblätterte Farbreste in die Hand stieß. Ich versuchte, mich so grade wie möglich zu halten, da das Messer immer noch in meinem Bauch steckte. Es wäre unklug gewesen, jetzt einen Blutverlust zu riskieren, mitten im Nirgendwo. Als ich am Hauseingang ankam, stolperte ich über die Türschwelle und fiel nach vorne. **Verdammte Scheiße!** Ich versuchte mich beim Fallen abzustützen, doch ich rutschte mit den Händen weg und rammte mir die Klinge nur noch tiefer in den Körper. Ich versuchte, mich fluchend mit den Ellenbogen und Knien

abzustützen und mich dabei hochzuraffen, schaffte es
aber nicht. Ich sah nach oben. Es war Nacht geworden.

Wie lange hatte ich für die Treppe gebraucht?

„Silent? Silent, wo bist du?", ich rief in die Dunkelheit,
doch bis auf meine Stimme, begleitet von dem Echo,
hörte ich nichts. Ich versuchte zu kriechen und mich
dabei auf die Geräusche in der Stadt zu konzentrieren.
Bis auf das gelegentliche Knarren der Häuser und das
leise Brechen der Scherben unter mir, hörte ich nichts.
Ich pausierte, um neue Kräfte zu sammeln, als ich
einen warmen Windzug an meinem Kopf spürte. Da ich
grade nach unten schaute, sah ich nicht, was sich vor
mir befand. Auf einmal stampfte eine Pfote vor mir auf
und ich hörte ein tiefes Knurren. Vorsichtig hob ich den
Kopf. Es standen Sechs große schwarze Wölfe vor mir,
die mich bedrohlich anknurrten. Sie sahen anders aus,
als die Tiere, die ich auf dem Weg hier er gesehen
hatte. „Lasst sie in Frieden!" Es war eine
Frauenstimme. Die Tiere wichen nach links und rechts
aus, während eine Wölfin mit schwarz-rotbraunem Fell
elegant durch den neugebildeten Gang auf mich
zuschritt. Ich hatte selten eine so schöne Fellfarbe
gesehen. Sie blieb direkt vor mir stehen und sah mich
an. Ihre Augen strahlten in einem tiefen Blau: „Sag, wie
geht es dir?"

Ich sah ihr wie gebannt in die Augen und versuchte

trotz der starken Schmerzen einen klaren Gedanken zu fassen :„Du kannst sprechen?"

Sie legte den Kopf schräg, als ob sie mir freundlich antworten wollte, aber diese Absicht verfolgte sie nicht: „Packt sie!" Ihre Wölfe stürzten sich auf mich, verbissen sich in meinen Armen und Beinen, bis ich mich nicht mehr bewegen konnte und drehten mich dabei auf den Rücken. Die Anführerin ging um meine Beine herum und stellte sich neben das Messer: „Okay, dass kann jetzt etwas wehtun."

„Was ... Warte!", noch bevor ich gegen ihre spontane Aktion protestieren konnte, packte sie den Griff des Messers mit ihrem Maul und riss es mit einer kräftigen Bewegung raus. Die anderen Tiere ließen mich augenblicklich fallen. Ich krampfte mich auf dem Boden zusammen, während sich die Wölfin den anderen zuwandte: „Bringt das Elixier."

Ich befürchtete, dass man mir wieder in die Gliedmaßen beißen würde, doch diesmal biss mir nur ein Wolf in die Schulter und zerrte mich erneut in die Rückenlage. Ein anderer Wolf brachte eine kleine Flasche mit einer dunkelroten Flüssigkeit. Die Wölfin nahm sie ins Maul, wobei der Wolf, der es ihr gebracht hatte, den Verschluss öffnete und die Flüssigkeit nun auf meine Wunde tropfte. Es brannte schrecklich und ich musste mich zusammenreißen, um nicht zu schreien. Doch nach wenigen Minuten waren die Wunde und der Schmerz verschwunden. Der Wolf, der mich festhielt, ließ von mir ab und ging, wie die anderen, zurück zu seiner Chefin und setzte sich.

„Was machst du alleine ohne dein Team hier draußen?"

Ich fasste vorsichtig an die frisch verheilte Stelle und sah erstaunt auf meine Hand, da dort nicht, wie erwartet, mein Blut klebte, sondern alles sauber war.

Ich setzte mich hin: „Was? Hast du was gesagt?"

Einer der anderen Wölfe sprang auf und knurrte laut in meine Richtung.

„Ich meine 'Sie'! Haben Sie etwas gesagt?"

„Ich habe dich gefragt, was du hier ohne dein Team machst. Shouta, sei bitte still."

Das Tier gehorchte und setzte sich, ohne einen weiteren Laut von sich zu geben, wieder hin.

„Ich habe etwas gesucht. Aber habe es nicht bekommen." Ich versuchte, so gut es mir möglich war, Augenkontakt zu vermeiden, da ich mir nicht wieder einen Fehltritt erlauben wollte.

„Sieh mir in die Augen, wenn du mit mir sprichst."

Ich zögerte, sah dann aber nach oben.

„Es muss etwas sehr Wichtiges gewesen sein, wenn du alleine herkommst, um es zu suchen."

„Ich bin nicht allein hier", ich sah ängstlich in die Reihe

und fügte schnell ein „Madame" hinzu.

„Nicht?", sie war verwundert. „Aber wo sind denn die anderen?"

„Na ja, es ist nur ein anderer. Mein Adler Silent. Habt ihr ihn gesehen?"

Die Tiere sahen sich gegenseitig an und bellten, als würden sie miteinander reden. Dann ergriff meine Gesprächspartnerin wieder das Wort: „Ja, wir haben ihn gesehen. Er drehte nicht weit von hier ein paar Runden. Er war wohl auf der Suche nach dir."

Wohl eher nach seinem Abendessen.

„Ach, wie unhöflich von mir. Mein Name ist Leila. Shouta kennst du ja schon. Den Rest stelle ich dir später vor. Und wie ist dein Name?"

„Heather, Madame. Heather Langford."

„Langford? Ich kenne diesen Namen."

Woher kennt diese Wölfin meinen Namen? Und kann sie wirklich sprechen, oder habe ich nur schon so viel Blut verloren, dass ich halluziniere? Ich stand auf, um einen besseren Überblick über alles zu bekommen und um meinen Adler in der Ferne erkennen zu können. Und tatsächlich, Silent flog gerade in unsere Richtung und setzte zur Landung an, als er die Tiere bemerkte und mich fragend ansah.

„Darf ich vorstellen? Das ist Leila mit ihrem Gefolge." Doch den Adler kümmerte es herzlich wenig, also fing er wieder an, sich zu putzen und mich wie immer dabei zu ignorieren. „Wirklich? Das ist alles?"

Er kreischte mich nur wieder genervt an und widmete sich dann abermals seinem Federkleid. Die Wölfin murmelte etwas und mein Vogel schüttelte sich kräftig. „Was soll der Mist? Kann man sich nicht einmal in Ruhe säubern?"

Mir stand der Mund offen. **Hat mein Adler gerade geredet?**

„Und du? Was guckst du so? Gott, bist du fett geworden. Dass du noch in dein Kleid passt, ist ein Weltwunder."

„Was redest du da? Ich hab abgenommen, du intelligenzresistenter Staubwedel!"

Er lachte kurz auf: „Vielleicht an Hirnmasse!"

Einer der Wölfe bellte laut und schon waren wir zwei still. Leila schüttelte nur ihren Kopf und setzte sich nun, wie die anderen, hin, um unseren wieder aufkeimenden Streit abzuwarten. Silent flog zu mir und setzte sich neben mich. **Ich hätte nie gedacht, dass ich mich noch schlimmer mit diesem Adler streiten könnte, aber mir wird gerade das Gegenteil bewiesen.**

„Gott, von nahem bist du ja noch hässlicher!"

„Schnauze, du behinderte Kopie eines Raubvogels!"

„Erstens habe ich einen Schnabel und zweitens, wenn

hier einer eine Kopie ist, dann du. Nämlich die eines traurigen Soldaten!"

„Ja, von mir aus, Schnabel!" Dann drehte ich mich zu Leila und schubste dabei den Adler ein Stück weg von mir: „Wieso kann er jetzt reden? Was hast du getan? Und wie lange hält das an?"

„Die Wirkung vergeht nach wenigen Stunden."

„Was heißt"wenige Stunden"?"

„Meistens vergeht die Wirkung nach zwei Stunden. Hin und wieder dauert es aber auch länger."

Na super.

Ryder

Als wir mitten in der Nacht bei uns ankamen, sprang mir Amanda ohne Vorwarnung auf die Brust und bellte.

„Amanda, sei leise!", ich hob sie von mir runter, klemmte sie unter den Arm, öffnete die Wagentür und stieg aus. Ich ging nach vorne, um Jasper wachzurütteln und ihm beim Aussteigen zu helfen. Er sah mich verwirrt und mit schmerzverzerrtem Gesicht an, da auch er noch die Wirkung des Schlags spürte. Dann sah er sich hastig um.

„Nikolai ist nicht hier. Sie haben ihn dabehalten."

Er zuckte mit den Schultern.

„Ich weiß nicht, warum. Aber komm, lass uns erst mal

schlafen gehen. Die Tiere können im Wagen bleiben." Er kraulte die kleine Pandadame hinter dem Ohr, was ihr gut gefiel, und folgte mir zu unseren Betten. Er sah sich die dürftigen Paletten an und legte sich ohne großen Widerstand darauf. Ich setzte Amanda ab und legte mich auch hin. **Was Nikolai jetzt wohl macht?** Ich sah besorgt nach draußen und schlief wenig später ein.

Am nächsten Morgen wurde ich von Amanda geweckt. Sie bellte mir rücksichtslos in mein Ohr, woraufhin ich vor Schreck von meinem Bett fiel. „Amanda, was soll das? Willst du, dass ich einen Herzinfarkt bekomme?" Ich lag neben den Paletten und hielt meinen Arm quer über meine Augen, um mich vor dem Sonnenlicht zu schützen. Sie sprang auf meinen Brustkorb, biss mir in den Arm und begann daran zu ziehen, um meine Augen freizulegen, doch ich schubste sie nur von mir runter. Kaum lag sie auf dem Boden, raffte sie sich auf, sprintete nach vorne und versuchte mir in die Wange zu beißen, aber auch hier machte ich ihr einen Strich durch die Rechnung und schubste sie erneut weg von mir. „Was willst du?", nun wurde ich wütend, da ich nicht nur müde, sondern auch vollgesabbert war. Aber sie hörte nicht auf damit. Ständig versuchte sie, mich zu zwicken oder anzuknabbern, bis ich endlich aufstand und sah, warum sie das tat. Der kleine Panda wollte mich nicht zum Frühstück verspeisen, sondern nur schnell aufwecken, um mich darauf aufmerksam zu machen, dass Jasper verschwunden war. Ich rieb mir vorsichtshalber die Augen, um ganz sicher zu gehen, dass ich mich nicht irrte, aber tatsächlich: Er war weg. Ich drehte mich um, um die Scheune nach ihm abzusuchen, aber hier war er nicht. Darkness und Deimos lagen vor dem Eingang und schliefen fest. **Aber wo ist Tiberius?** Ich schlich an den Tieren vorbei und suchte draußen weiter nach dem Exsoldaten.

Als ich aus dem Gebäude kam, war es plötzlich dunkel. Ich sah nach oben. Große, schwarze Wolken zogen am Himmel entlang, wobei sie anders aussahen als sonst. Dunkelrote Adern durchzogen sie. Verunsichert sah ich wieder nach unten. „Jasper? Jasper, wo bist du?"

Moment, rufe ich gerade nach einem Stummen? Nicht unbedingt eine meiner intelligenteren Aktionen. Ich lief über den Hof, doch auch hier stimmte etwas nicht. Um mich herum standen viele Menschen, doch niemand sagte ein Wort. Sobald ich mich ihnen nährte, lösten sie sich in einem schwarzen Nebel auf. **Was ist hier los?** Plötzlich hörte ich auch nicht mehr Amandas Bellen. „Amanda? Amanda, wo bist du? Komm schon, Kleine, gib Laut!" Aber sie antworte nicht. Ich lief immer weiter, doch hatte das Gefühl, mich nicht mehr vom Fleck zu bewegen. Der

Boden unter meinen Füßen begann plötzlich zu beben. Ich wurde panisch. Was passierte grade? Wo war Jasper? Es wurde dunkel um mich, so dunkel, dass ich nicht mal mehr die Hand vor Augen sah. Ich kramte nach einem Feuerzeug, fand aber keins. Plötzlich leuchtete vor mir eine kleine, helle Flamme auf. Ich sah mich vorsichtig um, da ich befürchtete, dass wieder etwas passiert war. Hinter der kleinen Flamme sah ich Jasper. Er stand nicht einmal fünf Meter von mir entfernt und lächelte mir zu. Ich wollte zu ihm, doch ich konnte mich nicht mehr bewegen: „Jasper, endlich hab ich dich gefunden! Wo warst du? Warum warst du plötzlich weg?"

Er fing an zu lachen und den Kopf zu schütteln. Er hob seine Hände, rieb sie aneinander, und ich sah, wie Blut an ihnen herunterlief.

„Wessen Blut ist das? Warum lachst du? Warte, du kannst lachen?"

„Das ist doch völlig egal, Ryder", er stand plötzlich neben mir und flüsterte mir ins Ohr: „Willst du wissen, wessen Blut das ist? Dann leck dran!" Er packte mit der blutigen Hand in mein Gesicht und wischte quer darüber. Ich versuchte, seinen Griff zu lösen, aber er war stärker.

„Und? Wie schmeckt das Blut deines Freundes? Wie konntest du nur denken, dass ich irgendetwas für

Nikolai übrig hätte? Ich bitte dich! Ich bin und bleibe ein Soldat. Warum sollte ich etwas mit einem dreckigen Widerstandskämpfer anfangen? Da macht es mir mehr Spaß, sie zu jagen. Genau wie deinen kleinen Freund. Oder auch deine Tiere", er hob Amanda mit der anderen Hand hoch und schüttelte sie. Doch sie bewegte sich nicht mehr. Die Wut stieg in mir auf, als ich ihren leblosen Körper sah und welche Freude es Jasper bereitete. Jetzt verstand ich auch das andere: Das war Nikolais Blut an seiner Hand!

„Hmmpf!"

„Bitte? Ich verstehe dich nicht richtig. Sprich doch bitte deutlicher", lachte er.

Ich versuchte, ihn wegzudrücken, doch ich konnte nicht.

„Komm schon, Ryder, bist du wirklich so schwach? Kein Wunder, dass du deinen kleinen Freund oder dieses Vieh hier nicht retten konntest."

Nun reichte es mir. Ich riss mich mit Gewalt aus meiner Starre und konnte so seinen Griff von mir lösen. Ich spuckte das Blut aus, das in meinen Mund geflossen war, und versuchte mir den Rest abzuwischen, wobei ich in die Knie ging.

„Und? Wie schmeckt das Versagen?"

„Ich weiß nicht, sag du es mir!", ich nutzte meine Haltung zu meinem Vorteil und schnellte nach vorne, um ihn mit einem Takle zu Boden zu werfen.

„Nichts für ihn übrig? Wie konntest du ihn nur so belügen?", schrie ich ihn an.

Er grinste mich wieder an: „Wach auf, Ryder, wir werden nie Freunde sein. Dazu ist zu viel passiert. Was hat dich nur so naiv werden lassen?"

„Wenigstens habe ich meine Stimme noch!" Ich spuckte ihm vor Wut das restliche Blut ins Gesicht: „Nikolai lebt noch! Verstanden? Du hast ihm nichts getan! Und wenn doch, dann schicke ich dich persönlich in die Hölle!"

Wieder grinste er nur und zog plötzlich eine Waffe, die er auf mich richtete, und drückte den Abzug.

Ich wachte mit einem lauten „Nein!" auf und erschreckte damit Amanda, die auf meiner Brust geschlafen hatte und schreiend in einem hohen Bogen von mir flog und auf dem Boden landete, auf dem sie noch ein paar Purzelbäume schlug. Sie raffte sich auf und meckerte mich scharf an, während sie hastig auf- und absprang, um ihrer Wut noch mehr Ausdruck zu verleihen. „Tut mir leid, meine Kleine." Bevor ich aufstehen konnte, um zu ihr zu gehen, wurde ich am Arm festgehalten. Ich drehte meinen Kopf und sah Jasper neben mir, der näher an mich ranrückte und mich besorgt ansah. Er formte mit Daumen und Zeigefinger einen Kreis und zuckte dabei mit den

Schultern. „Ob alles in Ordnung ist?" Dann kamen mir die Bilder aus meinem Albtraum wieder in den Kopf. Ich sah seine Hand an, die immer noch meinen Arm umklammerte, und wollte mir nichts anmerken lassen. Dann kramte er einen Zettel und einen Stift heraus, schrieb etwas auf und gab ihn mir.

Hattest du einen Albtraum?

Ich nickte nur.

Dann nahm er den Zettel zurück und schrieb weiter.

Ging es um Nikolai?

Ich sah ihn erstaunt an: „Woher weißt du das?"

Er nahm erneut den Zettel an sich und kritzelte etwas Neues darauf. *Ich bin ein guter Zuhörer.*

„Aber ich habe kaum mit dir gesprochen."

Er lächelte mich nur an und kratzte sich an der Nase. Dann nahm er einen neuen Zettel, da der alte vollgeschrieben war, und gab ihn mir wieder zum lesen, als er mit schreiben fertig war. *Ich merke mir die Sachen gut, die du allgemein sagst.*

„Du bist echt ein guter Zuhörer. War das auch früher auf deinem Stützpunkt so?"

Er schüttelte nur den Kopf und wandte sich ab.

„Oh, du willst nicht reden? Okay, ein anderes Mal." Ich stand auf, da er den Griff lockerte, und hob Amanda hoch, die immer noch sauer war und kraulte sie, um sie zu besänftigen.

Ob mein Traum etwas zu bedeuten hatte?

Heather

Die Nacht war vorüber und mein Adler konnte, sehr zu meinem Leidwesen, immer noch sprechen: „Du wolltest ja unbedingt hierher. Immer muss alles nach deinem Dickkopf gehen. Kannst du nicht einmal nachdenken?"

„Hör zu, du evolutionsbehinderte Spezies. Im Gegensatz zu dir habe ich ein Hirn. Warum, glaubst du, habe ich sonst einen Dickkopf? Schneid dir mal ne Scheibe ab, Flachschädel!"

Leila lag wenige Meter entfernt von uns an ihrem Platz und rieb sich entnervt die Schläfen: „Ich habe noch nie in meinem Leben zwei solche Streithähne gesehen. Wie haltet ihr das nur aus?"

Ich drehte mich in ihre Richtung und sah nun die Stimmung der anderen Tiere. Einige Lagen auf dem Boden und hielten sich mit ihren Pfoten die Ohren zu, andere wiederum drehten ihre kleinen Kreise stets um das Rudel, da wir sie mit unserer Streiterei wahnsinnig gemacht hatten. Der Rest, der noch seine Nerven behielt, saß als schaulustige Gruppe am Rand und sah uns erwartungsvoll an, da er den nächsten Streit schon wittern konnte.

„Flachschädel? Sag mir das noch einmal ins Gesicht!"

„In diese hässliche Fratze? Nein danke, das Abendessen soll noch drin bleiben!"

„Dir kann es nicht schaden, mal ein paar Pfunde zu verlieren!"

„Es reicht!" Wir sahen erschrocken in Richtung der Wölfin. Nun wurde Leila wütend und schnaubte schwer: „Wie kann man sich nur so lange streiten? Seit fünf verdammten Stunden ertragen wir das jetzt schon!"

Wow, sie wirkte Anfangs so ruhig, als wir sie kennenlernten. Haben wir sie nun wirklich so weit, dass sie wegen uns die Nerven verliert?

Leila atmete tief durch und begann mit uns zu sprechen: „Es tut mir leid. Ich wollte nicht so explodieren. Ich hoffe, ihr denkt jetzt nicht allzu schlecht von mir."

„Madame, das würden wir nie tun. Sie sind eine so außergewöhnlich schöne und anmutige Wölfin. Da kann man gar nicht schlecht denken."

Ich drehte meinen Kopf langsam in Silents Richtung.

So ein Schleimer!

Leila räusperte sich kurz und stand auf: „Danke, Silent, wirklich zu freundlich."

„Oh, gern geschehen", er richtete sich auf und

plusterte dabei seine Federn auf.

„Aber ich hoffe, Ihnen ist bewusst, dass Sie damit nicht weiterkommen. Egal wie viel Honig Sie mir ums Maul schmieren."

Ich kicherte bösartig. Das hatte dieser Mistvogel mehr als verdient. Er ließ seine Federn zusammenfallen und setzte sich hin. Leila sah sich um: „Ihr solltet jetzt gehen. Ihr werdet bestimmt schon vermisst."

„Warten Sie, Madame. Ich hab da noch eine Frage."

Ich ging in ihre Richtung, doch bevor ich ihr zu nahe kommen konnte, stellten sich mir zwei Wölfe in den Weg und knurrten mich an.

„Henry, Madox, beruhigt euch. Was gibt es denn, Heather?" Die Wölfe gingen zurück auf ihre Plätze, ohne einen weiteren Laut von sich zu geben und fixierten mich dabei.

„Ich habe da draußen ein paar Wölfe gesehen. Gestern, als mein Adler und ich hierherkamen. Sie wurden angegriffen. Das Tier schien unsichtbar zu sein."

„Unsichtbar? Bist du dir da sicher?"

„Ja bin ich."

„Meinst du nicht, du hast es dir nur eingebildet?"

Ich sah sie verdutzt an: „Nein, ich habe mir das nicht eingebildet. Da war wirklich etwas."

Sie sah zu den anderen Tieren, die mich nur skeptisch ansahen.

„Glaubt mir doch! Da war etwas! Silent hat es auch gesehen. Richtig?"

Doch bevor mein Adler antworten konnte, hustete er und konnte dann nur noch krächzen.

„Silent? Hast du deine Stimme verloren? Verdammt! Na ja, Gott sei Dank, jetzt muss ich mich nicht mehr mit dir rumplagen."

Der Adler warf mir einen finsteren Blick zu. Ich sah wieder zu den Wölfen. Doch die waren grade dabei aufzustehen und zu gehen.

„Wo wollt ihr hin?"

„Wir müssen weiter ziehen", antwortete Leila mir.

„Jetzt schon? Und das Monster?"

„Heather, es gibt kein Monster, das unsichtbar ist. Du hast dir das bestimmt nur eingebildet."

„Warte! Woher kennst du meinen Nachnamen?"

„Ich bin schon viel umher gereist. Da hört man mal den einen oder anderen Namen."

„Aber warum habe ich dich noch nie gesehen?"

„Es liegt wahrscheinlich daran, dass euren Stützpunkt meterhohe Wände aus Stahl und Beton umgeben."

„Woher weißt du das?"

Sie stockte mitten in ihrer Bewegung: „Wie ich schon sagte, wir sind schon viel herum gekommen." Dann drehte sie sich zu mir hin: „Wissen die Soldaten, dass du hier bist?"

„Nein, das wissen sie nicht."

„Dann solltest du schleunigst zurück. Du bist schon Stunden weg. Deine Mutter macht sich bestimmt Sorgen."

„Ich habe keine Mutter mehr."

Sie sah mich betroffen an: „Oh, das tut mir leid. Das wusste ich nicht. Dann vermisst dich sicherlich dein Vater oder dein Freund."

„Freund?"

„Na, so ein hübsches Mädchen hat doch bestimmt einen netten, jungen Mann an ihrer Seite. Wie heißt er?"

Ich sah sie verdutzt an: „Ich kenne da jemanden. Aber er ist Defender."

Die anderen Wölfe sahen mich entsetzt an.

„Ja, ich weiß. Nicht gut."

„Und wie heißt er?"

„Ryder ... Moment, warum erzähle ich dir das?"

Doch bevor ich eine Antwort bekam, lief sie mit den anderen los.

Ratlos ließ sie mich und meinen Adler allein. Was hatte das zu bedeuten? Ich sah wieder an mir runter und fasste erneut an meine erst kürzlich verheilte Stelle.

Aber sie hat mir geholfen. Das macht sie immerhin sympathisch. Ich nickte Silent zu, damit er mich wieder nach Hause flog.

Ryder

Nach unserem dürftigen Frühstück, das aus einem Brot und etwas Wurst bestand, kam Corvin zu uns und sagte, wir sollen uns für eine weitere Mission fertigmachen. Zwei Missionen in so kurzer Zeit waren ungewöhnlich, da wir uns sonst immer mit den anderen Teams abwechselten. Nur war es diesmal anders, da die Tiere uns nicht begleiten sollten. Wir mussten sogar die Kleidung wechseln. Statt unserer normalen Sachen mussten wir uns nun die Uniformen anziehen. Corvin begründete das damit, dass wir uns in der Nähe der Soldaten aufhalten würden. Auch bekamen wir zwei mir unbekannte Menschen in unser Team.

Hin und wieder waren wir uns beim Vorbeigehen begegnet, aber so richtig hatten wir noch nicht miteinander geredet, was zur Folge hatte, dass wir uns auf der Autofahrt nur anschwiegen. Da wir diesmal in einem Van saßen, versuchten wir kontinuierlich, unangenehme Blicke zu vermeiden, da wir uns in Zweiergruppen gegenüber saßen.

Ich beschloss, einen ersten Versuch zu wagen, um mich mit den Neuen näher bekannt zu machen: „Ähm, hey. Ich bin Ryder. Das ist Jasper. Und ihr seid?"

Sie sahen mich irritiert an. Damit hatten nicht gerechnet: „Ich bin Jack und das hier ist mein Kumpel

Ivan."

Zweiterer hob die Hand, um sich in die Vorstellung mit einzubringen.

Jack stützte seinen Arm auf und sah an mir vorbei aus dem Fenster. Er hatte kurze dunkelblonde Haare und braune Augen. Ivan hingegen hatte braune Haare und grüne Augen. Beide trugen eine braun gemusterte Uniform ohne Helm.

Und damit schien das Gespräch schon beendet zu sein, doch Jasper fing an zu gestikulieren, um sich so für die beiden verständlich zu machen und die Kommunikation aufrechtzuerhalten. Es schien zu funktionieren. Wir führten über Stunden angeregte Diskussionen und Gespräche über alles Mögliche. Die Tiere, die zuhause auf uns warteten, die Arbeiten, die noch erledigt werden mussten, und schließlich über die Situation zwischen uns und den Soldaten.

„Ich finde es schrecklich, dass wir das mit der Feindschaft zu den Soldaten so ernst nehmen. Die Leute wissen gar nicht, wie viel man dadurch verliert!" Ivan kramte in seiner Jackentasche, holte ein zerknicktes Bild hervor, auf dem ein kleiner Junge in einer Hose und einem großen Pullover zu sehen war, und zeigte es uns: „Das ist mein kleiner Sohn. Er wäre dieses Jahr 32 geworden. Seine Mutter war Soldatin und starb, kurz bevor das hier alles begann. Sie wollten ihn auch mit ins Militär holen." Er stockte und sah betrübt auf das Bild.

„Was ist passiert?", fragte ich neugierig.

„Nun ja. Ich habe erfahren, dass der Transporter, mit dem er zum Stützpunkt gefahren wurde, verunglückt ist und er mit ihm."

Jasper und ich sahen ihn mitfühlend an.

„Ich spreche für mich und meinen Freund unser herzlichstes Beileid aus. Aber wenn ich fragen dürfte: Wie hieß ihr Sohn?"

Ivan sah mich schwach lächelnd an: „Michael."

Jasper rutschte nervös auf seinem Sitz hin und her, jedoch so wenig, dass nur ich etwas davon mitbekam.

Ob er ihn damals kannte? Aber so alt ist Jasper nicht.

Nach Stunden des Unterhaltens gingen uns die Themen aus und wir beschlossen, eine kleine Rast zu machen, um uns die Beine zu vertreten und uns zu erleichtern. Ich sprang aus dem Van und versank ein Stück in dem weichen Sand. Ich zog die Füße wieder raus und schüttelte sie. Ein leichter, warmer Wind wehte mir entgegen, der vertrocknetes Gras mit sich trug. Ich atmete einmal tief ein, um die frische Luft zu schnuppern, die mir im Wagen fehlte. Doch ich fing an zu husten, da die Luft, die in der Wüste herrschte, zu trocken war. Ivan, Jack und Jasper gingen an mir vorbei und bildet nicht weit vom Van einen kleinen Sitzkreis. „Komm schon, Junge", Corvin klopfte mir auf die Schulter und ging zu den anderen. Ich folgte ihm und setzte mich mit hin. Die Stimmung schien betrübt zu sein, da keiner etwas sagte und sie nur zu Ivan sahen, der eine Kerze hervorholte und sie auf einen kleinen Hügel aus Erde stellte, den er gerade errichtet hatte. Er versuchte sie anzuzünden, doch sein Feuerzeug schien leer zu sein. Ich verstand nicht recht, doch dann fiel es mir wieder ein: Sein Sohn hatte heute Geburtstag und er wollte ihm gedenken. Jack legte die Hand auf die Schulter seines Freundes und versuchte ihm so in seinem schwachen Moment Trost zu spenden. Jasper schrieb wieder etwas auf einen Zettel und gab ihn Ivan. Er sah den Schreiber dankbar an: „Meinst du wirklich, er wäre heute ein toller und vorbildlicher junger Mann geworden?" Jasper nickte ihm freundlich zu und gab ihm sein Feuerzeug, womit es ihm nun gelang, die Kerze anzuzünden. Ivan sah sich die kleine Flamme an und vergrub sein Gesicht in den Händen. Wir verbrachten den Abend mit Schweigen und später mit einem Fahrerwechsel, womit wir uns wieder in Bewegung setzten.

Am nächsten Morgen weckte mich Jasper sanft, indem er an mir rüttelte und mich langsam hochzog, um mich aus dem Wagen zu bringen.

„Ist schon gut, was ist denn los? Lass mich erst mal wach werden", ich stolperte fast aus dem Fahrzeug, wurde aber noch von Jasper festgehalten, den ich daraufhin dankbar ansah. Vor dem Van wischte ich mir durch mein Gesicht, um damit den Schlaf abzureiben und einen klaren Blick zu bekommen. Dann sah ich, was mein Freund mir zeigen wollte. Vor uns lag ein riesiger See, an dem die anderen drei saßen und angelten. **Dafür sind wir so weit gefahren? Um zu angeln?** Corvin drehte sich zu uns um: „Oh, Ryder, du bist wach? Wie schön. Komm her und setz dich zu uns." Ich ging auf ihn zu und sah ihn dabei verschlafen und skeptisch an. Ich gesellte mich zu den anderen und schaute dann wieder zu Jasper, der in den Himmel sah. Ich ignorierte sein Verhalten, da ich mich lieber Corvin und seinen Macken widmete.

„Dafür sind so weit gefahren? Warum? Wir haben in der Nähe unseres Camps auch einen kleinen Teich."

„Wir sind nicht wegen des Sees hier."

„Warum dann?"

„Weiß der davon gar nichts?", fragte Ivan erstaunt und sah mich dabei an.

„Nein, ich habe ihm noch nichts erzählt", antwortete Corvin.

„Was? Wo von weiß ich nichts? Was hast du mir noch nicht erzählt?"

„Abwarten."

Heather

Ich schaltete das Licht in meinem Zimmer ein, doch es
ging wieder aus. In letzter Zeit spielten einige
technische Geräte bei uns verrückt. Ich war zuerst der
Meinung gewesen, dass dieses Biest daran schuld war,
doch da seit Tagen nichts passiert war, ging ich nur
von ein paar defekten Stromleitungen aus. Die
Störungen kamen und gingen in unregelmäßigen
Abständen, sodass man sich nicht darauf vorbereiten
konnte, was als nächstes den Geist
aufgeben würde. Ich ging auf den Flur und sah, dass
auch hier alle Lichter flackerten. Plötzlich gingen alle
Lampen aus. Nach wenigen Sekunden sprang unsere
Notstromversorgung an und tauchte alles in ein
dunkles Rot, in dem man nur schwer etwas erkennen
konnte. Da wir nie auf einen Stromausfall vorbereitet
worden waren, brach das Chaos aus. Überall hörte man
es scheppern und klirren, es gab fluchende Menschen,
die ineinander liefen. Ich versuchte derweil, mich
irgendwie aus meinem Zimmer zu tasten, um auf den
Hof zu gehen, da ich hoffte, dort noch etwas normales
Licht zu finden. Doch dank meines ausgezeichneten

Orientierungssinns verpasste ich den Ausgang und bog falsch ab. Bevor ich mich aufregen konnte, hörte ich die Stimme meines Vaters und war erleichtert. Ich ging vorsichtig in seine Richtung, da ich ihn nicht erschrecken oder wieder eine Vase umwerfen wollte. Als ich vor dem Raum stand, aus dem seine Stimme kam, hörte ich noch zwei weitere Stimmen. Die Tür war verschlossen, aber dadurch, dass es ruhig in dem Flur war, konnte ich jedes Wort verstehen. Ich konzentrierte mich auf seine Gesprächspartner und erkannte darin John und die Stimme einer Frau.

„Was soll das? Ich habe Ihnen vertraut! Wie konnten Sie mir so etwas antun!" Mein Vater schien verärgert zu sein.

„Versuchen Sie doch, sich zu entspannen. Die Dinge laufen nun eben anders."

„Madame, so etwas ist nicht lustig!"

„Kommt darauf an für wen." John klang amüsiert.

„John, ich bitte Sie. Sie haben so lange für diesen Stützpunkt gearbeitet."

„Mag sein, aber ich arbeite noch länger für meinen Meister. Und meine bezaubernde Frau."

Ich hörte ein weibliches Kichern.

„Aber ich bin nicht hier her gekommen, um dir meine Frau vorzustellen. Sondern um die Karten neu zu mischen."

„Und wie haben Sie das vor, John?"

„Ganz einfach. So."

Einen Moment herrschte Stille, dann hörte ich etwas poltern. Ich strengte mich an, um noch etwas mitzubekommen. Doch es blieb still. Schritte kamen auf die Tür zu und ich drückte mich schnell gegen die Wand, um nicht von ihnen entdeckt zu werden. John und seine Frau kamen aus dem Raum und gingen in Richtung Ausgang. Sie öffneten die Tür zu meiner Seite hin, weshalb ich die Frau nicht sehen konnte. Ich huschte schnell in den Raum, schloss die Tür und rannte gegen einen Stuhl. **Verdammte Dunkelheit!** Es war ein großer Stuhl, also musste das hier das Konferenzzimmer sein. Durch das schlechte Licht konnte ich nur die Umrisse der Stühle erkennen. Zum Glück wusste ich, wo mein Vater saß, und ging grade darauf zu. Er hatte sich immer den Platz ganz am Ende des großen Tisches reserviert. „Vater?", ich hatte vor, mich vorsichtig an dieses Gespräch ranzutasten. Doch ich bekam keine Antwort. Dafür aber Angst. „Vater? Sag doch was. Bitte." Als ich nun neben ihm stand, erkannte ich, dass er sich nicht rührte. „Papa?" Ich traute mich nicht, ihn zu berühren. Als ich auf den Tisch fasste, um mich abzustützen, da ich mich zu ihm beugen wollte, griff ich in etwas Warmes, Nasses. Ich hatte schon oft im Leben Angst gehabt, aber so ein beklemmendes Gefühl hatte ich noch nie verspürt. Reine Panik stieg in mir hoch und ich musste mich regelrecht zusammenreißen. Ich wollte zuerst an seinem Hals nach dem Puls fühlen, aber dort war alles genauso nass und warm. Meine Hoffnung darauf, dass er noch am Leben war, starb somit ein Stück. Nun sammelte ich all meinen Mut und griff ihm unter die Jacke, um seinen Herzschlag zu suchen. Ich hielt den Atem an, um von keinen anderen Geräuschen gestört zu werden. Das Warten kam mir wie eine Ewigkeit vor. **Bitte, nur ein kleiner Schlag, er muss nicht einmal stark sein. Ich möchte nur etwas fühlen**. Aber ich spürte nichts. Ich konnte es nicht fassen. Ich fiel in den nächsten Stuhl und starrte fassungslos auf meinen toten Vater. Tränen rollten über meine Wange, und ich begann zu schluchzen. **Wieso er? Warum hat John das getan?** Ich vergrub mein Gesicht in den Händen.

Ryder

Ich saß nun schon eine gefühlte Ewigkeit mit Jasper vor dem See. Es tat sich nichts. Weder im See oder in der Umgebung. Es wirkte wie ein Standbild, auf dem sich die Menschen zu Tode langweilten und ich war leider einer von ihnen. Jasper war schlau gewesen. Er hatte sich hingelegt und war eingeschlafen. Ich hingegen saß an dem See und wartete auf etwas. Es zogen Wolken über mir auf, doch ich ignorierte sie. Plötzlich zog ein heftiger Wind auf, und ein großer Schatten flog über mich hinweg. Doch es war weder der Wind, noch ein Schatten, sondern ein riesiger Adler, der zum Sturzflug ansetzte. Er flog knapp über der Wasseroberfläche, wobei er seine Krallen durch das Wasser zog. Als er wieder abhob, hatte er viele Fische gefangen, die er fest in seinen Krallen hielt.

„J-J-Jasper?", ich streckte mein Bein aus, um den schlafenden Soldaten zu wecken, ohne meinen Blick von dem Tier abzuwenden. Mein Kumpel drehte sich nur ein Stück weg von mir, da er weiterschlafen wollte. **Komm schon, Mann, wach auf!** Der Adler kreischte so laut, dass ich mir die Ohren zuhalten musste. Die anderen kamen auf mich zugelaufen. Jasper wachte auf und sah sich entsetzt um. Der Adler drehte eine Runde über dem See und landete dann auf unserem Van, wodurch er das Auto mit seinem Gewicht eindrückte.

„Der Adler!", rief Corvin entsetzt.

„Nein, wirklich?", entgegnete ich schnippisch. „Ich dachte, das wäre der Osterhase."

Das Tier schien den Witz verstanden zu haben, da es einen Laut von sich gab, der sich wie ein Lachen anhörte. Der Adler sah uns dann skeptisch an und drehte dabei seinen Kopf immer wieder hin und her. Er kreischte erneut laut und hob dann wieder ab, da er mit uns wohl nichts anfangen konnte.

„Ist *das* die Sache, von der ich nichts weiß?" Fragte ich Corvin. Doch er ignorierte meine Frage und ging los.

Na gut, dann müssen wir wohl laufen.

Nach Stunden des Laufens kamen wir an einer kleinen Höhle vorbei.

„Wir bleiben hier. Es sieht nach einem Unwetter aus. Warten wir es ab und riskieren nichts", Corvin blieb als Erstes stehen und wies uns ein, sodass wir alle einen guten Platz bekamen.

Ich setzte mich widerwillig hin, da es in der Höhle kalt war und Wasser von der Decke tropfte, welches eine große Pfütze bildete. Die Wand hinter mir war kantig und kleine Steine piksten mir in den Rücken.

Ich sah nach draußen. Schwarze Wolkenfronten zogen auf und zogen große, dunkle Regenschleier hinter sich her. Ich versuchte, es mir so bequem wie möglich zu machen, und schlief ein.

Heather

Ich lag in meinem Zimmer auf dem Bett und drückte mir ein Kissen ins Gesicht. Ein Klopfen an der Tür störte mich in meiner Trauer. Ich wollte alleine sein, doch der Soldat klopfte erneut. Nur widerwillig setzte ich mich auf: „Herein."

Ein Soldaten mit einem Haufen Kleidung kam in mein Zimmer: „Miss Langford, ich kann verstehen, dass Sie jetzt allein sein wollen. Doch ich habe hier etwas für sie. Ihr Vater bat mich, ihn aufzubewahren, bis Sie entweder alt genug sind, oder ihm etwas zugestoßen sein sollte."

Nun wurde ich aufmerksam: „Was? Wovon sprechen Sie?"

Er ging auf mich zu und drückte mir den Kleiderhaufen in die Hand. Dann lächelte er mir aufmunternd zu und ging wieder.

Ich sah auf die Kleidung und merkte, dass unter ihr etwas war. Ich wickelte den Gegenstand vorsichtig aus. Ein grüner Helm kam zum Vorschein. Ich hatte so einen noch nie gesehen, da unsere Helme meistens gemustert waren, in der Farbe der Uniform, die man trug. Doch der hier hatte kein Muster, dafür aber ein kleines Stück Stoff im Inneren. Vorsichtig legte ich den Helm auf mein Bett und holte das kleine Stück heraus. Auch hier diente der Stoff dazu, etwas einzuwickeln. Ich wickelte den Inhalt langsam aus. Als ich die letzte Lage entfernt hatte, sah ich auf einen kleinen, rot-schwarzen Stein, der funkelte. Er erinnerte mich an einen Diamanten. Ich betrachtete ihn von allen Seiten. **So ähnlich sieht die Brosche von John aus.** Ich sah mir den Stoff und den Helm genauer an, da ich hoffte, dass ich einen Hinweis darauf finden konnte, was es mit dem kleinen Stein auf sich hatte. Doch ich fand nichts. Auch die Kleidung, mit der der Helm eingewickelt war, gab keinen Hinweis darauf. Als Ich den Stoff wieder zusammenlegen wollte, sah ich einen Buchstaben auf ihm und faltete ihn wieder auf. Der Buchstabe gehörte zu einem Wort: „Cornelius". Ich stutzte, da ich diesen Namen noch nie gehört hatte. Ich steckte den kleinen Stein ein, setzte den Helm auf und ging aus dem Zimmer.

Ich ging den Flur entlang und kramte den Stein wieder raus. Ich sah ihn mir genauer an und drehte ihn in meinen Händen. **Warum sollte mein Vater so etwas besitzen und mir nichts davon erzählen?** Mir wurde plötzlich kalt. Vorsichtig sah ich mich um. Ich stand allein in dem Flur. Ich atmete ruhig aus und konnte meinen Atem sehen, wie er in kleinen Wölkchen aufstieg. Langsam ging ich weiter und achtete dabei auf jedes Geräusch. Doch es war still. Da unser Stützpunkt immer noch in das dunkle Licht des Notstromes getaucht war, sah ich mich mehrmals um in der Hoffnung, etwas erkennen zu können. Vorsichtig ging ich an der Wand entlang, da ich mich nicht mehr traute, auf dem offenen Flur herumzulaufen. Ich stieß versehentlich an ein Bild, welches daraufhin runter fiel. Es zersprang laut scheppernd auf dem Boden. Ich kniff die Augen zusammen und öffnete sie vorsichtig wieder. Doch es hatte sich nichts verändert. Es wurde wieder still. Zu still. Ich hörte mich selbst atmen und spürte die Kälte, die immer stärker wurde. Langsam ging ich wieder in die Mitte des Flures da ich so schnell wie möglich aus dem Gebäude wollte. Ich spürte wie die Panik in mir hochstieg und versuchte sie zu unterdrücken. Mit einem Mal explodierte die Wand neben mir, wobei ich von der Druckwelle gegen die andere Wand geworfen wurde. Langsam raffte ich mich auf und spürte starke Schmerzen. Ein riesiges Loch klaffte in der Wand, durch das ich nach draußen sehen konnte, und was ich da sah, schockte mich.

Der Stützpunkt war zerstört. Die anderen Gebäude bestanden nur noch aus rauchenden Trümmern, aus denen Flammen schlugen. Da die Generatoren auch mit dem Notstrom versorgt wurden, lag der Stützpunkt fast im Dunkeln. Die Flammen der Gebäude waren die einzige helle Lichtquelle die wir hatten. Eine der Sirenen ertönte. Ihr lautes Geheul war im ganzen Stützpunkt zu hören. Ich stieg vorsichtig aus dem Loch. **Was ist passiert?** Ich sah mich um. Die Soldaten liefen mit Feuerlöschern umher und versuchten die Feuer zu löschen. Entgeistert sah ich ihnen dabei zu. Einer der Soldaten kam auf mich zu: „Madame, ist alles in Ordnung bei Ihnen? Wie geht es Ihnen? Gott sei Dank haben Sie überlebt."

Ich sah ihn ratlos an, bevor ich etwas sagen konnte : „Was ist passiert?"

„Was passiert ist?", hörte ich eine unbekannte Stimme sagen, „Ich kann dir sagen, was passiert ist. Du hast deinen Vater getötet und jetzt versuchst du, uns umzubringen!"

„Nein, das stimmt nicht!", verteidigte ich mich.

„Ich bitte dich", lachte er. „Du wolltest doch nur seinen Posten, damit wir dich endlich akzeptieren! Gib es zu!"

„Was? Das würde ich niemals tun!" Ich wandte mich zu den anderen: „Ihr glaubt mir doch. Oder?"

Die Menge schwieg.

„Siehst du. Niemand glaubt dir! Ich würde sagen, wir suchen uns eine neue Bleibe. Die hier hast du ja zerstört! Wer mit mir kommen will, folgt mir. Und wer hierbleiben will, ist Verdammt!"

Er ging los und einige Soldaten folgten ihm. Nur ein paar blieben bei mir. Ratlos sah ich ihm nach und dann zu den anderen. Sie schienen ein paar Worte von mir zu erwarten, da sie mich erwartungsvoll ansahen. Ich sah nervös durch die Gegend und versuchte, einen klaren Gedanken zu fassen, doch das Heulen der Sirene war zu laut.

Dann erinnerte ich mich an die Zeit mit meinem Vater zurück und wollte ihn nun nicht enttäuschen. „Was auch immer uns angegriffen hat, wir werden uns dafür rächen. Und wer auch immer meinen Vater getötet hat, wird dafür büßen!"

Sie schwiegen zuerst. Doch dann lächelten sie mir zu.

Es

Beginnt

Ryder

Am nächsten Morgen wachte ich vor den anderen auf und schaute verschlafen durch die Gegend. Jasper lag nicht weit entfernt von mir auf dem Boden und der Rest saß an den Felswände. Der Geruch des Regens lag schwer in der Luft. Ich sah nach draußen. Seit gestern Abend regnete es und es war keine Besserung in Sicht. Er kühlte die Höhle ab, sodass ich mich in meine Jacke einkuschelte. So langsam regte sich das Leben in der Höhle und Corvin wachte zeitgleich mit den anderen auf. „Morgen, Corvin und der Rest", gähnte ich und bekam nur eine müdes „Morgen" zurück, bevor sie aufstanden und sich über Rückenschmerzen beklagten, wie es alte Menschen so taten. Ich nutzte die Gelegenheit und verschaffte mir einen Überblick über die Situation. **Wir sind zu fünft in einer Höhle, ohne Essen und Trinken und Ausrüstung. Und das Beste: Ohne auch nur einen Plan zu haben, wo wir sind. Mit den Hunden wäre es wesentlich einfacher gewesen, sich zurechtzufinden. Aber jetzt, wo der Regen alle unsere Spuren weggeschwemmt hat, können wir nur noch hoffen, den richtigen Weg zu finden, um sicher nach Hause zu kommen**. Jasper wachte auch auf und lächelte mir verschlafen zu. Ich hingegen drehte nur stur den Kopf weg und wünschte, Nikolai wäre hier. Mit ihm würde ich mich wohler fühlen als mit Jasper. Der Exsoldat tippte mir in die Seite, um sich zu vergewissern, ob alles in Ordnung war. Ich nickte ihm nur zu und bekam ein schlechtes Gewissen, da ich meine schlechte Laune nicht an ihm auslassen konnte. Er schrieb etwas auf ein kleines Stück Papier und gab es mir. *Mir fehlt Nikolai auch. Aber wir bekommen ihn bestimmt wieder.* Ich sah verdutzt auf den Zettel und dann in Jaspers grinsendes Gesicht. **Woher weiß er, was ich denke?**

„Wir müssen uns überlegen, wie wir am besten zurückkommen. Irgendwelche Vorschläge?" Corvin schien mit seiner Meinung keinen Verbündeten zu finden, da die Mehrheit sich vorerst nicht wegbewegen wollte. „Das bisschen Regen hält euch auf?" Bevor jemand antworten konnte, erleuchtete ein gewaltiger Blitz die Dunkelheit und ließ uns alle schweigend nicken. Unser Anführer zuckte kurz zusammen und als er weiter reden wollte, donnerte es laut.

„Nun gut, wir bleiben hier. Aber nur noch kurz."

Aus kurz wurden ein paar Stunden, und der Regen wurde nicht schwächer. Die Blitze hörten auf, aber langsam fingen wir an, in unserem Unterschlupf nasse Füße zu bekommen.

„Also, hat jemand vielleicht ein Plan B?", Ivan stellte

die Frage, ohne eine Antwort zu erwarten, da die anderen damit beschäftigt waren, das Wasser aus der Höhle zu schöpfen. „Brauchen Sie Hilfe?"

Ich half Jasper gerade dabei, einen kleinen Damm aus Steinen zu bauen, als wir von der Stimme unterbrochen wurden. Eine Frau in einem beigen Kleid und hellbraunen hohen Schuhen stand im Eingang der Höhle und lächelte uns an.

„Madame, verzeihen Sie mir die Frage, aber wo kommen Sie so plötzlich her?"

Sie lächelte Jack an: „Ich habe in der Nähe einen kleinen Unterschlupf. Kommen Sie mit mir, ich habe noch Platz für Gäste, die im Regen stehen."

Wir überlegten nicht lange und folgten ihr nach draußen. Nach einigen Metern standen wir vor einer im Boden eingelassenen Tür, die sie für uns öffnete, damit wir eine Leiter nach unten in ihre unterirdische Behausung steigen konnten. Unten angekommen, sahen wir uns um. Es war gemütlich und geräumig. Die Dame, die uns herzlich zu sich eingeladen hatte, stand mit uns in der Runde und bat uns, auf dem Sofa Platz zu nehmen. Sie ging in die Küche und fing an, Kaffee aufzusetzen. Dann holte sie einen Kuchen aus dem Kühlschrank, den sie auf den kleinen Tisch vor uns stellte. „Oh wow, Madame, danke, aber bitte machen Sie sich nicht solche Mühe", Corvin winkte dankbar ab.

„Ach, mein Herr, ich habe so selten Gäste, da mache ich mir gerne die kleine Mühe und tische euch etwas Gutes auf. Ihr müsst doch völlig ausgehungert sein und frieren", sie lächelte uns und bereitete noch ein paar Speisen zu. Als sie wieder zu uns kam, um die Kanne mit dem frischen Kaffee vor uns abzustellen, ergriff ich die Chance und sah ihr ins Gesicht. Sie hatte grüne Augen und trug einen roten Lippenstift. Ihre langen, braunen Haare fielen ihr über die Schultern.

Als sie alles aufgetischt hatte, setzte sie sich vor uns und begann mit uns zu reden. Ihr fiel sofort auf das wir, obwohl wir Uniformen trugen, keine Soldaten waren. Sie wirkte sehr freundlich und auch neugierig. Sie wollte wissen, wo wir herkamen, wo wir hinwollten und ob wir nicht Tiere hätten. Wir erzählten ihr so viel, wie es die Missionsgeheimnisse zuließen, und nahmen etwas von ihrem selbstgemachten Essen.

„Sagen Sie mal, schöne Frau, wie kommt es eigentlich, dass sie hier unten alles so wunderbar eingerichtet haben?", Jack setzte gerade erneut seine Tasse an, wollte diese Frage aber noch vor dem nächsten Schluck loswerden.

„Wissen Sie, mein Mann hat mir damals geholfen, dass hier einzurichten. Ohne fremde Hilfe hätte ich das bestimmt nie geschafft."

„Falls Sie wieder Hilfe brauchen, helfe ich Ihnen

gerne."

Flirtet Jack wirklich mit ihr? Oder bilde ich mir das nur ein? Neben mir gähnte Jasper und streckte sich. „Oh, ihr seid müde. Ich zeige euch eure Zimmer", sie stand auf und zeigte uns mit einer Handgeste, dass wir ihr folgen sollten.

Wir gingen eine Treppe runter und standen in einem Flur mit fünf Türen.

„Die ersten Zimmer hier sind Schlaf-und Gästezimmer. Die Tür am Ende des Flures führt zur Toilette."

Wir gingen in die Zimmer und waren erstaunt, da sie komplett eingerichtet waren. Nun tauschten wir fragende Blicke aus. Es gab vier Zimmer für fünf Menschen, was hieß: Zwei mussten sich ein Zimmer teilen. Da sich Ivan, Jack und Corvin schon ein Zimmer gesichert hatten, war die Entscheidung gefallen, dass Jasper und ich eins zusammen bekamen.

Wir versuchten, es uns bequem zu machen, und bevor wir einschliefen, sah unsere Gastgeberin in unseren Raum: „Bevor ich es vergesse. Mein Name ist Mary."

Heather

Ich sah mir die Schäden an. Der halbe Stützpunkt war zerstört und überall lagen die Trümmer der Häuser herum. „Was ist passiert?"

Einer der verbliebenen Soldaten kam auf mich zu, um mir meine Frage zu beantworten: „Nach dem letzten Stromausfall versuchten wir Taschenlampen oder ähnliches zu finden, aber nichts funktionierte mehr. Wir hatten Glück, dass die Notstromversorgung noch funktionierte. Danach hörten wir nur einen großen Knall und sahen mehrere Explosionen. Aber das ist im Moment zweitrangig. Wir sind grade dabei, Ihren Vater beizusetzen. Ihm sollten wir noch die letzte Ehre erweisen."

Ich nickte nur.

Als das Grab ausgehoben war, trugen vier Soldaten einen mäßig zusammengeschusterten Sarg in seine Richtung. Munition konnten wir nicht abfeuern, da wir sie horten mussten. Ich konnte es nicht fassen. Der Mann, der mich großgezogen hatte, immer für mich da war und mich zu dem gemacht hatte, was ich nun bin, war tot. Ich wollte mich nicht mit dem Gedanken arrangieren, dass er für immer fort war. Leere stieg in mir auf und ich wusste nicht, wie ich mich verhalten sollte. Sollte ich weinen? Oder einfach ein Pokerface aufsetzten, damit man mir nicht ansah, wie sehr ich wirklich litt? Ich erinnerte mich an Mathilda und setzte ein zartes Lächeln auf. Es passte nicht zu meiner Stimmung, aber es half mir, das Schlimmste, was mir jemals passieren konnte, zu überstehen. Ich sah den Trägern nach und erst als sie den Sarg in das Loch ließen, wurde es mir bewusst. Ich ging schnell nach vorne, damit ich sehen konnte, wie er vor meinen Augen in der Dunkelheit verschwand. Für eine Grabrede oder einen großen Abschied hatten wir keine Zeit, da einige der Gebäude noch brannten und somit die volle Aufmerksamkeit der Soldaten bekamen. Ich hingegen stand mit verschränkten Armen vor dem frischen Grab und konnte keinen klaren Gedanken fassen. „Es tut mir so leid", meine Stimme versagte mir so stark, dass ich nur noch flüstern konnte. „Ich hätte dir helfen sollen." Ich fühlte mich so schuldig, fast so, als hätte ich ihn wirklich getötet. „Bitte verzeih mir." Mein Körper begann zu zittern, doch ich wollte meinen Posten nicht verlassen. Ein dürftiges Grab für einen so herausragenden Soldaten. Nicht einmal eine Blume konnte ich ihm hinlegen. Ich sah mich um. Es gab keinen Unterschied zwischen dem Grab und dem restlichen Stützpunkt. Die Erde war aufgewühlt oder es waren Krater reingesprengt worden, wodurch es an einigen Stellen kleine Erdhaufen gab. Ich konnte es nicht so lassen, mit irgendetwas musste ich es schmücken. Tank kam zu mir, setzte sich neben mich und schmiegte sich an meine Schulter. Hätte er jetzt auch so einen Apparat wie Grace, würde er bestimmt

weinen. Ich drückte den Kopf des Löwens an meinen.
Ich sah auf seine Bionik. Er trug zur Kommunikation mit
meinem Vater einen kleinen Bildschirm auf der rechten
Vorderpfote. Es brannte immer ein kleines grünes
Lämpchen an der Seite des Bildschirmes, doch nun war
es erloschen. Ich streichelte den Löwen und sah wieder
zu dem Grab. **Irgendwas muss ich doch haben, um es
zu schmücken.** Dann fiel es mir ein. Ich hatte ein Bild
von meinem Vater in einer meiner Schubladen. Ich ging
zu dem zerstörten Haus, in dem sich mein Zimmer
befand, und zwängte mich durch den Eingang, der nur
noch ein Trümmerhaufen war. Das Haus war zum Teil
eingestürzt, sodass ich mich nur vorsichtig bewegen
konnte aus Angst, dass einer der Balken nachgab. Ich
fand mein Zimmer und begann zu suchen. Ich zog jede
Schublade auf und entdeckte das kleine Foto unter
einer Mappe. Es zeigte uns beide bei meinem siebten
Geburtstag. Er sah so glücklich auf diesem Foto aus.
Dieser verdammte John! Ich war in meiner Wut
versunken, bis mir auffiel, dass die Sirenen leiser
wurden. Ich sah aus dem kaputten Fenster,
konzentrierte mich auf das Heulen und tatsächlich, sie
waren leiser geworden. Ich erinnerte mich an den
Wasserfall in der toten Zone und dann wurde es mir
bewusst. **Es ist wieder da.**
Ich lief zurück zu der Grabstelle, küsste das Bild und

legte es auf den frischen Haufen. Nachdem ich die Ecken des Bildes mit Erde bedeckt hatte, damit es nicht von dem nächsten Windstoß weggeweht wurde, konzentrierte ich mich wieder auf das Heulen. Die Sirenen wurden immer leiser, bis sie verstummten. Ich atmete tief ein und dann ruhig wieder aus. Mein Atem stieg als weiße Wolke vor mir auf.

„Herhören!" Sofort blieb jeder Soldat stehen und sah zu mir: „Hört mir zu, egal was die Zerstörung hier angerichtet hat, es ist wieder da!" Nun spürten auch die Tiere die Präsenz und wurden nervös. Silent landete neben mir und sah mich besorgt an. Ich streichelte ihn und sah wieder zu den anderen Tieren. Sie liefen angespannt auf und ab und wendeten sich schließlich dem Eingangstor zu.

„Die Tiere wissen, wo es ist! Achtet auf sie!"

Ich bekam ein „Ja, Madame", im Chor zurück.

Vater, du wirst stolz auf mich sein.

Ryder

Am nächsten Morgen wachte ich in dem großen Bett auf. Ich schaute verschlafen durch das Zimmer und versuchte mich aufzuraffen, doch ich war zu faul dazu. Das Bett erschien mir größer als gestern Abend, denn

Jasper war verschwunden. Nach einigen Minuten schaffte ich es, aus dem Bett zu kommen, und versuchte, die Tür leise zu öffnen. Ich lugte durch den Spalt und schlich auf Zehenspitzen die Treppe rauf. Oben stand Mary in der Küche und bereitete das Frühstück zu: „Oh, guten Morgen. Ich mache gerade das Frühstück. Hast du irgendwelche Wünsche?"

Ich war so verwundert über diese Frage, dass ich erst nicht antworten konnte.

„Spätzchen?"

„Ich, ähm, oh, ich hab keine besonderen Wünsche."

Sie lächelte mich an und wandte sich wieder dem Essen zu.

„Ähm, wissen Sie, wo der Junge Mann mit den kurzen Haaren ist?"

Sie hörte auf, die Brote zu schmieren: „Er wollte kurz nach draußen."

Ich hörte, wie die Klappe über uns zuschlug und jemand die Leiter hinabstieg. Jasper drehte sich um und war erstaunt, mich zu sehen.

„Na, guten Morgen, Jasper."

Er lächelte mich an und nickte mir zu.

„Frühstück ist fertig."

Ich drehte mich um und grinste Mary an: „Soll ich die anderen wecken?"

„Nein, nein. Ihr könnt euch schon mal hinsetzten. Aber

noch nicht anfangen, wir frühstücken zusammen", sie lächelte uns zu und ging dann die Treppe runter.

Wir befolgten ihren Rat und setzten uns auf das Sofa. Ich überlegte, ob ich Jasper fragen sollte, was er draußen gemacht hatte. So langsam hatte ich ein seltsames Gefühl, was unseren Freund anging. Vielleicht irrte ich mich auch, da mir Nikolai und die Tiere fehlten. Ich sah auf den Tisch und war positiv überrascht, wie schön alles gedeckt war. Der Kaffee lief noch durch die Maschine, während der Tee bereits in der Kanne vor uns stand. **Sie gibt sich viel Mühe, uns den Aufenthalt so angenehm wie möglich zu machen.** Ich betrachtete den Tisch genauer, da ich plötzlich etwas glitzerndes auf ihm sah, doch ich fand nichts. Dann sah ich nach oben. Über mir hing ein Kronleuchter. Seine kleinen Steine funkelten und spiegelten sich zum Teil in der Kanne vor mir wieder. Nach wenigen Minuten kam sie mit den drei restlichen Männern im Schlepptau wieder nach oben und jeder suchte sich einen Platz, auf dem er gemütlich sitzen konnte. Nachdem Mary den Kaffee gebracht hatte, fingen wir mit dem essen an, und es war, wie das Abendessen, köstlich.

Als wir fertig waren, wies uns Corvin an, unsere Sachen, falls wir sie nicht alle beisammen hatten, zu holen und uns fertigzumachen für den Rückweg.

„Sie wollen schon gehen?", betroffen sah Mary ihn an.

„Madame, wir bedanken uns für diesen wunderbaren Aufenthalt bei Ihnen, aber wir müssen wirklich weiter." Die anderen von uns blieben am Anfang der Treppe stehen und sahen mit an, wie Corvin versuchte, Mary so schonend wie möglich beizubringen, dass wir ihr nicht länger Gesellschaft leisten konnten.

„Nun gut, ich möchte Ihnen nicht bei Ihrer Abreise im Weg stehen, aber lassen Sie mich Ihnen bitte noch etwas Proviant zurechtmachen."

Mit gesenktem Kopf ging Mary in die Küche und fing an, Brote für uns zu schmieren. Corvin sah in ihre Richtung, drehte sich dann zu uns um und meckerte uns an, warum wir so lange brauchten, um mit unserem Kram fertig zu werden. Wir hatten nicht vor, ihm Widerworte zu geben.

Mary war fast fertig mit unserem Essen. Sie verpackte alles in kleinen Tütchen und gab sie uns.

Corvin sah sich das Essen an: „Mary, Sie sind mit Abstand eine der wundervollsten Frauen, die mir je begegnet ist. Aber Sie brauchen sich doch keine so große Mühe zu machen."

„Es macht mir keine Mühe", entgegnete sie freundlich.

„Sie waren seit Jahren meine ersten Gäste, da möchte ich nicht als schlechte Gastgeberin wirken."

Sie begleite uns nach draußen und zeigte uns die

Richtung, durch die wir am schnellsten nach Hause kommen sollten. Zum Abschied gab sie jedem von uns noch eine Umarmung und ließ uns gehen.

Nach stundenlangem Laufen kamen uns wilde Wölfe entgegen, die uns umkreisten und anknurrten.

„Hat jemand einen Plan?"

Keiner hatte eine richtige Antwort auf Ivans Frage und so standen wir den Tieren hilflos gegenüber. Es waren sechs schwarze Wölfe, die um uns standen und sich wie auf ein unsichtbares Kommando setzten.

Sie hechelten und schienen auf etwas - oder besser gesagt jemanden - zu warten. Eine junge Frau kam aus der Richtung, in die wir gehen wollten, und wies die Tiere an, sich hinzulegen, was diese auch taten.

„Verzeihung, Sie müssen wissen, meine Wölfe sind etwas eigen, was die Verteidigung ihres Reviers angeht. Ich hoffe, Sie nehmen es ihnen nicht übel."

„Nein, Madame, dass würden wir nicht tun. Aber bitte, schaffen Sie sie jetzt hier weg, Miss ähm …?"

„Nennen Sie mich bitte Leila", die Frau lächelte uns ähnlich sympathisch wie Mary an, doch sie hatte etwas Eigenes an sich. Mir fiel auf, dass sie im Gegensatz zu den anderen Frauen, denen wir bis jetzt begegnet waren, dunkel gekleidet war.

Ihre Haare waren dunkelbraun, schon fast schwarz. Sie hatte einen sehr hellen Teint und dazu tief blaue

Augen. Ihr Kleid war dunkelrot, genau wie die hohen
Schuhe die sie trug. Sie war, für die kargen
Verhältnisse hier draußen, elegant gekleidet.

„Leila, können Sie uns eventuell weiterhelfen?"

Sie sah uns interessiert an, und mit einem kurzen Pfiff
standen die Wölfe auf und legten sich hinter ihr erneut
auf den Boden: „Wie kann ich Ihnen denn helfen?"

„Wir, nun ja, kommen nicht so recht vorwärts."

Leila sah mich an: „Ach, Sie meinen, Sie suchen den
Weg, um zurückzukommen?"

Wir nickten zaghaft.

„Nun, wo wollen Sie denn hin? Und mit wem habe ich
denn überhaupt das Vergnügen? Sie scheinen keine
Soldaten zu sein, auch wenn Sie wie welche
aussehen."

„Wir müssen zum zweiten Camp, und das hier sind
Jack, Ivan, Corvin und ich heiße Ryder."

Leilas Lächeln verschwand aus ihrem Gesicht und sie
wurde ernst: „Ihr seid Defenders?" Sie schien über
etwas zu grübeln: „Wissen Sie, da sind Sie hier
komplett falsch. Wenn Sie weiter geradeaus gehen,
kommen Sie zu einer zerstörten Stadt", sie zeigte mit
dem Finger auf die gerade erwähnte Stadt am Horizont,
„aber kommen Sie doch erst mal mit mir, bevor es
wieder Nacht wird. Ich kann Ihnen zwar nicht viel
anbieten, aber immerhin Schutz vor der Dunkelheit und

ein Dach über dem Kopf."

Wir bedankten uns freundlich bei ihr. Sie lächelte uns wieder an und ging vor, während der Rest von uns ihr in einem gewissen Abstand folgte, da wir den Wölfen nicht zu nahe kommen wollten. Immer wieder drehte sich eines der Tiere um und bellte uns an, falls wir zu langsam oder zu schnell waren und ihnen auf die Pelle rückten. Leila schien mehr als nur ihre Besitzerin zu sein, da die Wölfe auf jede kleine Geste von ihr achteten. Als wir nach weiteren Stunden das Ziel erreicht hatten, führte uns Leila zu einem kleinen Haus und lies uns vor den Wölfen rein.

Im Inneren merkte man nichts von der trostlosen und verlassenen Umgebung, in der man sich befand. Im Gegenteil. Hier drin war alles hell und freundlich. Ich sah Leila an, denn genau wie bei Mary, hatte ich das Gefühl sie zu kennen. **Aber woher nur?**

Heather

Die Stille war unerträglich. Und erst recht das Warten darauf, was als nächstes passieren könnte. Ich starrte angestrengt in die Rauchschwaden, die vor uns waren, um etwas erkennen zu können. Silent stand neben mir und Tank saß dahinter. Meine Soldaten verharrten bewegungslos hinter mir. Ich hielt den Atem an. Bis auf kleine Aschebröckchen, die an meinem Gesicht vorbeiflogen, und das leise knistern des Feuers hinter mir war nichts zu sehen oder zu hören. Plötzlich stieg mein Atem wieder als weiße Wölkchen auf. Ich sah ihnen nach und hörte ich tiefes Knurren. Angespannt versuchte ich etwas zu erkennen. Eine leichte Silhouette zeichnete sich im Rauch vor mir ab. Dann war es so weit. Der dichte Rauch vor uns floss auseinander und das Monster schritt langsam hindurch. Es zog dunkelrote Nebelschwaden hinter sich her. Einige Meter vor uns blieb es stehen und warf einen Blick in unsere Reihen. Es war ein schwarzer Tiger mit roten Streifen. Seine kalten, blauen Augen fixierten uns. Eine Narbe zog sich durch seine rechte Gesichtshälfte. Er stand, wie wir, an seinem Fleck und wartete.

„Wie ist dein Name?" **Gott, komme ich mir dämlich vor bei dieser Frage.**

Der Tiger legte seinen Kopf schräg nach rechts, als ob ihm derselbe Gedanke gekommen wäre. Meine Soldaten fingen an, hinter mir zu tuscheln, und sahen abwechselnd zu mir und unserem Feind. Ich holte tief Luft: „Ich habe dich gefragt, wie dein Name ist!"
Er sah mich entspannt an: „Ares."
Erstaunte Rufe gingen durch die Menge hinter mir.

„Und du bist ...?"

„Heather Langford."

Er zuckte zusammen und fauchte angriffslustig:

„Langford? Sagtest du grade 'Langford'?"

Ich strich über meine rechte Gesichtshälfte und zeichnete seine Narbe nach: „Ich hoffe, dieser Name ist dafür verantwortlich."

„Ich muss leider zugeben, dass er es ist", er hielt kurz inne: „Du siehst deiner Mutter sehr ähnlich."

Ich schluckte: „M-meiner Mutter?", fasste mich aber danach wieder, „Warum erwähnst du sie?!"

„Nun", lachte er, „weil ich dich genau wie sie töten werde!" Nach diesen Worten sprang er mit einem Satz auf mich zu.

Ich rief meinem Trupp zu: „Jetzt!"

Alle meine Männer erhoben ihre Waffen und feuerten auf den Angreifer, während ihre Begleiter seitlich auf ihn zustürmten, um ihn schnell zu Fall zu bringen. Doch unser Gegner war stärker als gedacht. Egal wie viele Kugeln Ares trafen, keine verletzte ihn. Es wirkte so, als würden die Schüsse durch ihn durchfliegen, dabei aber keinen Schaden anrichten. Silent stürzte auf ihn hinab, doch Ares wich gekonnt aus und packte meinen Adler an einem Flügel. Er drehte sich mit ihm ein Stück und schleuderte dann den Adler gegen Tank, der grade versuchte, einen Überraschungsangriff zu starten.

Beide Tiere wurden in einen Trümmerhaufen geschleudert. Dann machte der Tiger weiter. Er landete in der Mitte meiner Männer und fing an, um sich zu schnappen, wobei er den einen oder anderen packte, gegen die anderen oder vor sich auf den Boden schmetterte und sie meistens mit einem Hieb oder Biss sofort tötete. Selbst die Tiere waren machtlos gegen ihn. Einige verbissen sich in seinem Fell, rutschten ab und gingen nach einem Tritt bewusstlos zu Boden. Andere rammten ihn, versuchten ihm die Beine wegzuziehen oder einfach nur in seine Nähe zu gelangen. Einige scheiterten, andere gingen ebenfalls zu Boden und der Rest, der nicht das Glück der ersten beiden Optionen hatte, starb. **Dieses Tier ist unbesiegbar! Aber wie hat es meine Mutter geschafft es zu verletzen?** Ich hielt den Atem an und hauchte ein kleines Atemwölkchen aus. Es war, als stünde ich plötzlich vor einer großen Leinwand, auf der ein verlangsamter Film ohne Ton ablaufen würde. Nun konzentrierte ich meine Gedanken und suchte nach jeder möglichen Option in meinem Kopf. Nichts, aber auch gar nichts fiel mir ein, was dieses Tier verletzen könnte. Ich kam mir schwach vor, einsam und verlassen von der Welt. Es schien aussichtslos zu sein. Ich vernahm eine entfernte Stimme, so, als wenn jemand durch Wände rufen würde. „Captain, Captain!", rief jemand immer wieder. Aber warum rief er nach meinem Vater? „Captain!" Ich wachte aus meiner Trance auf und sah alles wieder in normaler Geschwindigkeit. Einer meiner Soldaten stand vor mir, besser gesagt: der größte Teil von ihm. Sein Arm fehlte: „Captain, was sollen wir tun?"

Entsetzt sah ich auf seinen fehlenden Arm. Dann wusste ich, was zu tun war: „Rückzug! Alle sofort zurück!" Die Soldaten gehorchten aufs Wort, setzten Rauchbomben ein und verschwanden. Ich zog mich mit ihnen in eines der zerstörten Gebäude zurück, welches nur noch von ein paar Mauerresten getragen wurde, dennoch seinen Zweck als Versteck erfüllte.

Ich sah in die stark geschrumpfte Runde: „Keiner macht einen Laut oder bewegt sich. Verstanden?"

Sie nickten gleichzeitig. Tank, der sichtlich mitgenommen von dem Kampf war, legte seinen Kopf auf meine Beine. Silent saß mir gegenüber und sah mich besorgt an. Durch einen kleinen Spalt konnte ich einen Blick nach draußen erhaschen. Es war weder etwas zu sehen noch zu hören. **Wo bist du nur?** Angestrengt suchte ich nach Ares, aber er war verschwunden. Ich sah eine kleine Bewegung im Augenwinkel. Der Tiger schlich geduckt über das Schlachtfeld und suchte nach uns. Ich gab meinen Leuten das Handzeichen, dass sie still sitzen bleiben mussten. Dies schien Ares nicht zu gefallen und er knurrte erneut, wobei es sich bei der Stille, die nun herrschte, noch bedrohlicher anhörte. Der Tiger sprang mit solch einer Eleganz von Trümmerhaufen zu Trümmerhaufen, dass man glatt vergessen konnte, dass er fast die Hälfte meines Trupps auf dem Gewissen hatte. **Wie können wir ihn nur besiegen**?

Ryder

„Spürt ihr das auch?", flüsterte Leila zu ihren Wölfen, woraufhin diese zur Bestätigung nickten. Ich spürte, wie mir jemand von hinten gegen die Schulter tippte, und drehte meinen Kopf ein Stück. Jasper sah mich fragend an, dann zu Leila, welche mit dem Rücken zu uns stand und aus dem Fenster starrte, dann wieder zu mir. „Ich habe nicht die geringste Ahnung, was sie meint", flüsterte ich meinem Freund zu und suchte Hilfe bei meinen anderen Kameraden, die aber ebenso planlos waren. Ich hob den Kopf an, um einen Blick an ihr vorbei nach draußen zu erhaschen, doch alles, was ich sah, waren der Horizont und kaputte Hochhäuser. Dort gab es weder etwas Aufregendes zu sehen noch irgendetwas zu spüren, was ihre Tiere angespannt aufhorchen ließ.

„Ähm, Leila, verzeihen Sie bitte die Unterbrechung, aber was gibt es denn zu spüren?", Ivan stand mit verschränkten Händen hinter mir und wartete, wie wir alle, auf eine Antwort.

Leila drehte den Kopf schräg zu Seite und flüsterte: „Der Stützpunkt wird angegriffen. Wir müssen ihnen helfen."

Mein Team sah sie verblüfft an.

„Soldaten? Wir sollen Soldaten helfen?"

Jasper sah Corvin entmutigt an.

„Na gut, einem zu helfen ist in Ordnung. Aber gleich einem ganzen Stützpunkt? Das werden wir nicht tun!"

Leila sah ihn wütend an: „Wollt ihr etwa, dass sie sterben?"

Keiner von uns antwortete.

„So ist das also. Ich dachte immer, ihr seid besser als eure Feinde", sie ging im Schnellschritt an uns vorbei nach draußen, gefolgt von ihren Wölfen, die uns verstimmte Blicke zuwarfen. Jasper zog an meiner Jacke und wollte mich und den Rest von uns mitnehmen, doch wir verharrten.

„Jasper will auch helfen", bemerkte Jack und warf ihm einen skeptischen Blick zu, „er ist der Einzige von uns der ..."

„Jasper ist ein Soldat", unterbrach Corvin Jack.

Er und Ivan sahen uns fassungslos an.

„Was? ...Was?!" Nun schlug sein anfänglicher Schock in blanke Wut und Verständnislosigkeit um: „Ihr habt einen verdammten Soldaten aufgenommen? Da ist man mal für einige Tage auf einer Mission und dann macht ihr gleich so etwas?"

Während Jack sich darüber aufregte, setzte sich Ivan hinter ihm auf einen der Stühle, um die neue Information über ihren Kollegen erst einmal sacken zu lassen.

„Ich weiß, es ist eine dumme Idee gewesen, aber er war verletzt und brauchte unsere Hilfe. Hättet ihr ihn da draußen sterben lassen?"

Jack begann zu lachen. Es war kein freundliches oder lustiges, sondern eher empörtes und beleidigtes Lachen: „Ja! Ja, verdammt! Er und seine Leute sind für das hier verantwortlich. Sie sind der Grund, warum unsere Welt im Sterben liegt. Und dann sollen wir denen auch noch helfen?"

Corvin sah ihn gelassen an: „Du warst nicht so wütend über ihn, als du es noch nicht wusstest."

Diese kalte Antwort brachte ihn zum schweigen.

Ich hatte Corvin schon in vielen Rollen erlebt. Als Drillmaster, als wandelndes Lexikon oder als Ich-habe-an-allem-etwas-auszusetzen-Mensch. Aber als Beschützer? Und dann auch noch für den Feind? Das war eine ganz neue Seite an ihm, die wohl keiner von uns kannte.

„Er ist nun unser Kamerad und wenn er der Meinung ist, dass wir ihnen helfen sollten, dann werden wir das auch tun. Schließlich sind wir eine Familie. Oder?"
Betretenes Schweigen machte sich breit.

„Nun ja", entgegnete Ivan ihm von seinem Stuhl aus , „recht hast du ja. Er gehört zu uns." Er sah den Exsoldaten an, welcher sich nicht traute, Augenkontakt zu irgendjemandem von uns aufzunehmen.

„Jack?", fragte Corvin ruhig den Letzten aus der Truppe.

Dieser nickte nur, hegte dennoch Groll gegen den Neuzugang. Bis ihm eine Frage einfiel: „Sagt mal, wie kommt es eigentlich, dass wir nur einen Soldaten aufgenommen haben? Wo ist der Rest seiner Truppe?"

„Wahrscheinlich tot", antwortete ich schnell, um mich auch wieder in das Gespräch mit einzubringen.

„Nun gut. Dann folgen wir der Dame und helfen mal unseren Feinden", nach diesem Satz ging Jack wortlos an uns vorbei nach draußen, wo Leila und ihre Tiere auf uns warteten.

„Ah, die Herren stoßen doch noch zu uns. Das ist schön. Los. Wir dürfen keine Zeit verlieren", sie lief los und wir folgten ihr.

Ein kurzes Stück, dann mussten wir verschnaufen.

„Wirklich?", sie sah uns an und hob dabei skeptisch

eine Augenbraue.

„Wir … wir sind keine Läufer", keuchte ich schwer, „habt, habt ihr kein Auto? Oder Ähnliches?"

Leila fühlte sich auf den Arm genommen, ballte eine Faust und entgegnete: „Nein, nur das hier." Sie öffnete ihre Hand und ein schwarzer Nebel legte sich um uns. Als er wieder verschwand, sah die Umgebung plötzlich viel größer aus.

„Was war das?", ich musste niesen und bekam gleich daraufhin eine genervtes „Gesundheit" von hinten zugeworfen. „Danke, Ivan, ich …", ich drehte mich um und erstarrte.

Wo meine Kameraden einst waren, standen nun vier Wölfe vor mir.

„Was zur Hölle ist passiert?", verwundert über das Geschehen drehte ich mich wieder zu Leila um und wartete auf eine alles erklärende Antwort.

„Und? Könnt ihr jetzt besser laufen?", fragte sie in einem gereizten Ton.

„Ja, können wir."

„Sehr gut. Dann bewegt euch!", sie drehte sich wieder in ihre Laufrichtung und setzte erneut zum Aufbruch an.

Diesmal klappte die Fortbewegung wesentlich leichter und auch schneller. „Ich könnte mich echt daran gewöhnen", rief Corvin mir zu, während wir der

Anführerin folgten.

Zwischen unserem Marathon mussten wir ein paar Mal Rast machen, da wir nicht in der Nacht laufen wollten.

Die Tage vergingen schnell, da wir immer in Bewegung waren.

Vor uns tauchte der einstige Stützpunkt auf, der nur noch ein Trümmerhaufen war.

Je näher wir dem Feind kamen, umso strenger roch es nach frischem Blut und Rauch.

Wir sprangen mit Leichtigkeit über die Überbleibsel der Häuser, die nun in Teilen verstreut herumlagen, und erstarrten. Es sah aus, als hätte hier eine Schlacht getobt. Der Boden und auch die Trümmerhaufen waren größtenteils rot gefärbt. Blutspuren führten in großen breiten Streifen kreuz und quer über den Grund. **Die Leichen wurden in verschiedene Richtungen weggezerrt.** Bis auf die Verwüstung und das Blut war nichts zu sehen oder zu hören. Der Trupp teilte sich auf und alle begannen in verschiedenen Richtungen zu suchen. Ich spitze die Ohren und schnupperte in der Luft. Blut, Rauch. Asche. Das war alles.

Ich blieb stehen. Da war noch etwas anderes, was ich wittern konnte. Schweiß und Parfüm ohne eine Vermischung mit Blut. **Hier lebt noch jemand. Aber wer?**

Heather

Ich sah meine Kameraden an. Einige trauerten um ihre Verluste, andere versuchten, stark zu bleiben, während der Rest langsam neben ihnen durch seine Verletzungen starb. Stille herrschte, noch schlimmere als am Anfang, da wir nun wussten, wie stark unser Gegner war. Seit Tagen kauerten wir in unserem Versteck, da Ares immer noch da draußen herumstreifte. Bei dem kleinsten Knistern und Knacksen zuckten wir zusammen, als wären wir Tiere, die gejagt wurden. Das waren wir letztendlich auch, in Anbetracht der Situation. Tank hob den Kopf, da er etwas gehört hatte. Ich strengte mich an, um zu lauschen. Dann hörte ich Schritte, die in unsere Richtung kamen. Ich wies meine Leute an, sitzen zu bleiben, damit ich gucken konnte, wohin sich unser Feind bewegte. Ich schlich langsam aus dem Versteck. Als ich draußen war, setzte ich mich schnell mit dem Rücken an einen Trümmerhaufen und hielt die Luft an. Es war wieder still geworden. **Wo ist dieser Bastard nur?** Dann hörte ich wieder etwas. Direkt auf der anderen Seite meines Verstecks wurde leise herumgekratzt, so, als ob etwas versuchte, sich durch den Haufen durchzuwühlen. Ich kauerte mich hin. Ich hörte meinen Herzschlag und spürte, wie ich immer

nervöser wurde. Ich versuchte, um die Ecke zu gucken. Sehen konnte ich nichts. Als ich mich anders hinsetzen wollte, stützte ich mich dabei auf einem Brett auf, das aus dem Trümmerhaufen herausragte. Zu meinem Bedauern riss ich es dabei raus und ein großer Teil des Haufens brach laut krachend ein. Mein Gegner hörte augenblicklich auf zu graben und verharrte wie ich. Nun konnte ich ihn weder sehen noch hören, aber er wusste, wo ich war. Ich hockte auf dem staubigen Boden inmitten meines eigens angerichteten Chaos und hoffte, dass der Feind es nur für einen unbedeutenden Windstoß hielt. Aber da unterschätzte ich ihn. Der Gräber sprang mit Leichtigkeit auf den Haufen und starrte auf mich herab. Sein Blick bohrte sich tief in mich hinein. Ich schloss die Augen und wartete auf seinen Angriff. Doch es geschah nichts. Plötzlich spürte ich einen warmen Luftzug, an meiner einen Gesichtshälfte und zuckte zusammen. Langsam öffnete ich die Augen und sah in das Gesicht eines Wolfes, der mir freundlich zu hechelte. Noch nie war ich so erleichtert gewesen. Ich umarmte den schwarzen Wolf freudig, der nun aufheulte, um den Rest seiner Truppe zu informieren. Sofort kamen sie angelaufen, angeführt von einer Frau. Ich stand auf und sah sie mir genauer an: „Leila? Leila, sind Sie das?"
Sie breitete ihre Arme aus und kam auf mich zu, um

mich zu umarmen.

„Leila, ich bin so froh, Sie zu sehen. Etwas schreckliches ist passiert. Ares war hier."

Sie drückte mich weg von sich, hielt mich aber dennoch an den Armen fest: „Du musst mir alles erzählen."

Ich rief meinen Trupp zusammen und stellte die eine Seite jeweils der anderen vor. Ich erklärte Leila alles und beschrieb ihr den großen Tiger bis ins kleinste Detail. Aber sie schüttelte den Kopf. Sie wirkte dennoch nervös. Ich verstand ihr seltsames Verhalten nicht.

Im Laufe des Tages bemerkte ich, dass Leila fünf neue Wölfe hatte, von denen mich immer einer verfolgte, egal wohin ich ging. Ihre neuen Tiere waren nicht schwarz wie die anderen, sie waren alle gemustert und in verschiedensten Brauntönen gefärbt. Einer hatte ein grau gemustertes Fell, dass stark an einen Tarnanzug für Wintergebiete erinnerte. Doch bevor ich weiter darüber nachdenken konnte, hopste Silent auf einen der vielen Trümmerhaufen und beschwerte sich lautstark über den Radau, den wir in seinen Augen hier draußen veranstaltet hatten. Er sah uns alle strafend an und setzte dann, wie er es immer tat, seine Gefiederpflege fort, ohne uns auch nur eines weiteren Blickes zu würdigen. Mein neuer Lieblingswolf ging auf mich zu und leckte mir über die Finger, damit ich ihm

Aufmerksamkeit schenkte. Ich drehte mich zu ihm und hockte mich runter, um ihn zu kraulen. Ich hob seinen Kopf so vor meinen, dass ich ihm in die Augen sehen konnte, und dann wurde mir klar, wer vor mir saß.

„Ryder?", ich sah ihn ungläubig an.

Er nickte und heulte auf. Sofort kam sein grauer Freund angelaufen und sah uns an. Ryder bellte ihm etwas entgegen. **Wenn ich nur wüsste, was er sagt, aber ohne Leilas kleine Magie höre ich nur ein Bellen.**

„Magie!", ich sprang auf und zog damit alle Blicke auf mich. Leila kam aufgeregt zu mir gelaufen: „Was ist denn, Heather?"

„Magie, deswegen konnten wir dem Biest nichts anhaben. Seine Verletzung stammt nicht von einer normalen Waffe, sondern es muss etwas anderes gewesen sein, was ihn so zugerichtet hat." Ich genoss meinen Moment des Triumphs, sackte dann melancholisch auf einem kleinen Haufen zusammen und ließ den Kopf hängen: „Er sagte, meine Mutter hätte ihm das angetan. Aber sie ist tot." Ich blickte entmutigt zu Leila hoch: „Wir sind machtlos gegen ihn. Oder hast du etwas?"

Leila schüttelte den Kopf und streifte mir dabei über den Kopf.

Verdammt.

Ryder

Heather sah traurig aus. Die Situation, in der wir uns befanden, war auch nicht gerade zu unseren Gunsten. Eher das Gegenteil.

„Ich frage mich, was mit den Toten passiert ist." Ivan und Jack kamen nun auch herüber.

„Ich weiß nicht", antwortete Jack. „Vielleicht wurden sie gefressen, oder einfach nur verschleppt."

„Der neue Gegner muss wirklich gewaltig sein, so, wie ihn das Mädchen beschrieben hat."

„Heather."

„Bitte?", Ivan sah mich überrascht an.

„Sie heißt Heather."

„Ah, okay. Ähm, das Tier muss ja gewaltig gewesen sein, so, wie Heather", er warf mir einen fragenden Blick zu, den ich mit einem Nicken bestätigte, „ihn beschrieben hat. Und keiner von uns kann zaubern. Also?"

Nicht nur, dass wir keine Magie hatten, wir waren zudem planlos. Nur Jasper schien eine Idee zu haben. Er rieb immer wieder seinen Kopf über sein Brustfell. Oder er hatte Flöhe. Ich wich vorsichtshalber ein Stück zurück.

„Was willst du uns sagen? Verdammt, wenn du nur sprechen könntest."

Er sah mich an, rieb seinen Kopf wieder über sein Brustfell und schaute dann zu den anderen Soldaten.

„Jasper, wirklich, streng dich bitte mehr an."

Doch dann kam Corvin eine Erleuchtung: „Er meint die Soldaten auf seinem Stützpunkt. Dass wir uns mit denen verbünden könnten."

Keiner aus unserer kleinen Runde war darüber begeistert.

Jasper stand auf, ging zu Heather und stützte sich mit seinen Vorderpfoten auf ihren Oberschenkeln auf, damit sie ihn wahrnahm. Sie sah ihn traurig an und kraulte ihn hinter dem Ohr. Ich übersah die Tatsache, dass sie meinem Kumpel gerade eine Massage verpasste, und konzentrierte mich auf seine nächsten Schritte. Er zog an ihrem Ärmel und rieb sich dann wieder über das Brustfell.

„Was? Du bist auch ein Soldat? Von wo?"

Jasper sah sie zögernd an und malte dann „HS1" in den Sand.

„Du kommst vom Hauptstützpunkt? Ich kenne da jemanden."

Sie stand auf und lief zu den anderen Soldaten, die mit allen Mitteln versuchten, mit Leila zu flirten. Heather redete mit ihnen und kam kurz darauf mit einem kleinen Monitor zurück, auf dem sie herum wischte und tippte. Nach einigem Wischen hatte sie wohl die richtige Adresse gefunden, da ihre Augen anfingen zu leuchten und sie freudig und gespannt auf ihren kleinen Bildschirm starte.

Eine Frauenstimme ertönte: „Heather? Oh mein Gott, wie schön dich wiederzusehen. Erzähl, wie geht's dir? Hast du abgenommen? Was rede ich da? Du siehst toll aus. Also, was gibt es?"

Wirklich? Ein halber Roman, um eine Frage zu stellen?

„Hör zu, Mathilda, wir wurden angegriffen und brauchen einen Ort, an dem wir untertauchen können. Habt ihr Platz für ein paar Soldaten und Wölfe?"

„Ähm, Wölfe? Aber ja, natürlich. Michael, Sam? Wir müssen die Gästezimmer einrichten."

„Einen Scheiß müssen wir!"

Wow, freundlicher Umgang. Ich sah zu Jasper rüber. Er wirkte sichtlich angespannt, was auch kein Wunder war.

„Du bist ein Arsch!"

„Und du 'ne miese Mechanikerin!", tönte es aus Heathers kleinem technischen Spielzeug, bevor sie sich wieder einschaltete, um den Streit nicht ausarten zu lassen: „Also? Platz? Ja oder nein?"

„Für wie viele überhaupt?"

Sie sah auf und zählte uns durch: „Für 25, davon elf Wölfe. Der Rest besteht aus Soldaten und ein paar

Tieren."

„Das kannst du vergessen! Wir sind keine Herberge für heimatlose Soldaten und herumstreunende verlauste Viecher!"

„Komisch, Sam, dich haben wir aber auch aufgenommen."

Der Konter war gut. So gut, dass Sam nun nicht mehr antwortete, sondern nur noch mit einem widerwilligen „Okay" zustimmte.

„Klasse," freute sich Heather. „Wir suchen uns einen heilen Helikopter und machen uns sofort auf den Weg zu euch. Wo ist eigentlich Grace?"

„Hier." Man hörte nur ein kleinlautes „Miau".

„Oh ...", Heather wirkte irritiert, „sie ist wieder ein Kätzchen?"

„Ja, ist sie. Rate mal, wer zu stur ist, um sich etwas sagen zu lassen?"

Ein Fauchen war zu hören, dann verabschiedeten sich beide und Heather stand auf, um allen die positive Nachricht zu verkünden. Nun sah Jasper noch ängstlicher aus. **Er hat bestimmt Angst, dorthin zurückzukehren. Aber die Soldaten sind im Moment unsere einzige Hoffnung.** Alle nickten zustimmend zu und begaben sich auf die Suche nach einem funktionsfähigen Hubschrauber. Der große Adler, der mit seiner Pflege fertig zu sein schien, kam auf uns zu und beäugte uns skeptisch. Ich legte die Ohren an und knurrte ihn an, damit er sich wieder verzog, was er auch tat. **Wem gehört dieser dummer Vogel überhaupt?** Ich grinste schäbig in mich hinein. **Bestimmt ist sein Besitzer so ein untrainierter Pseudosoldat, der den Adler nur genommen hat, um nicht laufen zu müssen**. „Silent, wie geht es dir?" **Oh, Heather ist seine Besitzerin? Ach verdammt.**

Nach einigen Stunden hatten die Soldaten tatsächlich zwei Helikopter mobilisiert, in denen wir alle Platz fanden, um zu dem neuen Stützpunkt zu fliegen.

Der Flug dorthin verlief ohne Komplikationen. Fast ohne. Je näher wir ihm kamen, umso nervöser und ängstlicher wurde Jasper.

Als wir auf dem Boden aufsetzten und ausstiegen, wurden wir sofort von drei Soldaten mit zwei Wölfen und einer kleinen Katze, die nicht sehr glücklich aussah, begrüßt. „Heather, schön dich zu sehen."

Aha, das ist also Mathilda, und das hinter ihr sind wahrscheinlich ihre beiden Kollegen.

Jasper zog den Schwanz ein, machte sich ganz klein und legte sich fast auf den Boden.

„Japser, es ist alles gut, wir sind da."

Er sah mich verstört an und schüttelte nur seinen Kopf. Dann erhob er sich wieder, damit die anderen seine Panik nicht mitbekamen, und schlich an ihnen vorbei.

Ich sah ihm hinterher. **Es hat ihn bestimmt viel Überwindung gekostet, uns den Stützpunkt vorzuschlagen.**

Heather

Es war so gut, Mathilda und ihre nun eingelaufene Katze wiederzusehen. Auch Sam und Michael waren eine willkommene Abwechslung zu unserem zerstörten zuhause, auch wenn die beiden nicht sehr begeistert waren, uns als Gäste zu haben. Hades und Cerberus spitzten die Ohren und fingen an zu knurren, als sie eine so große und unbekannte Menschen- und Tiermenge vor sich hatten. Doch als Silent aus der Masse hervortrat und fauchend seine Flügel spreizte, ließen sie ihre Ohren hängen und liefen weg.

Was für starke und mutige Tiere. Doch, anstatt das der Adler sie laufen ließ, verfolgte er sie kreischend, um ihnen noch einmal deutlich zu machen, warum man ihn nicht anknurren sollte. „Silent, lass sie in Ruhe. Komm schon!" Doch er hörte nicht auf mich und alles, was wir hörten, war das Winseln seiner beiden Lieblingsopfer.

„Kannst du dein dummes Vieh denn nicht dazu bringen, dass es auf dich hört?", schnauzte Sam mich an und drehte sich gleich daraufhin weg, um nach den Tieren zu sehen. Aber ich versuchte ihn und seinen Kumpel, der immer noch an Ort und Stelle stand, zu ignorieren und stellte Mathilda die Leute aus meinem Stützpunkt vor. „Und das hier sind die Wölfe, von denen ich gesprochen habe", ich führte sie zu ihnen und präsentierte ihr stolz unsere Vierbeiner.

Sie sah sich jeden einzeln an, blieb dann beim grauen hängen. „Sag mal, wie heißen die eigentlich?"

„Ähm, nun ja. Der hellbraune da heißt Ryder. Der Rest, ähm, hat auch Namen."

Sie setzte sich direkt vor das graue Tier, was sie nahezu anzuhimmeln schien, den Blick dann aber senkte und auf den Boden starrte.

„Hm, ich könnte schwören, ich kenne diesen Wolf."

Noch bevor sie den Kopf des Tieres heben konnte, rempelte sie einer der dunkelbraunen Wölfe an und unterbrach sie somit in ihrem Vorhaben.

„Nun gut", sie sah wieder zu mir. „Ich habe mich da wohl geirrt."

„Wie kann es sein, dass Grace wieder eine kleine Katze ist?"

„Nun ja", Mathilda sah die fauchende Katze an. „Sie ist einfach nur stur." Sie grinste breit und sah zu ihrem Kameraden herüber, der sich aber nur entnervt wegdrehte.

„Michael sieht jetzt auch nicht so glücklich aus, uns zu sehen."

„Du kennst ihn doch. Er und Sam sind keine Freunde von irgendwelchen Menschen."

Ich lächelte sie an und folgte ihr, um den anderen ihre Zimmer zuzuteilen. Auch die Wölfe bekamen einen eigenen Bereich, in dem sie sich breitmachen konnten. Als wir mit allem fertig waren, schlenderten wir drei durch einen der langen Flure des Gebäudes.

„Erzähl, was hat euch angegriffen?", Mathilda drehte sich während des Gehens um und lief nun rückwärts vor mir, während sie ihre Kameradin im Arm hin und her wiegte.

„Das wirst du mir niemals glauben", entgegnete ich ihr lachend, da der Schock immer noch tief saß, „ein riesiger Geister-Tiger."

Mathilda hörte augenblicklich auf zu lächeln: „Ein Tiger?"

„Ja, verrückt. Oder?"

„Kann man so sagen." Sie wirkte nervös.

„Mathilda, weißt du etwas?"

„Ich? Nein, ich weiß nichts."

Ich sah sie genervt an: „Aha. *Du* weißt nichts?"

„Hör zu, wenn ich etwas wüsste, würde ich es dir sagen. Oder?"

„Ja, denke schon."

„Siehst du. Aber er scheint viele von euch getötet zu haben. Oder seid ihr so ein kleiner Stützpunkt?"

„Nein. Es ist … kompliziert."

„Versuch es."

„Die meisten haben uns verlassen, da sie glauben, dass ich meinen Vater getötet hätte. Aber dabei stimmt es nicht. Es war einer unserer Soldaten."

Mathilda sah mich entsetzt an: „Dein Vater ist gestorben? Mein Beileid."

„Danke. Sag mal, kannst du nicht ein paar Informationen über ihn herausfinden?"

„Du weißt doch, dass ist mein Job." Sie kramte wieder ihr kleines Spielzeug hervor und aktivierte es: „Wie heißt er?"

„John Leyer."

Mathilda wiederholte seinen Namen und begann zu suchen. Nach kurzer Zeit sah sie mich an: „Es gibt keine Infos zu diesem Namen. Es gibt viele Johns. Leyers auch. Aber kein John Leyer."

Sie zeigte mir alle Ereignisse mit den Namen, doch keiner von ihnen war der richtige.

Seltsam.

Ryder

Ah ist das schön hier. Ich wälzte mich auf dem großen Bett hin und her. Die anderen waren nicht begeistert von der jetzigen Situation. Im Lager des Feindes - und dann auch noch in der Gestalt eines Tieres. Ich hielt mitten in meiner Bewegung inne und sah mich um. Auf dem Rücken liegend konnte ich nicht alles einsehen, aber bei dieser Bequemlichkeit war mir das herzlich egal. Ich ließ mich auf die Seite fallen, versuchte mich mit meinen Pfoten in dem Bettlaken festzukrallen und paddelte mich drehend in einer seitlichen Bewegung zum Kopfende, um nun den kompletten Raum zu sehen. Dort vor mir lagen meine Kameraden am Boden und hoben nur gelegentlich ein Ohr, um den anderen ein Lebenszeichen von sich zu geben. Aufstehen wollte keiner. Warum auch? Der Boden war schließlich beheizt. Also immerhin eine gute Sache. Oder war ich einfach so von diesem Bett geblendet, dass ich nicht mehr richtig einordnen konnte, in welcher Situation wir uns befanden?

„Das ist kein schöner Ort", hörte ich Corvin unter mir schnaufen.

„Ja, aber wir sind hier in Sicherheit. Und nur das zählt." Corvin warf Ivan einen Blick zu, der ihn zum Schweigen brachte. Nun war wieder die Stille eingekehrt, die wir am Anfang hatten. „Los kommt", versuchte ich die anderen zu motivieren, „mich interessiert es brennend, wie die Soldaten hier so leben."

Keiner war von meiner Idee begeistert. Doch nach mehrmaligen nerven, standen sie letztendlich doch auf und liefen mit mir durch die Gegend.

Wir kamen an einem Raum vorbei, in dem sich zwei Soldaten unterhielten.

„Hast du diese Zerstörung gesehen?"

„Ja habe ich. Schrecklich."

Neugierig schaute ich in den Raum, um zu sehen, worüber sie sprachen. Vor mir sah ich zwei Männer, die sich Bilder von Ruinen ansahen. Ein Bild kam mir bekannt vor. Ich bellte, um die Aufmerksamkeit auf mich zu lenken. Beide drehten sich um.

„Hör zu, Kleiner, ich kann jetzt nicht mit euch spielen. Eines der Camps der Defenders wurde auf unerklärliche Weise zerstört und wir müssen gucken, was da los war", dann drehte er sich wieder seinem Kollegen zu, „wissen wir denn nun, wie viele Tote es gibt?"

Sein Kollege wechselte schnell zwischen Farbbildern mit Häusern und Ruinen sowie Bildern, die mit Wärmebildkameras aufgenommen wurden, hin und her, sah ihn schließlich an und schüttelte den Kopf: „Keine Lebenszeichen. Alles tot. Was zur Hölle war das?"

303

„Das ist nicht gut. Gar nicht gut. Details über den Anführer?"

„In der Tat. Eine Anführerin. Ihr Name ist Ljudmila Moskovitz."

Mein Atem stockte. **Sie? Aber das heißt, dass Nikolai dort ist, und wenn keiner überlebt hat ,dann** ... Ich sank zu Boden. **Mein Bruder ist ... Wie ist das möglich? Ich** ...

Corvin stupste mir mit der Schnauze in den Nacken: „Komm, mein Junge, es gibt nichts mehr, was wir tun können." Er und die anderen Wölfe setzten sich in Bewegung.

„Kleiner, hopp."

Ich sah den Soldaten fassungslos an, während er mir ein zaghaftes Lächeln zuwarf und mit einer leichten Kopfbewegung signalisierte, dass ich gehen sollte. Dann drehte er sich wieder um und rief alle Bilder der Verstorbenen auf, die nun in alphabetischer Reihenfolge vor ihm herunterliefen, sich kurz in der Bildschirmmitte öffneten, von einem großen roten X durchzogen wurden und ihren Weg in den Datenbanken fortsetzen. Ich setzte mich neben den Türrahmen und sah mir jedes dieser Bilder an, während ich die Buchstaben abzählte: ... L,M,N,O ... P.

Petrow, Nikolai.

Alter: 21

Status: verstorben.

Fassungslos starrte ich auf sein Bild, bevor es wieder verschwand. Ich schüttelte den Kopf. Nun lief auch ich aus dem Raum. In der Mitte des Flures blieb ich stehen. Hätte ich noch meine menschliche Form gehabt, hätte ich gelacht, da es nicht sein konnte. Es durfte nicht sein. Ich setzte mich langsam wieder in Bewegung. In unserem Zimmer angekommen, saßen die anderen auf dem Boden und sahen mich an. Keiner traute sich, etwas zu sagen. Sie schwiegen. Doch das machte es nicht besser.

„Sagt was, irgendwas!", meine Stimme versagte mir. „Bitte …"

„Ryder, ich … Es tut mir so leid." Jack kam auf mich zu und versuchte mir ins Gesicht zu sehen, doch ich wollte den Kopf nicht heben. Er ging zurück auf seinen Platz und stieg wieder in das Schweigen ein. Ich verließ den Raum, um mich mit den Stimmen der anderen abzulenken. Doch das Schweigen breitete sich aus. Niemand konnte sich den Angriff erklären, keiner wusste, wer oder was es war und welche Waffe einen solchen Schaden anrichten konnte. Ein riesiges Bildschirmhologramm wurde mitten in dem Stützpunkt aufgerufen und dort wurden im Einzelnen alle Bilder gezeigt. Überall lagen Trümmerhaufen herum. Ich achtete auf jede Kleinigkeit, jedes Detail. Die Soldaten mussten sich geirrt haben, Nikolai lebte bestimmt noch. Die Horrorshow ging weiter.

Zerstörte Autos, zerrissene Gemälde, zertrümmerte Fenster. Und mittendrin die unzähligen Leichen, meist waren es nur noch Teile von ihnen, die sich in den Teilen der Häuser verhakt hatten. Ich sah mir die Soldaten um mich herum an. Geschockte Gesichter überall, keiner wagte es, auch nur eine dumme Bemerkung zu machen. Einige liefen schnell in die Häuser, um sich zu übergeben, wobei es nicht alle schafften. Andere hielten sich die Hände vor das Gesicht und lugten durch den kleinen Spalt zwischen ihren Fingern, um nicht alles sehen zu müssen. Keiner von uns konnte fassen, was geschehen war. Als ich wieder zu den Bildern sah, wurde mir allmählich flau im Magen. Das Blut der Toten bedeckte nahezu das gesamte Gebiet. Ich versuchte immer noch voller Hoffnung, ein Lebenszeichen zu entdecken, doch es war aussichtslos. Selbst der Boden, in dem sich die Bunker befanden, war aufgebrochen worden. Dort zu überleben, war unmöglich. Aber etwas musste es doch geben, ein kleines Zeichen. Und da war es. Auf einem der Bilder war ein abgerissener blutiger Ärmel einer grauen Jacke zu sehen. **Bestimmt tragen viele Leute solche Kleidung**. Dann sah ich aber genauer hin. Ein schwarzer Flicken war auf dem Ellenbogen zu sehen.

Man konnte ihn aber nur schwer erkennen. Das war definitiv seine Jacke. Er war wirklich tot.
Ich hatte meinen besten Freund verloren.

Heather

Ich starrte geschockt auf die Bilder, die vor mir erschienen, und konnte nicht begreifen, was geschehen war. So eine Zerstörung war mit normalen Waffen unmöglich. Als ich mich umsah, bemerkte ich die Blicke der anderen Soldaten. Wut, Hass, Trauer, Angst und Übelkeit standen ihnen in ihre Gesichter geschrieben und keiner wusste genau, wie es nun nach diesem Angriff weitergehen würde.

Da die Lage schon seit Jahrzehnten so angespannt war, breitete sich die Sorge aus, dass die Defenders die Soldaten dafür verantwortlich machen würden und es zu einem weiteren Krieg kommen könnte.

Nach der Diashow wurden die einzelnen Bilder der Defenders, die ihr Leben verloren hatten, aufgerufen. Zeit für mich, wieder zu Mathilda zu gehen. Als ich mich auf dem Weg zu ihrem Zimmer befand, sah und hörte ich niemanden. Alle Menschen, die hier stationiert waren, standen draußen. Bei meiner Freundin im Zimmer angekommen, setzte ich mich auf das erste Bett und sah ihr dabei zu, wie sie mit ihrer Katze Flugzeug spielte. Sie hielt Grace dabei mit ausgestreckten Armen über ihren Kopf und schaukelte sie vor-und rückwärts. Als sie mich bemerkte, hielt sie an, sah zu mir, dann aber wieder zu ihrer Katze und setzte ihren Flug fort. „Und?"

Ich verstand nicht recht: „Was, und?"

„Na, ist es wirklich so schlimm, wie alle sagen?"

Ich sah sie skeptisch an: „Du warst hier. Wie willst du wissen, was alle sagen?"

Mathilda hielt ihre kleine Gefährtin mit einer Hand fest, während sie mit der anderen hinter sich griff, um eine Fernbedienung zu suchen und einen Monitor einzuschalten. Eine Meldung erschien auf dem Bildschirm in der stand, dass eines der Camps der Defenders zerstört wurde. Ich lass sie mir durch und fuhr mir seufzend durch die Haare. Die letzten Tage waren die schlimmsten meines Lebens gewesen und es wurde nicht besser. Ich legte mich hin, um mich kurz auszuruhen und schlief ein.

„Du solltest dich nicht unterkriegen lassen", hörte ich eine Stimme in meinem Traum sagen.

Ich stand in einem großen dunklen Raum, in dem ein Lichtkegel nur auf mich fiel. „Wer spricht da?", fragte ich verwundert.

Die Stimme lachte sanft: „Du erkennst die Stimme

deiner eigenen Mutter nicht wieder?"

Was? „Meine, meine Mutter?" Ich drehte mich in der Hoffnung, sie würde sich zeigen. „Zeig dich, bitte."

„Wenn die Zeit reif ist. Ich hörte, ich habe meinen Mann verloren?"

„Ja! John hat ihn getötet! Dieser Bastard!"

„Na, junge Dame! So habe ich dich nicht erzogen!"

„Ähm, ich, ähm … Entschuldigung, Mutter."

„Schon gut, Spätzchen. Wir haben im Moment größere Probleme als deine etwas, sagen wir, zu freizügige Erziehung."

Was?

„Ares ist also wieder aktiv."

„Ja, was sollen wir tun? Ich weiß nicht, was er noch alles vorhat, wie viele er von uns noch tötet." Ich raufte mir dabei die Haare und begann zu weinen: „Es ist so schrecklich. Ich weiß nicht weiter. Kannst du mir nicht helfen? Bitte."

„Beruhige dich, Schatz."

„Nein! Ich kann mich nicht beruhigen!"

Da ich nicht wusste, wo sie stand, schrie ich die Schwärze vor mir an: „Ich habe die Hälfte meiner Männer verloren, da sie entweder gestorben sind, oder sich gegen mich gestellt haben. Mein Vater ist tot. Wir haben einen starken Gegner, den wir nicht bezwingen können. Wogegen unserer Waffen nutzlos sind." Ich drückte mir die Ärmel meiner Uniform auf die Augen, um meine Tränen zu trocknen, und begann zu schluchzen. Ich wusste nicht recht, ob mir meine Mutter noch antwortete, da ich zu sehr mit meinen Ängsten beschäftigt war, als der Boden unter mir anfing zu leuchten. Es war ein grelles Licht, das mit einem Mal erlosch und nur noch ein helles „T" unter mir bildete. Als ich genauer hinsah, bemerkte ich, dass der vermeintliche Buchstabe ein Schwert darstellte.

„Ein Schwert?"

„Es ist nicht irgendein Schwert. Man nennt es *Verwüstung*."

„Verwüstung?", schluchzte ich.

„Ja. Es ist ein mächtiges Schwert, welches Ares zu Fall bringen kann."

Ich erinnerte mich an die Narbe in Ares' Gesicht. **Das war bestimmt eine Verletzung dieser Waffe**. Freude keimte in mir auf und auch die Hoffnung, nun wieder eine Chance gegen den Feind zu haben.

„Aber merk dir eins, Spätzchen, diese Waffe ist nicht nur in der Lage, ihn zu töten, sondern auch euch."

„Gar kein Problem", lachte ich. „Wo ist es?"

„Das weiß niemand."

Das ist jetzt nicht wirklich ihr Ernst.

„Wo muss ich suchen?"

„Einer alten Legende nach befindet es sich in einem

Schloss, welches unterhalb einer Kirche steht, die das Licht und die Dunkelheit miteinander verbindet."

„Das Licht und die Dunkelheit? Moment mal, du musst doch wissen, wo es ist, schließlich hast du Ares verletzt."

„Leider weiß ich es nicht."

„Mutter, was meinst du damit?"

„Nach dem letzten Kampf mit ihm beschloss ich, das Schwert zu verlassen und mein Gedächtnis zu löschen, damit keiner jemals eine Information dazu erhalten könnte."

Meine Tränen waren verschwunden und meine Verzweiflung wurde zu Kälte: „So, wie du mich damals verlassen hast?"

„Heather, es war keine leichte Entscheidung, du wirst es noch verstehen. Glaub mir."

„Jeder sagt mir das!", rief ich ihr wütend zu. Dann hielt ich einen Moment lang inne: „Jeden Tag, wenn mein Vater auf einer Mission war, habe ich mir eine Mutter gewünscht, die bei mir ist, die mich behütet, mich ins Bett bringt, mich morgens weckt und einfach für mich da ist, wenn ich jemanden brauche. Stattdessen bekam ich einen Adler, der nur ans fressen denkt, ein paar Soldaten, die nur aufgrund meines Namens nett zu mir sind und schließlich einen Kameraden, der mich wie Dreck behandelt hat!"

Es herrschte eine kurze Stille.

„Es tut mir leid."

Mit diesen Worten wachte ich auf. Ich sah zu Mathilda rüber, die mit Grace auf der Brust auf dem Bett lag und schlief. Sie hielt ihre Katze dabei fest an ihren Körper gedrückt, damit sie nicht abrutschen konnte. **Wie spät es jetzt wohl ist?** Ich streckte den Kopf weit nach hinten, um die kleine digitale Uhr erkennen zu können, die auf dem Tisch stand. 02:45 Uhr. Ich wischte mir mit der Hand durch mein Gesicht und überlegte, was ich nun tun sollte. Es war viel zu spät, um Mathilda zu wecken, und zurück in meine Träume wollte ich nicht.

„Verwüstung", flüsterte ich mir leise selbst zu.

Ryder

„Wie es ihm wohl geht?"

„Ich glaube, nicht besonders gut."

Ich hörte nur die Stimmen meiner Kameraden, sehen konnte ich sie nicht, da ich unter einer Decke lag. Am liebsten hätte ich mich irgendwo anders hin verzogen, um einfach allein zu sein. Doch hier waren zu viele Menschen und zu wenig Rückzugsorte. So recht wusste ich immer noch nicht, was ich fühlen sollte. Es war einfach leer in mir. Alleine der Gedanke, Nikolai nie wieder zu sehen, brachte mich förmlich um. **Wie soll es nun weitergehen? Ich verbrachte jeden Tag mit ihm, wir arbeiteten zusammen, lachten und stritten. Und nun ist alles weg? Einfach vorbei?** Die Wut kochte langsam in mir hoch. Der Frust und der Hass wurden nun stärker als die Leere und die Trauer. Ich war wütend auf alle. **Wieso konnte er nicht mit uns zurückkommen? Warum ließen sie ihn dort? Und warum hat er sich nicht heftiger gegen sie gewehrt?** Aber es machte keinen Sinn, wütend auf ihn zu sein. Niemand hätte ahnen können, dass so etwas passieren würde. Es machte mehr Sinn, all meinen Hass auf die Scheißkerle zu konzentrieren, die ihm das angetan hatten. Ich war so in meinen Gedanken versunken gewesen, dass ich nicht bemerkte, wie ich anfing zu knurren. „Hey, Ryder, beruhige dich", Corvins Worte rissen mich aus meinen Gedanken.

„Was?"

„Dein Knurren ist beängstigend. Wir finden schon den Dreckskerl, der ihm das angetan hat. Versprochen." Erst als ich mich aufrecht auf das Bett gesetzt hatte, konnte ich mich beruhigen und durchatmen: „Okay, ich bin ruhig."

„Wirklich?" Ivan warf mir einen ungläubigen Blick zu: „Du bist immer noch ein Wolf. Deine Körpersprache verrät dich."

Ich sah an mir runter. Mein Fell war gesträubt. Erst als ich ein paar Minuten gleichmäßig geatmet hatte, legte sich alles und ich war innen und außen entspannt. Ich sprang vom Bett: „Was sollen wir machen?"

„Als Erstes müssen wir wieder zu Menschen werden. Hat jemand Leila gesehen?", fragte Corvin.

Wir blickten uns ratlos an.

„Los, kommt, Ryder, Jasper, Ivan und Jack, teilen wir uns auf, damit wir sie schneller finden."

Jasper verneinte nur, in dem er den Kopf schüttelte.

„Jasper möchte wohl einen Moment allein sein", sagte Jack und sah ihn dabei an.

„Na gut", stimmte Corvin zu. „Dann gehen wir. Jasper, pass gut auf dich auf."

Der graue Wolf nickte und wir liefen los.

Als ich durch den Stützpunkt lief, versuchte ich mich abzulenken. Doch es gelang mir nicht. Noch bevor ich weiter an Nikolai denken konnte, wurde ich an einen warmen Körper gedrückt und fest geknuddelt: „Oh, was für ein süßer Wolf du bist, wer ist denn dein Besitzer?"

Der Stimme nach zu urteilen, war es eine Frau. Ihr Gesicht konnte ich nicht erkennen, da sie mit ihren Armen meinen Kopf umschlungen hatte.

Ich bellte nur kurz, um ihr zu signalisieren, dass ich keinen Bock hatte, und wurde daraufhin losgelassen. Nun konnte ich sie mir ansehen.

Sie hatte dunkelblondes, langes Haar und bernsteinfarbene Augen. Sie trug wie alle anderen hier eine Uniform.

„Tut mir leid, aber es gibt fast nur Großkatzen hier. Und mal einen fremden Wolf zu sehen, ist sozusagen ein Highlight in meinem langweiligen Job als Systemtechnikerin."

Gott, hört sich das langweilig an, kein Wunder, dass ein Tier dann mal 'ne willkommene Abwechslung ist.

„Du scheinst niemandem zu gehören. Kamst du mit den anderen Soldaten?", sie begutachtet mich genauer und wischte mir einmal durch mein Fell, „es klebt Magie an dir, du bist also kein richtiger Wolf."

Sie sah mir in die Augen, stand auf und ging.

Ob sie auch zaubern kann? Ich wollte ihr hinterherlaufen, doch sie war plötzlich verschwunden.

Heather

Alle waren auf den Beinen und liefen umher. Einige trainierten, andere berieten sich, wie sie am besten mit der neuen Gefahr umgehen wollten, oder sie putzen und warteten ihren Stützpunkt. Ich für meinen Teil saß lustlos und mit zerzausten Haaren auf einem für mich viel zu unbequemen Stuhl in Mathildas Zimmer und versuchte einigermaßen wach zu werden, während sie sämtliche Datenbanken nach einem Schwert durchsuchte.

„Verwüstung, sagst du?"

„Hä? Jaja, genau, 'Verwüstung'."

„Und wo liegt es?"

„Ähm", ich überlegte, „es soll in einem Schloss unter einer Kirche mit zwei Türmen liegen, die das Licht und die Dunkelheit vereint. Wo das ist weiß ich nicht."

„Wie sieht es aus?"

„Äh, wie ein Schwert?"

Mathilda sah mich verstimmt an: „Wie ein Schwert?"

„Ja, genau."

Sie seufzte: „Also suchen wir nach etwas, von dem wir nicht wissen, wo es ist, wie wir daran kommen und wie es aussieht?"

„Na ja, wenn du es so formulierst, dann hört es sich hoffnungslos an."

Sie stemmte eine Hand in ihre Hüfte: „Und wie soll ich es formulieren? Eventuell mit kleinen Fähnchen und Konfetti? Vielleicht 'ne kleine Tanzeinlage dazu?"

Sarkasmus? „Nein, so auch nicht. Aber wir haben doch schon mal einen Anhaltspunkt."

„Und der wäre?", fragte sie schnippisch.

Hat da jemand schlechte Laune? „Wir wissen, dass es so etwas gibt."

Ihr Blick sprach für sich: „Nun gut. Dann gucken wir mal, was die Daten noch so alles hergeben. Ach, wäre Michael doch nur hier. Den hätte das auch interessiert."

„Du, sag mal."

Sie drehte ihren Kopf in meine Richtung: „Was gibt es, Heather?"

„Wo sind die beiden eigentlich?"

Sie hörte augenblicklich auf zu tippen. „Auf einer Mission", entgegnete sie mir trocken. Dann setzte sie ihre Arbeit fort.

Ich wechselte von dem Stuhl zum Bett und ließ mich nach hinten fallen. Kurz darauf saß Grace neben mir und warf mir einen fragenden Blick zu.

„Grace, lass sie, das ist nicht dein Bett."

Die Katze fauchte in ihre Richtung und sprang beleidigt runter. Dann hüpfte sie auf ein anderes Bett, um es sich dort bequem zu machen.

„Grace, willst du nicht herumlaufen und spielen?", fragte Mathilda ihre Katze freundlich.

Die Katze hob fragend den Kopf.

„Unser Aktenvernichter wurde erst kürzlich repariert."

Ein kurzes Fauchen kam von der Katze, dann drehte sie empört ihren Kopf weg und fing an zu dösen. Mathilda grinste nur hämisch und suchte weiter. Nach einigen Minuten brach sie die Suche jedoch ab: „Ich habe nichts zu einem Schloss gefunden. Sicher dass es existiert?"

„Ja, natürlich. Warte." Ich überlegte noch einmal genau, was meine Mutter gesagt hatte: „Ich weiß, wo es ist! Wir müssen zu dem zerstörten Camp."

„Bist du dir sicher? Was ist, wenn der Ort falsch ist? Das würde uns um Tage aufhalten."

„Ich weiß, es klingt verrückt. Aber mein Gefühl sagt mir, dass es richtig ist. Und warum sollte irgendjemand urplötzlich eines der Camps zerstören? Das Schloss liegt bestimmt darunter!"

„Nun gut, aber wir gehen mit einem kleinen Trupp dahin. Es darf nicht auffallen, dass wir fehlen."

„Keine Sorge, ich weiß, wen ich mitnehmen werde. Ich hole Silent und Ryder, und dann können wir los."

Mathilda sah mich an: „Ryder? Den Wolf? Warum?"

„Na, er kann uns vielleicht noch behilflich sein."

„Gute Idee. Grace, aufstehen. Los!"

Die Katze dachte nicht dran und drehte sich genüsslich im Bett um. Mathilda stand auf, schaltete den Computer aus, packte die Katze und hielt sie unter dem Arm fest: „Ich habe alles. Die Waffen holen wir unten." Mit diesen Worten ging sie zur Tür raus und ignorierte dabei ihre jaulende Katze komplett. Ich lief danach los, um meinen Adler abzuholen. Auf dem Weg dorthin fand ich Tank. Der Löwe war umringt von einem Haufen junger Löwinnen. Ich lockte ihn aus der Meute und kniete mich vor ihn: „Hör zu Tank, ich werde jetzt für einige Zeit weg sein, ich muss etwas wichtiges erledigen, mach dir bitte keine Sorgen, okay?" Er nickte und leckte mir über die Wange. Ich streichelte ihn und lief dann weiter.

Silent lag, wie es zu erwarten war, auf dem Brunnenrand.

„Silent, komm, wir müssen los."

Doch genau wie die Katze dachte er nicht daran.

„Silent, ich bitte dich. Beweg dich."

Keine Reaktion.

Ich setzte mich neben ihn: „Du weißt, was ich über dich denke. Und auch wenn wir uns nicht immer verstehen, aber ich brauche dich jetzt. Bitte."

Mein Adler sah mich an und stupste mich mit seinem Schnabel an. Ich drückte ihn an mich und flüsterte: „Danke."

Auf dem Landeplatz der Helikopter stand dort schon Mathilda mit Grace, die wieder ein Gepard war.

„Ich hole nur schnell Ryder, dann können wir los." Ich hastete zurück in das Gebäude und suchte nach ihm. Dann fand ich ihn, zusammengerollt in einer Ecke.

„Ryder, oh, zum Glück hab ich dich gefunden", ich umarmte ihn.

Er sah mich an, bellte vor Freude und wedelte mit dem

Schwanz.

„Ryder, komm mit, wir haben eine Mission."

Er spitze die Ohren und begleitete mich dann zu den anderen.

„Komm schon, wir müssen los", rief Mathilda.

Ich stieg ein und Ryder folgte mir.

Mathilda startete den Helikopter ohne Probleme, während der Rest von uns sich einen Platz suchte.

Sie betätigte einen Knopf, wodurch sich die Kuppel über uns öffnete und wieder schloss als wir durch sie hindurch geflogen waren.

In dem Helikopter sah ich mein Spiegelbild in einer der Scheiben. Erde und Schmutz waren auf meiner Uniform und in meinem Gesicht verteilt. Ich richtete den Helm und kämmte mir mit den Fingerspitzen durch meine Haare.

Nachdem wir gelandet waren, stiegen wir aus und sahen uns um.

Das Gebiet war so unübersichtlich, da alles zerstört war.

Wo sollen wir nur anfangen?

Ryder

Ich schnupperte an allem, was ich finden konnte.

Überall waren fremden Gerüche, doch keiner von denen gehörte zu Nikolai. Mit jeder Minute, die verstrich, ohne meinen Kumpel gefunden zu haben, wurde ich frustrierter. Irgendwo musste eine Spur sein. Ich suchte weiter, wurde aber durch die anderen Düfte, die in der Luft lagen, immer wieder abgelenkt. Nachdem ich ein Stück weit gelaufen war, drehte ich mich zu den anderen um, um sie nicht aus den Augen zu verlieren, und stupste, ohne hinzugucken, meine Nase zurück auf den Boden, wobei ich sie in eine große Blutlache tauchte. Sofort riss ich meinen Kopf nach oben und schnaubte es aus meiner Nase. Verzweifelt schüttelte ich den Kopf, um das Blut aus meinem Gesicht zu bekommen. Ich setzte mich hin und schloss die Augen, um mich nun zu konzentrieren. Es roch nach Asche, Blut und verbranntem Fleisch. Ein leichter Hauch von Parfüm lag in der Luft und ich wusste, dass ich das schon einmal gerochen hatte.

Ich folgte der Duftspur und landete vor einem Trümmerhaus, unter dem ein Arm hervorschaute. Ich schob vorsichtig ein paar der Steine mit dem Kopf zur Seite und fand die Leiche von Ljudmila. Ich setzte mich davor. **Wenn ich den Kerl in die Finger bekomme, dann** …

Bevor ich mich zu sehr aufregte, versuchte ich mich zu beruhigen, da ich einen klaren Gedanken fassen musste. Ich suchte ein großes Tuch, um sie damit zu bedecken. Es war nicht das ideale Begräbnis, aber es war etwas. **So, Heather meinte also, dass sich unter dem Camp ein Schloss befindet.** Ich stand wieder auf und lief weiter. **Aber woran erkenne ich, dass ein Schloss unter diesem Camp steht? Vielleicht durch einen Hinweis oder ein** ... Ich stolperte über etwas und fiel. Ich sah mich um und entdeckte einen Griff. Ich sah ihn mir genau an. Unter ihm befand sich eine rechteckige Tür, deren Umrisse man nur schwer erkennen konnte. Ich heulte einmal laut, damit die anderen mich finden konnten.

„Ryder, was hast du denn ... eine Tür!", Heather sah mich freudestrahlend an. Etwas leuchtete in ihrer Hosentasche auf. Sie nahm es raus und sah es sich an. „Der Stein, er leuchtet. Vielleicht hat er etwas mit dem Schloss zu tun!"

Sie und Mathilda zogen die schwere Tür hoch. Unter ihr befand sich eine lange, schmale Treppe, die nach unten in die Dunkelheit führte.

Skeptisch sah ich herab.

Heather sah uns an: „Wir sollten da runter gehen."

„Alle?", fragte Mathilda, „es wäre besser, wenn Grace und ich hierbleiben würden. Damit wir die Lage im Auge behalten können."

„Gute Idee. Und wie gefährlich kann es da unten schon

sein?"

Ich sah sie kritisch an. Mehr konnte ich auch nicht tun, da sie und ihr Adler schon die ersten Stufen herabgestiegen waren. Nur widerwillig folgte ich ihr und schaute noch einmal hoch zum Tageslicht, bevor Mathilda die Tür schloss und ich in der Dunkelheit versank.

Vorsichtig tastete ich nach jeder Stufe aus Angst, zu fallen. Am Ende der Treppe lief ich gegen eine Hecke. Da es so dunkel war, erkannte ich aber nicht, wie lang sie war. Heathers kleiner Stein war das Einzige, was uns etwas Licht spendete. Sie ging vorsichtig nach vorne und als sie den ersten Fuß in den Eingang gesetzt hatte, leuchtete plötzlich ein grüner Strahl auf. Ich erschrak mich zuerst, sah dann aber, dass uns das Licht den Weg wies. Wir gingen langsam weiter. An einer Ecke erlosch das Licht plötzlich. Heather sah sich um und setzte wieder einen Fuß nach vorne. Plötzlich erhellte ein rotes Licht die Innenwände der Hecke. Ich schaute in den Gang und sah, dass ein Skelett auf dem Boden lag. Ich bellte kurz um Heather darauf aufmerksam zu machen. Und so gingen wir vorsichtig weiter, bis wir das Ende erreicht hatten. Doch vor uns lag nichts.

„Was? Es sollte doch hier sein. Ich kann mich nicht geirrt haben. Das geht nicht. Das darf nicht sein!"

Heather sah sich verzweifelt um.

Ich entdeckte einen kleinen Stein, der mitten im Weg lag. **Seltsam. Warum sollte hier ein Stein liegen? Und dann auch noch mitten im Weg? Das ergibt keinen Sinn. Es sei denn** ... Ich kläffte Heather an und lief zu dem kleinen Stein. Sie ging zu ihm und betrachtete ihn genauer. Er hatte seitlich ein kleines Loch. Sie kramte den Kristall heraus und setzte ihn dort ein. Ein weißer Strahl schoss aus dem kleinen Stein und verbreitete sich zu einem Schleier, der sich über das Gebiet vor uns legte. Als er sich auflöste, tauchte vor uns ein großes Schloss auf.

Heather

Da standen wir vor dem großen Schloss, nach dem wir gesucht hatten. Ich sah nach oben. Die Fenster waren aus kristallklarem Glas, verziert mit bunten Fragmenten, die Landschaften darstellten. Häuser, Bäche, Flüsse, sogar Städte und Meere. Ich kannte all diese Sachen nur aus den alten Büchern. Vor uns war ein Wasserfall, der aus dem Schloss kam. Er fing an der obersten Spitze des höchsten Turms an, und obwohl er direkt vor uns auf den Boden fiel, war kein See zu sehen. Ich ging vorsichtig näher dran.

Es war kein gewöhnliches Wasser. Es erinnerte mich an den Brunnen bei Mathilda. **Moment. Das heißt, wenn dass das Gleiche ist, wie bei ihr, ist das holografische Wasser in Wirklichkeit kein Hologramm, sondern Magie. Das erklärt auch die Verwandlung von Grace. Aber warum hat sie mir nichts gesagt?** Durch den Wasserschleier hindurch konnte ich eine Tür erkennen.

„Vielleicht können wir die benutzen." Als ich durch das Wasser fassen wollte, verhärtete sich die Stelle blitzschnell und ein dunkelblauer Schimmer legte sich über den restlichen Teil. Der Wasserfall erstarrte komplett und verfärbte sich so stark, dass ich die Tür hinter ihm nicht mehr sehen konnte. Geschockt hielt ich mir die Hände vor den Mund und ging ein Stück zurück. **Was habe ich getan? Wir stehen so kurz vor dem Ziel, das Schwert zu bekommen, und dann das.** Verzweifelt sah ich mir mein Werk an. **Verdammt, wie kommen wir jetzt da rein?** Ich sah nach rechts und dann nach links. Doch das Schloss hatte nur den einen Eingang. Ich sah mich um. Es musste noch eine Möglichkeit geben, den Zauber aufzuheben. Ich ging ein paar Schritte zurück und sah mir die Hecke an. Aber sie gab keinen Hinweis drauf, wie wir in das Schloss gelangen konnten. Ich drehte mich wieder um und sah, dass an der Stelle, an der vorher der Stein lag, nun ein kleiner, versteinerte Vogel saß. Ich kniete mich zu ihm hin und streichelte ihn. „Komm schon, kleiner Kerl, du weißt bestimmt etwas. Wach auf."

Ryder und Silent sahen mich nur skeptisch an. Ich ließ mich nicht ablenken und machte unbeirrt weiter: „Bitte, wach auf du kleiner Vogel. Bitte." Doch das Tier blieb aus Stein. Ich kramte in meinen Taschen nach etwas, dass mir helfen konnte, doch ich fand nichts. **Komm schon, Heather, womit weckt man einen versteinerten Vogel?** Vielleicht musste ich ihn gar nicht mit netten Worten locken, sondern mit Magie. Aber die beherrschte ich nicht. Ich seufzte, doch dann fiel mir der Name wieder ein, der auf dem Stoff stand. Ich streichelte den Vogel erneut: „Aufwachen, Cornelius"

Plötzlich regte sich der kleine Vogel. Er färbte sich bunt, fing an, mit den Flügeln zu schlagen, und hob vom Boden ab. Er flatterte um mich herum, bis er auf meiner Schulter landete und mir munter zu zwitscherte. Begeistert streichelte ich das kleine Tier. Ryder und Silent sahen mich und das Tier erstaunt an. Ich ließ den Kleinen auf meine Hand hüpfen: „So, du kleiner, bunter Piepmatz. Kannst du uns helfen? Wir müssen in das Schloss."

Er sah erst zu mir und dann zu dem eingefrorenen Wasserfall. Er flog los und landete kurz davor wieder.

Wir folgten ihm. Dann fing er an, an dem Wasser herum zu hacken. Das dunkelblau, dass den Wasserfall vorher eingefärbt hatte, löste sich auf und mit einem Mal floss das Wasser wieder. Der Wasserfall spaltete sich in der Mitte und legte die Tür frei. Schnell gingen wir hindurch.

Ryder

Als wir im Schloss waren, war ich überrascht, wie schön hier alles war. Der Boden war so sauber, dass sich die Gemälde in ihm spiegelten. Wir standen in einem großen Saal, in dem überall Bilder hingen, die von einfachen Malereien wie einer Kuh aus Strichen bis hin zu farbenprächtigen Gemälden reichten, die Szenen, wie zum Beispiel eine Familie auf einem Schiff, darstellten. Alles hier, der Boden, die Wände und die Decke, war in hellen und freundlichen Farben gehalten. Über mir hing ein riesiger Kronleuchter.

„Sollen wir uns aufteilen?", Heather sah uns an.

Ich schüttelte den Kopf.

„Meinst du? Aber wenn wir zusammen gehen, dann wird das bestimmt länger dauern."

Mag schon sein, aber wir wissen nicht, was uns erwartet.

Der Adler, der gerade dabei gewesen war, die Gemälde zu betrachten, drehte sich gelangweilt um und krächzte nur in unsere Richtung. Er war uns keine große Hilfe. Ich sah zu den Gemälden. Es schien eine Art Zeitstrahl zu sein. Von den frühen Anfängen bis hin zur Gegenwart. Na ja, in unserem Fall die Vergangenheit. Seit dem großen Krieg interessierte sich keiner mehr für die Kunst. Niemand malte mehr ein Gemälde. Es war letztendlich auch nur Zeitverschwendung.

Ich ging an der Wand lang und sah mir alles genauer an. Alle Bilder waren signiert, und immer vom selben Künstler. **Das kann nicht sein. So lange lebt kein Mensch**. Ich trat näher an die Unterschrift ran. Bis auf ein „Ai" konnte ich nicht viel entziffern. Die restlichen Buchstaben waren dahin geschmiert. Ich sah zu Heather, die ratlos durch den Raum lief. Ich wollte zu ihr gehen, doch dann fiel mir noch etwas auf. Ich ging in die Mitte des Saals und sah mir alle Gemälde erneut an. Obwohl alle komplett unterschiedliche Motive darstellten, befand sich auf jedem Bild eine Person, die in eine Richtung deutete. Sie streckten alle ihre Arme aus und zeigten mit einem Finger auf eine Vase, die am Ende des Raumes stand. Skeptisch ging ich dahin und sah mir die Vase an.

Sie war schlicht weiß und in ihr steckte eine rot-schwarze Blume. Ich grübelte stark. **Rot-schwarz. Wo**

hast du das schon einmal gesehen oder gehört?

Dann fiel es mir ein. In der Geschichte, die uns Corvin erzählt hat, kamen solche Blumen vor. Aufgeregt bellte ich in Heathers Richtung, die sofort angelaufen kam.

„Was ist denn Ryder?"

Ich deutete auf die Pflanze und bellte erneut. Sie sah sie an und stupste sie leicht an. Nichts passierte. Dann hob sie die Vase an, doch es tat sich immer noch nichts. **Seltsam, irgendeinen Nutzen muss die Blume doch haben, sonst würden die Gemälde nicht auf sie zeigen.** Ich grübelte erneut. **Corvin erzählte, dass sich aus der Blume ein Kristall gebildet hatte. Vielleicht, müssen wir aus dieser Blume auch einen Kristall formen.** Ich bellte erneut, damit Heather mich wieder ansah. Ich sah zur Blüte der Blume und legte meine Pfoten dann immer wieder aufeinander, wobei es aussah, als würde ich etwas falten.

„Du meinst, ich soll die Blütenblätter zusammenfalten?" Ich nickte. Sie fing daraufhin an, die Blüte ganz behutsam zusammenzufalten. Als sie das geschafft hatte, hörten wir ein tiefes Grummeln. Vor uns öffnete sich eine Tür, die vorher nicht zu sehen war. Heather schob den kleinen Tisch vorsichtig beiseite und schaute durch sie hindurch. Hinter ihr lag ein schwarzer Raum, in dem nur ein Lichtkegel zu sehen war, der direkt auf ein Schwert fiel.

„Wir haben es! Wir haben es geschafft!", jubelte Heather.

Ich wusste nicht, welchen Wert das Schwert hatte, weshalb ich ihren Jubel nicht verstand.

„Wir können Ares besiegen! Endlich!"

„Das glaube ich nicht", bevor ich mich umdrehen konnte, um nachzusehen, wer plötzlich hinter uns stand, wurden wir drei in den Raum katapultiert. Ich landete unsanft auf dem harten Steinboden. Als ich mich aufraffte und mich umsah, war ich fassungslos.

Heather

Ich stand vorsichtig auf, da ich nicht wusste, wer uns das angetan hatte. Neben mir trat plötzlich ein schwarzer hochhackiger Schuh auf und ich wusste sofort, wem er gehörte.

„Leila? Was machst du hier?

„Na was wohl? Ich will das Schwert."

„Du? Warum? Willst du uns helfen?"

Sie lachte: „Was? Ach Heather, bist du wirklich so naiv? Ich will das Schwert, um euch zu vernichten."

„Warum tust du das? Ich dachte, du wärst auf unserer Seite!"

Sie lächelte mich kalt an: „Hast du wirklich gedacht, ich

würde mich solchen Schwächlingen wie euch anschließen?"

„Was heißt hier Schwächlinge? Du hast mich doch damals gerettet!"

„Aber nur, weil du noch nicht sterben solltest. Ares wollte, dass du noch etwas weiter lebst, weil er wusste, dass du uns zum Schwert bringen würdest. Deshalb bist du auch mit John in die Stadt gefahren. Damit du schön das Bild von dir und deiner lieben Mutter findest und dann brav nach dem Schwert suchst. Wir haben es doch recht schön in dem Schrank platziert, oder? Du kleines neugieriges Ding. Oder dachtest du etwa, dass man früher zum Spaß tiefe Kratzer in die Hauswände graviert hat? Und kleiner Tipp : in Schränken bildet sich kein Staub."

„Dann, dann war das alles geplant? Ich sollte das Foto finden? Und was war mit Australien?"

„Wir wollten mal gucken, wie stark du bist. Und übrigens", sie begann zu flüstern, „so stark bist du gar nicht."

Silent kreischte wütend, da ihm nicht gefiel, wie sie mit mir umging.

„Sei still du hässlicher Vogel!", Leila schnippte kurz und schon rankten sich schwarze Nebelfäden um Silents Kopf, die ihm den Schnabel zuschnürten.

„Lass meinen Adler in Ruhe!"

„Halt dich da raus!"

Ich schreckte zurück.

„Wie kann es sein, dass eine so talentierte Magierin wie Mary, eine so nutzlose und naive Tochter haben kann? Du beherrschst nicht mal die einfachsten Grundregeln der Magie!"

„Natürlich nicht, wie denn auch? Woher sollte ich denn wissen, dass meine Mutter zaubern kann!"

„Stimmt ja, die kleine Heather wurde ja von ihrer lieben Mutti verlassen. Wie traurig. Und jetzt ihr lieber Papi auch noch tot", sie lachte und ging auf das Schwert zu.

„Du verdammtes … ", aus meiner Hosentasche zog ich ein Messer und warf es nach ihr.

Müde lächelnd fing sie es ab, indem sie eine Hand ausstreckte und es in der Luft vor ihr hängenblieb.

„Heather, Schätzchen, mehr hast du nicht drauf? Fang!", sie schleuderte es zurück.

Noch bevor ich ausweichen konnte, hob ich meine Hände schützend vor meinen Körper und die Waffe zersprang vor mir in kleine Funken, die vor mir runter rieselten. **Was war gerade passiert?** Ungläubig sah ich auf meine Hände.

„Na, auf den Geschmack gekommen?", fragte sie spöttisch. Sie schien es zu amüsieren, dass ich nun auch mit Magie hantieren konnte.

„Und? Kannst du diesen Trick wiederholen?", sie nahm

ein Messer auf ihrer Tasche und warf es nach mir. Doch diesmal konnte ich es nicht zerspringen lassen. Ich wich im letzten Moment aus und wurde trotzdem von der Klinge getroffen, die mich am Arm verletzte.

„Tz, tz, ach, Prinzessin. So klappt das nicht. Warte, ich helfe dir!"

Sie fegte Ryder und Silent mit einer wischenden Handbewegung gegen eine Wand, an der sie wie gelähmt hängenblieben.

„Und damit es noch lustiger wird, gebe ich deinem Geliebten seine ursprüngliche Gestalt zurück."

Ein schwarzer Schleier legte sich um ihn und Ryder wurde wieder zum Menschen. Ich war froh, ihn zu sehen, doch die Freude hielt nicht lange, da Leila schon ihren nächsten Schritt plante: „Prinzessin?"

Ich sah zurück zu ihr.

„Was würdest du lieber mögen? Wenn sie verbrenne oder wenn ich sie aufspieße?"

Was hat sie da gerade gesagt? „Keins von beiden, du verdammtes Miststück! Lass sie gehen!"

Sie blendete mich aus und sprach weiter: „Ich wäre für das Zweite!" Sie formte mit ihrer Hand eine Faust und zog sie ruckartig zurück. Eine Klinge bohrte sich durch Ryders Bein, der sich stark zusammenriss, um nicht zu zeigen, welche Schmerzen er hatte.

„Heather, denk nicht an uns! Konzentriere dich auf

sie!", keuchte er schwer.

Eine zweite Klinge bohrte sich durch seine Schulter. Ich drehte mich zu Leila, die nun die zweite Hand an ihrem Körper angewinkelt trug. Sie lächelte erneut: „Ups."

Ich wusste nicht, was ich tun sollte. Das Messer auf kurze Distanz war etwas anderes als das hier. Ich fing an, nervös an meinen Fingern zu spielen. **Reiß dich zusammen, Ryder braucht dich! Aber was ist, wenn ich es nicht schaffe? Was ist, wenn ich doch nicht so stark bin? Vielleicht könnte er sterben, wenn ich einen Fehler mache!** Tausend Gedanken schossen durch meinen Kopf.

Ich sah zu Ryder. Er atmete schwer und seine Kleidung tränkte sich langsam mit seinem eigenen Blut. Dann sah ich zu Silent. Meinen Adler hatte sie nur an die Wand geschleudert. Das war gut, also tat sie ihm nichts.

Aus meinen Zweifeln wurde pure Angst, dass ich beide verlieren könnte, dass Leila das Schwert bekam und dass alle anderen, die ich liebte wie eine Familie, Schaden erleiden könnten.

„Tick, tack. Heather, beeile dich. Oder soll ich dir helfen?" Nun drehte sie ihre Fäuste langsam, wodurch sich die Klingen mitdrehten. Ryder konnte den Schmerz nicht mehr unterdrücken und biss die Zähne stark zusammen, um dennoch nicht zu schreien.

„NEIN!", ich war nun so verängstigt und verzweifelt, dass ich gar nicht mehr wusste, was ich tun sollte. Ich sah hinter sie zum Schwert. **Wie soll ich es nur bekommen? Es ist zu weit weg.** Ich schloss die Augen und konzentriere mich. Ich dachte an meinen Vater, die Soldaten, an meine Freunde. All das würde ich verlieren, wenn sie das Schwert bekommt. Ich öffnete die Augen wieder, atmete ruhig aus und hob eine Hand. Ich schloss sie und zog sie langsam zu mir. Leila lachte nur kurz auf, bevor sie mich verdutzt ansah, da sie sich plötzlich mit ihr bewegte. Ich ließ die Hand nach unten schnellen, so als ob ich etwas auf den Boden werfen würde und tatsächlich. Leila verlor den Halt und stürzte zu Boden, wobei sich der Bann über Ryder und Silent auch auflöste und sie von der Wand fielen. **Meine Chance!** Ich lief schnell an ihr vorbei und griff mir das Schwert. Zu meiner Erleichterung konnte ich es ruckartig aus dem Marmor ziehen, in dem es steckte. Ich sprang zurück auf den Boden und als Leila sich aufrichtete, rammte ich ihr die Klinge in den Rücken. Sie schnappte erschrocken nach Luft.

„Das ist für Ryder! Das für meinen Vater und das, weil du einfach ein gottverdammtes Miststück bist!" Bei jedem der Satzfragmente rammte ich es ihr tiefer in den Körper, bis nur noch der Griff zu sehen war. Ich stemmte meinen Fuß gegen ihr Bein und riss das

Schwert aus ihrem Körper, woraufhin sie zusammensackte und regungslos auf dem Boden liegenblieb. **Eins zu null für uns.**

Ryder

Ich schnappte erleichtert nach Luft. Als ich versuchte, mich aufzuraffen, wurde ich von dem Schmerz zurückgehalten. Langsam drehte ich den Kopf zur Seite, um mir den Schaden anzusehen, den Leila angerichtet hatte. Meine Schulter war dunkelrot gefärbt und brannte, als würde noch eine Klinge darin stecken. Mein Bein konnte ich nicht sehen, aber ich musste es mir nicht angucken, um zu merken, dass ich auch dort stark verletzt war. „Dieses Miststück!", zischte ich leise, während ich erneut versuchte aufzustehen. „Ryder! Geht es dir gut?" Ich hob meinen Kopf nur ein kleines Stück, um in Heathers Richtung gucken zu können. Sie kniete bereits neben mir und warf mir einen besorgten Blick zu.

Ich lächelte sie schwach an: „Natürlich geht es mir gut." Ich verharrte einen Moment in meiner Position, bevor ich genügend Kraft gesammelt hatte, um mich aufzusetzen: „Und dir?" Sie lächelte, aber ich sah, dass es sie sehr mitgenommen hatte. Wortlos band sie sich das Schwert mit einem Stück Stoff aus ihrer Uniform auf dem Rücken fest. Ihr Adler schüttelte sich und krächzte dankbar in ihre Richtung.

„Komm, wir müssen gehen. Mathilda und Grace warten bestimmt schon."

Heather nickte.

Sie stützte mich auf dem Rückweg. Ihr Adler hingegen lief die ganze Zeit, als wäre nie etwas gewesen, neben uns her. Es schien ihn nicht einmal zu interessieren, wie es mir ging. Im Gegenteil. Jedes Mal, wenn Heather durch mich absackte, zwickte er mich in mein Bein, um mir zu zeigen, dass ich vorsichtiger sein sollte.

„Lass das endlich, du dummes Vieh!", flüsterte ich ihm so leise zu, dass seine Besitzerin nichts davon mitbekam.

Als wir endlich die letzten Stufen erreicht hatten, hörten wir Schüsse und lautes Fauchen. „Grace!", Heather schrak auf und zog mich die letzten Meter an die Oberfläche. Als wir wieder auf festem Boden standen, sahen wir nur noch, wie der Gepard und seine Begleiterin vor uns gegen eine Wand geworfen wurden. „Was zum ...?", ich sah mich hektisch um. Niemand war in der Nähe. Silent flog in den Himmel, um sich von dort aus einen besseren Überblick zu verschaffen. Inzwischen lief Heather eilig zu den beiden Verletzten, während ich schnell hinterherhinkte.

„Mathilda! Was ist passiert?"

Sie hustete Blut auf ihre Uniform: „Dieses verdammte Arschloch! Er hat uns überrascht." Sie musste erneut husten und hielt sich dabei ihren Bauch: „Wir konnten kaum reagieren. Nicht mal unsere Waffen schienen ihm etwas anhaben zu können." Beim dritten Husten schien sie starke Schmerzen zu haben, da sie sich krümmte, und anfing zu wimmern.

Ich beugte mich zu dem Geparden runter und streichelte der Großkatze über ihr Fell. Auch sie hatte es sehr schwer erwischt. Ihr sonst braun-gelb geflecktes Fell färbte sich an einigen Stellen dunkelrot, aber anders als ihre Besitzerin ertrug sie den Schmerz. „Wer hat euch das angetan?" Ich sah wieder zu Heather. Sie versuchte, ihre Wut zu kontrollieren, aber ich hörte sie trotzdem heraus. „Sag schon, welcher Bastard war das?"

„Aber Heather, solche Sachen sagt man doch nicht." Wir drehten uns um. Dort stand ein Mann, etwa mittleren Alters, in einem schwarzen Anzug mit schwarzen Haaren und einer roten Krawatte und grinste uns an. Er hatte eine auffällige Narbe in seinem Gesicht: „Was ist denn? Erkennst du mich etwa nicht?", in seiner Stimme lag mehr Hohn als in Leilas.

Ich sah zu Heather, die langsam aufstand, während sie ihn ungläubig ansah. „Das kann nicht sein",flüsterte sie.

Der Mann grinste spöttisch.

„Heather, wer ist dieser Mann?", fragte ich sie ratlos.

Sie flüsterte: „Ares."

Er kam auf uns zu und breitete dabei seine Arme aus, als würde er uns zur Begrüßung umarmen wollen.

„Hau ab!", sie nahm Mathildas Waffe und feuerte auf den Gegner.

Es schien zu funktionieren. Seine Uniform begann von seinem Blut zu tropfen und er fing an elend zu röcheln.

Doch anstatt zu Boden zu fallen, fing er nur an zu lachen: „Spaß", er grinste uns wieder breit an.

Was? Wie ist das möglich? Sie hatte ihn getroffen und durchlöchert und er macht sich einen makaberen Scherz daraus? „Was bist du?", nun stand ich auf und versuchte dabei, mein Gleichgewicht zu halten.

„Ah, Ryder, lass dich mal ansehen!", er hob dabei seine Hand ein Stück, als würde er versuchen, meinen Kopf anzuheben, und tatsächlich. Ein kalter Hauch legte sich unter mein Kinn und hob meinen Kopf ein Stück an.

„Du bist also der kleine Defender, für den Heather etwas übrig hat."

„Warum bist du hier?", schrie Heather es ihm schon fast entgegen.

„Na, um mir das Schwert zu holen."

Ich stellte mich schützend vor sie: „Versuch es dir doch zu holen!"

Ares löste sich in einer schwarzen Staubwolke auf und erschien direkt vor mir wieder: „Gerne."

Mit einem kräftigen Schlag warf er mich zur Seite und ging auf Heather zu. Sie griff sich die Waffe vom Rücken und versuchte zuzuschlagen, doch Ares war stärker und hielt mit einer Hand den Schlag auf, wobei er nicht einmal die Klinge berührte: „Gib es zu, du bist nicht wie deine Mutter. Du hast doch gar keine Chance."

Ich muss ihr helfen, aber wie? „Wer bist du überhaupt?"

Er sah mich lachend an: „Ach, du weißt noch nicht, wer ich bin?" Scheinbar mühelos hielt er Heather Stand und erzählte in Ruhe: „Mein Name ist Ares", er machte dabei einen kleinen Knicks, „ich bin seit jeher für das Leid der Menschen verantwortlich. Wo auch immer ein Krieg entbrannte, war ich der kleine Funken, der dafür gesorgt hatte, dass euer kleines hübsches Pulverfass explodierte."

„Dann bist du auch für den letzten großen Krieg verantwortlich?"

Er lächelte mir zu: „Mein bisher größtes Meisterwerk."

„Meisterwerk?", ich schaffte es nicht, mich so zusammenzureißen wie Heather.

„Du verdammter Hurensohn hast dafür gesorgt, dass die Menschen sich fast ausgelöscht haben? Und darauf bist du auch noch stolz? Du bist das Letzte! Siehst du das hier nur als Spiel?"

„Ich bin damit nicht der Einzige", er sah zu Heather und grinste.

Was? „Was meint er damit?"

Sie senkte den Kopf und schwieg.

„Ich glaube es nicht!", ich spürte, wie die Wut in mir hochstieg, doch im Moment war sie gegen die falsche Person gerichtet.

Silent, der noch vor Kurzem den Himmel abgesucht hatte, stürzte sich auf Ares herab und versuchte ihn mit seinen Krallen zu packen. Doch unser Gegner war schneller. Er wich dem Adler gekonnt aus und richtete sich dann wieder auf, als wäre nie etwas gewesen. Der Vogel krachte durch eine Mauer und blieb auf der anderen Seite liegen. Ich sah zu unseren anderen Kameraden. Mathilda und Grace lagen am Boden und schafften es nicht mehr, uns zur Hilfe zu kommen. Silent war außer Gefecht gesetzt und Heather konnte sich nicht gegen unseren Gegner behaupten.

Doch dann kam mir eine Idee. Ich versuchte, mich wieder aufzuraffen, und schlich leise auf Ares zu, um mich hinter ihm zu positionieren. Er hatte so viel Spaß daran, seine Macht zu demonstrieren, dass er mich nicht mehr wahrnahm. Ich warf mich von hinten gegen ihn, wobei er sich erschreckte und sich die Hand an der Klinge aufschlitze, da er den Zauber kurz unterbrach. Seine neue Wunde klaffte stärker als die gewöhnlichen Schusslöcher und er schien angeschlagen zu sein, da er keuchend zu Boden ging: „Du verdammter Defender! Du weißt nicht, wen du hier zum Feind hast!"

Er umklammerte die verletzte Hand mit der anderen und versuchte den Schmerz zu unterdrücken: „Du hast ja gar keine Ahnung, was wir euch antun werden!"

„Wir?", unsicher sah ich ihn an.

„Leila."

Ich sah zu Heather, die sich nach Ares' Abwehr erholt hatte: „Wer gehört noch zu euch?"

„Hast du es immer noch nicht erkannt?", fragte Ares sie wütend.

Heather sah ihn fassungslos an und begriff nicht, was er ihr sagen wollte.

„Deine kleinen Freunde sind auch dabei. John und seine Frau Eva."

„Was! Warte, Eva?"

„Oh Verzeihung, Jumper ...", er schnappte nach Luft.

„Du und deine kleinen Freunde haben keine Chance."

Er lachte erneut und verschwand in einer großen, schwarzen Nebelwolke.

Alle diese Namen hatte ich noch nie gehört, aber

Heather schien sie zu kennen, da sie anfing zu schluchzen. Ich drehte mich zu ihr und wollte sie in den Arm nehmen, stockte dann aber und sah nur zu, wie ihr eine Träne über die Wange lief.

Wie hatte ich mich nur so in ihr täuschen können?

Sie hob ihren Kopf in meine Richtung: „Ryder, es tut mir leid, ich wollte nicht … Ich wusste nicht … Ich war so dumm."

Als sie das zweite Mal ihr Gesicht in ihren Händen vergraben wollte, ließ ich es nicht zu. Ich hob ihren Kopf an und wischte ihr die Tränen weg und küsste sie sanft. Sie sah mich an, wusste aber nicht, was sie nun sagen sollte. „Das ist jetzt nicht wichtig. Wir haben größere Probleme. Und auch ich habe Fehler gemacht."

Sie sah mich freudig an und formulierte ein „Danke" mit ihren Lippen, welches sie aber nicht aussprach, da sie zu erschöpft war.

Schweigend betrachteten wir die Verwüstung, die Ares angerichtet hatte. Ich sah zu dem Schwert, welches sie auf dem Rücken trug. **Wie kann es sein, dass diese Waffe eine so große Macht hat?** Doch momentan konnte ich mich nicht darauf konzentrieren, da ich Mathilda wimmern hörte.

Ich stolperte zu ihr, um ihr aufzuhelfen und sie zu stützten, während Heather in die andere Richtung ging und ihren Adler barg.

Sie kamen zu uns und setzten sich dazu, da ich die Verletzte nicht dazu bewegen konnte, aufzustehen.

Wir horchten in die Stille.

Und dann sahen wir uns an.